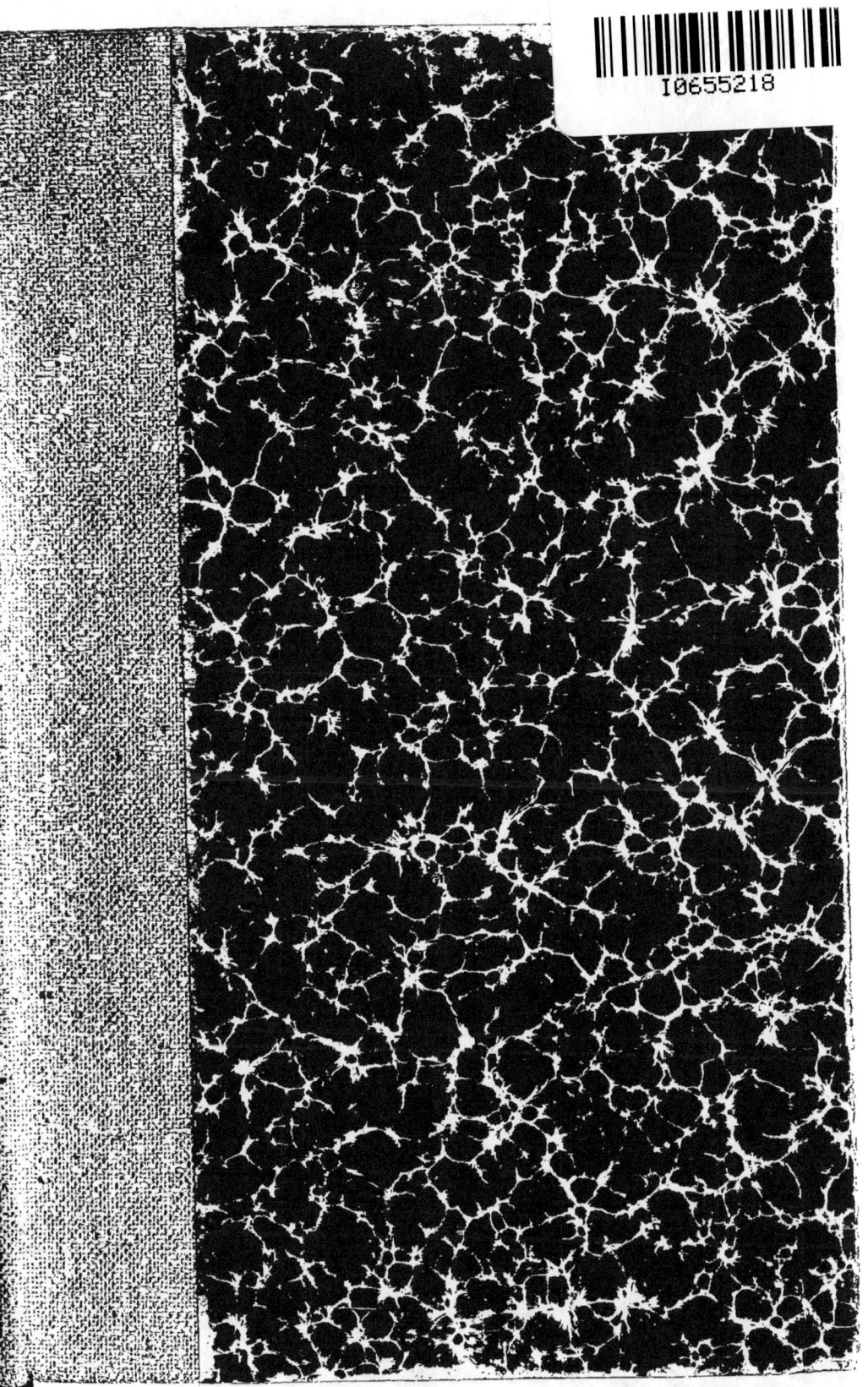

I0655218

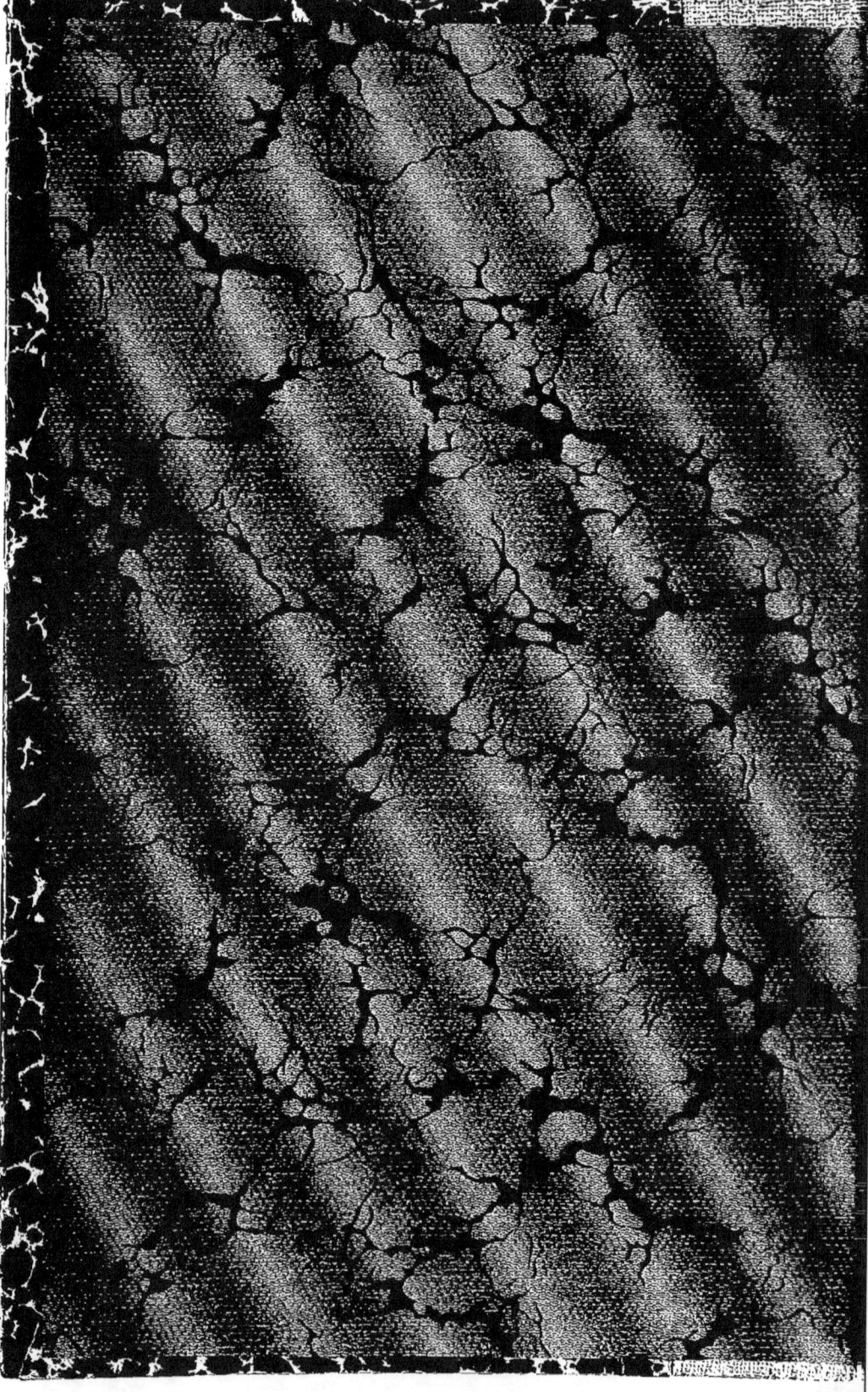

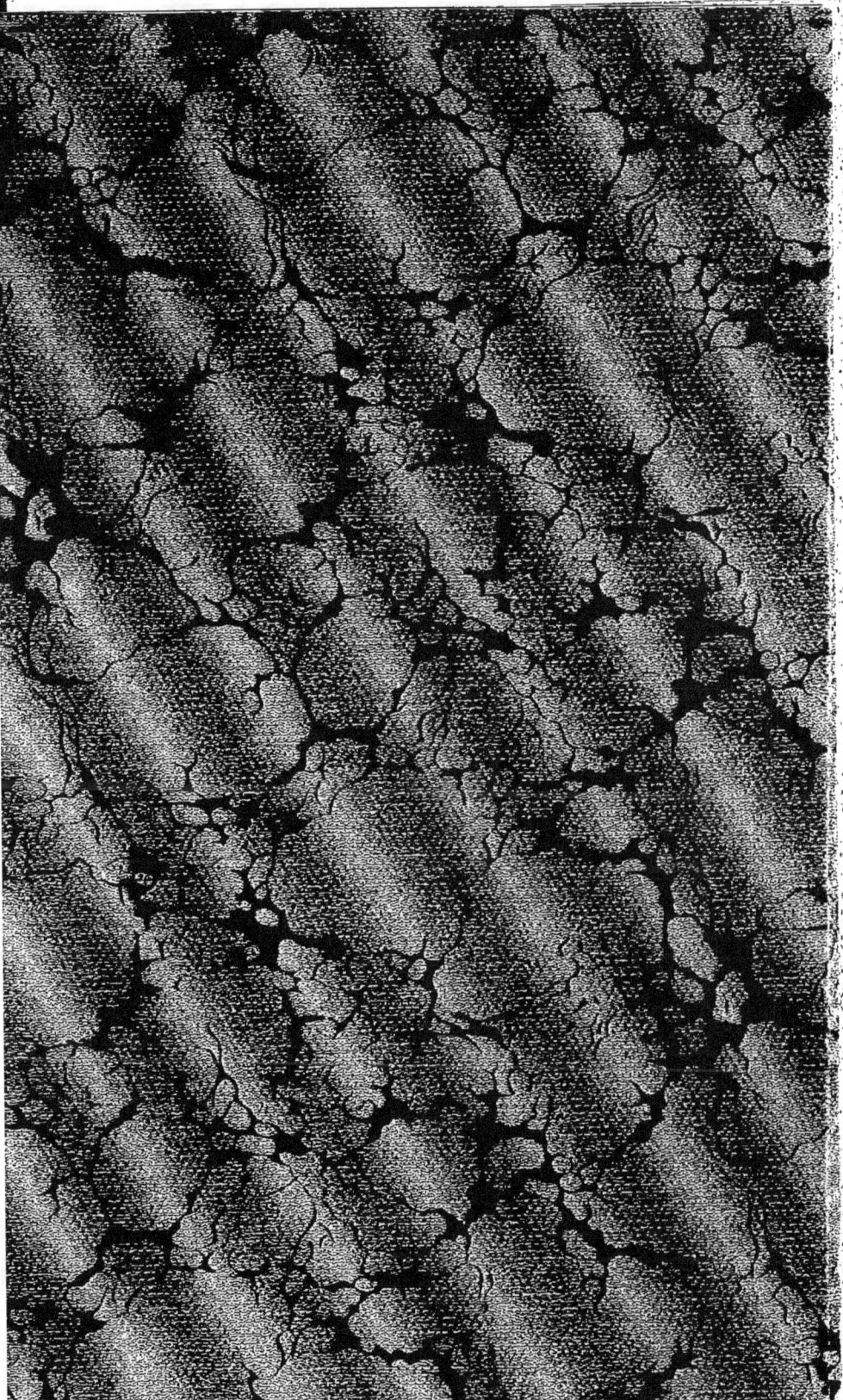

LES

DIVORCES DE PARIS

Y².
4950

CALMANN LÉVY, ÉDITEUR

—————

DU MÊME AUTEUR

Format grand in-18.

—————

PARIS. — IMPRIMERIE ÉMILE MARTINET, RUE MIGNON, 2

LES
DIVORCES
DE PARIS

— SCÈNES DE LA VIE INTIME —

PAR

PHILIBERT AUDEBRAND

PARIS
CALMANN LÉVY, ÉDITEUR
ANCIENNE MAISON MICHEL LÉVY FRÈRES
3, RUE AUBER, 3
1881
Droits de reproduction et de traduction réservés.

A

ALEXANDRE DUMAS FILS

Voilà de cela cinquante ans, il y avait chez nous
un homme d'un très vif esprit qu'on appelait
H. Beyle; c'est celui des humoristes dont la parole, toujours paradoxale, a le plus mordu notre
pays. Tout en se jouant, sans prendre en rien
l'air d'un Jérémie, l'auteur de *Rouge et Noir* annonçait, en 1827, d'abord la dissolution, et, en
second lieu, le rajeunissement de la famille en
France. Une telle attitude était fort téméraire
pour l'époque à laquelle il s'adressait. Mais que
lui importait de brusquer l'opinion publique?
Il allait toujours; il disait ce qu'il voulait dire.
Entre autres choses, il prétendait que le mariage

a

indissoluble, fondé sur les bénédictions de l'É-
glise, aurait fait son temps avant la fin du dix-
neuvième siècle. Voyait-il bien? Voyait-il mal?
Ceux qui seront encore debout à la veille du
vingtième siècle auront à dire s'il ne s'est pas
trompé de date.

Il n'en est pas moins vrai que, dès à présent,
nous assistons à un duel à outrance entre le mariage infrangible, qui représente l'ancienne
société, et le divorce, qui dit stipuler pour les
temps nouveaux. Ce n'est, du reste, que la suite
d'un vieux conflit. En effet, avant le mouvement
provoqué par M. Alfred Naquet, il y avait eu de
nombreuses tentatives d'émancipation. Personne n'a oublié la campagne parlementaire
de 1832, pendant laquelle MM. de Schonen et
Odilon Barrot furent sur le point de faire prononcer le rétablissement du divorce. Précédem-
ment, c'est-à-dire en 1830, à la salle Taitbout, les
saint-simoniens avaient prêché les noces d'a-
mour ou la liberté dans le mariage ; c'était une
utopie qui pivotait surtout sur les prédilections
du cœur. Vers le même temps, Charles Fourier,

ce superbe génie, émettait une théorie non moins audacieuse et peut-être plus séduisante, celle des affinités personnelles, « la Papillonne ». Mais la semence de ces diverses doctrines, jetée au milieu d'un monde remué par les orages politiques, ne pouvait pas tomber sur un sol ferme et y germer. Chez nous, d'ailleurs, toute nouveauté a peu de chance de réussir; elle est fatalement moquée. Idolâtres incorrigibles, nous ne cesserons jamais d'adorer deux divinités de pierre: le dieu Terme et la déesse Routine. Quelques vaudevillistes se prirent à rire de ce que disait le P. Enfantin sur l'affranchissement de la femme; les mêmes raillèrent ce qu'avait écrit le fondateur du phalanstère. La foule fit naturellement comme eux, et l'on demeura dans le *statu quo.*

A la vérité, cet état de choses ne présentait pas, aux yeux de l'observateur, un spectacle bien édifiant. Il faut avoir le goût de la conservation chevillé au corps pour y trouver le beau idéal. Sans aucun doute, le mariage suivant les

disciples du Christ a été longtemps une chose
fort respectable. On ne sait rien de plus touchant que l'épitaphe d'André et de Flavie, mariés
du troisième siècle, reposant sur la même couche funèbre : « Un seul amour, un seul lit, un
seul tombeau. » Mais, depuis que les années se
sont accumulées les unes sur les autres, l'institution a bien changé de face. Tel qu'il est depuis
1816, date de l'abolition du divorce par la
Chambre des députés, sur la motion de M. de
Bonald, le mariage a-t-il encore la mansuétude chrétienne qui était la marque de son
origine? Cherchez-y les vertus évangéliques.
Les drames les plus noirs prennent journellement pour théâtre l'alcôve conjugale. On décou-
perait aisément dans la *Gazette des Tribunaux*
cent volumes in-octavo, en petit texte, avec la
seule matière des procès en séparation de
corps. Jamais l'hypocrisie, jamais toutes les va-
riétés de la trahison n'ont pris autant de formes
que dans le sacrement. Je parle, bien entendu,
de ce qui est de notoriété publique. Faut-il donc
ne pas chercher de remèdes à tant d'ulcères ?

Ce mal à guérir est une question si sérieuse, qu'on ne saurait faire un pas sans se rencontrer face à face avec elle. Je viens de dire qu'elle était au premier rang parmi les soucis des philosophes. L'art contemporain ne vit pas d'autre chose. Déjà l'admirable génération de 1830 n'avait pu se soustraire à cette influence. Sans parler de l'illustre auteur d'*Antony*, trois romanciers de forte race faisaient de ce même thème le sujet à peu près exclusif de leurs études : H. de Balzac, Frédéric Soulié et George Sand n'ont guère eu d'autre poétique. Au lieu de se livrer, suivant l'usage, aux jeux frivoles qui constituent l'art de conter, ils ont saisi le mariage moderne à l'état cadavérique, à peu de chose près, comme les carabins le font pour le corps humain ; ils l'ont jeté sur la table de dissection afin de l'analyser jusque dans ses fibres les plus secrètes. Le théâtre n'a pas tardé à imiter le roman, son précurseur. Sous peine de n'être pas le miroir de ce qui se passe, le drame a dû exposer au juste ce qu'est le mariage de nos jours. Telle est la source d'où sont sortis *le*

Demi-Monde, la Visite de noces, l'Étrangère et
aussi la plupart des comédies d'Émile Augier.
De même, cet âpre sujet s'est imposé à la cari-
cature. Qui n'a chez soi le chef-d'œuvre de Gavarni : *Les Maris me font toujours rire?* En ce
moment, Grévin, ce Sterne du crayon, nous fait
voir, tous les matins, les mari et la femme, accouplés comme deux forçats à la lourde chaîne
qui commence à l'anneau nuptial. Récapitu-
lons. Cette question est un sphinx qui se dresse
dans tous les défilés du Cythéron social : chez
les utopistes, au Parlement, au Palais de Justice, dans le roman, au théâtre, dans les journaux, sur la voie publique, sous forme de des-
sins. Eh bien, ce n'était pas assez ; il lui fallait
pénétrer dans l'Église elle-même. C'est ce qui a
eu lieu. Durant le dernier Carême, la question
du divorce est montée en chaire avec un élo-
quent dominicain, le père Didon.

Tant de faits le démontrent, cette question est
une grosse affaire. Ce qui l'a surtout fait voir,
c'est la part que vous avez prise à ce mouvement.
Votre livre a gagné à la réforme projetée un très

grand nombre d'adhérents. Depuis lors, les publications pleuvent autour de nous. En voici donc encore une, mais une qui n'a pas le ton des autres. En effet, ce nouveau volume ne vient pas pour discuter ni pour combattre; il étudie peu gravement, à la vieille manière française, un sujet trop sérieux. L'auteur n'a voulu le composer que d'aperçus sur le mariage, d'esquisses de mœurs, de racontars et de petites scènes de la vie intime. Ainsi ces pages n'ont qu'une prétention, celle de servir d'intermède à la grande pièce qui se joue sous nos yeux.

Peut-être trouvera-t-on que ces croquis, crayonnés à la hâte, s'éloignent un peu des procédés en usage dans la critique du temps; mais peu importe. Ils auront toujours une bonne fortune : celle de paraître sous le patronage de votre nom. Ce sera une raison suffisante pour qu'ils soient bien accueillis de tout le monde.

PHILIBERT AUDEBRAND.

15 juillet 1881.

LES

DIVORCES DE PARIS

BIBLIOTHÈQUE R.F. IMPRIMÉS

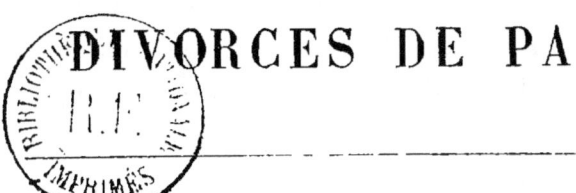

I

COMMENT IL FAUT SE MARIER

On se marie grandement à Paris, en ce moment-ci;
on a même l'air de ne pas faire autre chose. D'où
cela vient-t-il? Est-ce une réponse à un reproche?
Rappelez-vous le fait. C'était en 1876, il y a quatre
ans. Un faiseur de statistique s'était mis à pousser
une clameur de Jérémie. — « Il y a, disait-il, un
déficit marqué dans le mouvement de la population.
Notre pays s'en va! » Ce cri d'un savant retentit un
peu partout, comme la fanfare d'alarme d'un clairon.
Ce fut alors qu'on vit un honorable sénateur com-
menter ces paroles lugubres : — «Comment! s'écriait

il, n'est-ce pas une honte? Nous, les fils des anciens Gaulois, nous ne savons plus aimer nos femmes? L'art de grouper les chiffres nous prouve que nous n'entendons plus rien à l'art de faire les enfants. Couvrons-nous la tête de cendres! La France s'en va! La France se meurt! » Pendant toute une semaine, Paris ressemblait alors à Jérusalem à l'époque où un prophète disait : « Enfants dégénérés d'Abraham, il va grêler du sel sur vous. »

Mais voyons où en est la question du mariage chez nous, depuis ce jour terrible.

Paris fait et défait régulièrement cinq cents mariages par jour. En réalité, il en célèbre cent dans les vingt arrondissements. Chez les grands et chez les petits, le mariage est ce dont on dit le plus de mal et le plus de bien. Il existe des agences matrimoniales pour vous faire serrer *les nœuds de l'hymen*; il y a deux cents huissiers pour vous faire trancher ces mêmes nœuds avec le glaive de la justice. Cette contradiction sociale se rencontre partout; on la trouve jusque dans les épîtres de saint Paul, lequel écrivait aux jeunes Corinthiens qui le consultaient : « Mariez-vous, vous ferez bien; ne vous mariez pas, vous ferez encore mieux. »

Cependant, répétons-le, M. Léonce de Lavergne,

suivi de tous les autres économistes, s'est montré si effrayé de la diminution de la race française, que l'invite au mariage passe désormais à l'état de mot d'ordre. Il est maintenant impossible de faire cent pas sans entendre répéter aux deux sexes : « Mariez-vous! mariez-vous donc! » Ce sont surtout les Nestors qui tiennent ce langage patriotique. A ces hommes graves se réunissent 500,000 mamans qui ont des filles à placer. Tout cela, j'espère, constitue une armée non moins formidable que la bande d'Attila. Il faut se marier ou mourir.

Jusqu'à ce jour, l'analyse faite par le roman intime, les épigrammes émises sur le théâtre, les procès dont la *Gazette des Tribunaux* rend journellement compte, faisaient qu'on hésitait à recourir au sacrement. A présent, un petit drôle qui sort du lycée Fontanes avec son diplôme de bachelier joue au lord Byron et se proclame blasé à dix-huit ans. MM. les gandins sont devenus une secte. Manger bêtement sa fortune et sa jeunesse avec des cocottes, avec le jeu et les chevaux, voilà une philosophie qui, par malheur, a plus de succès que celle qu'on apprend en Sorbonne. Et c'est pourquoi le mariage a tant souffert; c'est pourquoi il y a, dans Paris, autant de petits crevés que de pavés; c'est pourquoi il y a aussi tant de charmantes têtes brunes, blondes, châtaines et rousses, qui se penchent avec tristesse sur leur miroir, en disant :

— Ah ça ! d'où vient donc qu'on ne pense pas à moi ?

Elles ont cent mille fois raison, ces jeunes Parisiennes ; mais, entre nous, l'homme qui hésite à se marier a-t-il si grand tort ? Le mariage, tel que la société moderne nous l'a fait, est entouré de plus de ronces et d'épines, de plus de chausse-trapes, de plus de précipices, que toutes les histoires de feu Ponson du Terrail réunies et fondues ensemble. Sans parler des charges sociales, de la question d'argent, toujours si âpre, du voisinage des belles-mères, de l'asservissement qui résulte de la paternité, combien ne signalerait-on pas d'autres sujets d'épouvante ! Avant tout, on s'est étudié à nous faire une femme impossible. Des voyageurs racontent que, dans l'intérieur de la Chine, les jardiniers ont tellement quintessencié la rose, qu'un Européen ne la reconnaît plus. Comme envergure, la rose du Céleste-Empire va du chou à la pâquerette. Elle a des formes extravagantes. Elle a des odeurs bizarres ; c'est un adorable monstre. Ce n'est plus la fleur sacrée, primitivement blanche, que Cypris teignit, un jour, de son sang.

Ainsi, chez nous, pour la femme de 1880.

La Parisienne est-elle encore une femme? En vérité, que diraient nos pères, si tendres, à la vue du petit mannequin ambulant, sans âme, sans parole, sans passion, sans aucune santé, qu'on prétend nous donner aujourd'hui pour une femme? Pourquoi n'avoir pas le courage de l'exprimer ; dans l'élégante de 1880, tout est d'emprunt : la couleur, puisque, à l'aide d'un pinceau, on met du blanc, du noir et du rose ; les cheveux, puisqu'on en ajoute des charretées aux deux ou trois qu'on a apportés en naissant ; les dents, parce qu'on ne les a pas soignées ; les hanches, l'embonpoint, mille choses secrètes. Tout cela rappelle ce personnage d'un conte d'Edgard Poë qui se démonte pièce à pièce et qui n'en existe pas moins. Voilà pour le corps de la Parisienne moderne. Ne parlons pas de l'esprit, puisqu'on est convenu de ne pas s'en occuper. Ainsi va le monde d'aujourd'hui et ainsi s'en va la femme.

L'homme à marier, qui réfléchit parfois, entre deux cigares, se dit : — « Est-ce la peine ? » — Il va de cette question à la rêverie. Alors la rêverie le pousse dans l'analyse ; l'analyse le conduit à la connaissance de la vérité. Dès lors, il voit ou il croit voir une femme qui n'est pas une femme. Il ne veut plus épouser. C'est ce qu'il fallait qu'expliquât la lettre fameuse de Léonce de Lavergne en guise de circonstance atténuante au profit des hommes ; c'est ce qu'elle n'a pas relaté, à tort, suivant nous.

Cette lacune, Raphaël Z..., un jeune aqua-fortiste de talent, vient de la combler, comme on dit. Désirant entrer en ménage, il a formulé par écrit ses hésitations, ses doutes et ses *desiderata*. Tout cela a pris l'allure d'une enquête étrange, puisqu'elle est adressée à une inconnue, à une fille d'Ève conjecturale, à la fiancée la plus idéale qu'un amoureux à tête à l'envers puisse rêver.

Je transcris cet appel mot pour mot.

A CELLE QUE JE VOUDRAIS AVOIR POUR FEMME

« *Premier point*. — Existez-vous ? J'en doute. La raison, c'est que, depuis que je suis majeur, je vous cherche avec une persistance héroïque et que je ne vous rencontre nulle part. Il se peut que vous habitiez les Indes, la lune, la Bretagne ou bien une étoile, mais il me sera difficile, je vous l'avoue, d'aller vous chercher si haut.

» *Second point*. — De quel nom faut-il vous appeler ? Êtes-vous mademoiselle ou madame ? Une jeune fille, c'est toujours charmant. Une jeune veuve, n'est-ce pas aussi digne d'intérêt? A quel prénom répondez-vous? Ai-je besoin de vous apprendre que je ne pourrais pas me marier avec vous, si j'avais à vous appeler Perpétue, Ermégine ou Cunégonde?

» *Troisième point.* — Passons aux couleurs. Brune, blonde, rousse, châtaine, j'aime tout cela. Mais dans les nuances, il y en a de ravissantes. Laquelle est la vôtre? Ce serait la même enquête pour les yeux. Les bleus m'enchantent, quoique les noirs ne me trouvent pas insensible. Il y a aussi les yeux pers. Dois-je parler du nez? Il joue un grand rôle dans la vie. Une femme qui a le nez long fait rire. Une femme qui a le nez trop petit fait pitié. Une femme qui a le nez retroussé donne le frisson. Ce n'est pas tout. La bouche, le menton, les joues, chacun de ces détails a son importance; mais c'est à l'ensemble surtout qu'il convient de s'arrêter. Si vous n'avez pas l'ensemble que je rêve, vous n'êtes pas celle que j'attends.

» *Quatrième point.* — Si vous voulez bien, nous ferons une courte station à la main. Vous y consentez? Voyons, donnez-moi la vôtre, la droite, ne fût-ce qu'un instant. En 1880, Desbarolles enseignant, la mode est d'avoir la main *psychique*, c'est-à-dire in-

diquant la méditation, la pensée, une tendance à
l'amour. Pas de femme sans ça. Ce que c'est? Petite
et allongée, blanche et ronde, l'ongle rosé et en
cuiller, les lignes heureusement dessinées. Sinon,
non. — Pour peu que vous viviez dans un monde où
l'on est décrassé moralement et physiquement, vous
devez savoir que le pied obéit à la même loi que la
main. Ainsi donc, c'est entendu pour les deux.

» *Cinquième point*. — Une taille de guêpe, cela
se dit dans les romans, mais cela a son prix. Otez sa
taille à la Vénus de Milo, vous avez une Maritorne.
Mais tenez, au bout du compte, ô mon inconnue, si
tout ce que j'ai déjà énuméré est parfait, les cheveux
les yeux, le nez, la bouche, le menton, les joues, les
mains, les pieds, la taille, le front, je vous tiens volontiers quitte du reste. — Et je passe d'emblée aux
qualités morales.

» *Sixième point*. — L'âme, l'esprit, le caractère,
l'instruction, la distinction des pensées, dans le bon
temps, on commençait par ce chapitre-là. Notre siècle
de positivistes a changé la méthode. C'est pourquoi
de nos jours, la charrue marche avant les bœufs, et
ce qu'il y a de plus drôle, c'est qu'elle marche tout
de même. Ce qu'on demande? Une jolie femme,
d'abord; une bonne femme, et même une femme

d'esprit, après, si ça se trouve. Tel est le programme. — Êtes-vous douce? — Néanmoins je ne
voudrais pas m'accoupler à un mouton. Une voix qui
dit toujours : « oui » ça finit par devenir une scie,
et, un beau matin, c'est un supplice. — Êtes-vous
violente? — Il y a des jours où il ne me déplairait
pas d'avoir épousé la tempête. — Êtes-vous rêveuse,
sentimentale, éthérée, un sylphe? — Bon! mais que
ça n'aille pas jusqu'à la plaintive élégie, c'est-à-dire
jusqu'au mouchoir qui se mouille trop aisément de
larmes amères. — Êtes-vous lettrée? — Fort bien,
mais gardez-vous des excès d'écriture. Une femme
épistolaire! un bas bleu! plutôt une marquise de
Brinvilliers. — Aimez-vous les théâtres, les musées,
les concerts, la tribune, les sermons, les voyages, la
mer, la montagne, le livre nouveau, la causerie du
soir, et un peu la musique, mais seulement un
peu? Sachez me faire savoir la dose en tout cela, et,
si c'est modéré, je vous adore.

» *Septième point.* — Dans le sanctuaire de la
maison, êtes-vous ménagère? Je le désire, mais craignez le graillon, la négligence du costume, latête
mal peignée. — Vous faut-il des enfants? Dans
ce cas-là, combien en voulez-vous? Pour moi,
j'en voudrais deux ou trois au plus. Un qua-

1.

trième nous brouillerait peut-être. — Il y aurait encore à régler entre nous ce qui concerne les grands-
parents, les amis, les ennemis, les procès, les domestiques, les bals, les visites, la toilette, les opi-
nions politiques, l'ameublement, la vie à la ville, la
vie à la campagne, le quartier à habiter, les chiens,
les chats et l'argent de poche. Une seule de ces con-
ventions manquant, tout manquerait, ne l'oubliez
pas. »

Ainsi a écrit Raphaël Z..., l'aqua-fortiste. — Trouvera-t-il ce qu'il cherche? — Oui, si l'on trouve un
phénix ou un merle blanc. Mais je n'ai pas tout dit,
puisque je n'ai pas mentionné son *post-scriptum* :

« — Avant tout, madame ou mademoiselle, *avez-
vous le sac?* — Si vous *n'avez pas le sac*, inutile de
répondre. »

Tout bien pesé, l'aqua-fortiste est un homme à
imiter. — Qu'on se le dise!

II

LE CONTRAT DE MARIAGE

H. de Balzac a fait sur ce thème une nouvelle qu'on lira toujours. Plus de mille comédies roulent de même là-dessus. Il serait donc superflu de s'étendre sur un sujet aussi rebattu. Néanmoins, je ne veux pas omettre le joli mot d'un humoriste. — « Je viens de servir de témoin dans un duel. — Où donc ça? A Vincennes? Au bois de Boulogne? — Non : chez un notaire. C'était pour un contrat de mariage. Les deux adversaires se sont battus pendant deux heures avec un acharnement sans égal. En fin de compte, ils se sont enferrés l'un et l'autre. » On noircirait cent pages sur l'objet qu'on ne dirait ni plus, ni mieux.

Ce qu'Ésope faisait de la langue, c'est-à-dire ce qu'il y a de mieux et ce qu'il y a de pire, la société moderne l'a fait pour le contrat de mariage. Un con-

trat est le bien et le mal, le beau et le laid, la bonté
et le crime, le dol et la naïveté. Ce sont les accords
et les procès, la vie calme et la tempête, tous les
contraires. On lui a appliqué ce proverbe russe :
— « Avant d'aller en guerre, fais une prière ; — avant
d'aller en mer, fais-en deux ; — avant d'aller signer
ton contrat de mariage, fais-en trois. »

Mais quoi ! Le contrat de mariage a été de tout
temps et il sera toujours, puisque c'est une Charte
qui règle les droits réciproques du mari et de la
femme. Celui d'Adam et d'Ève n'a pas été écrit,
puisque l'art graphique n'était pas encore inventé à
l'époque du paradis terrestre, mais croyez qu'il n'en
a pas moins existé pour cela.

Sans remonter si haut dans l'histoire du monde,
nous voulons pourtant vous faire voir ce que c'était
qu'une série de stipulations maritales, il y a deux mille
ans, en pays civilisé. Vous n'ignorez pas que nous
avons à Paris, en ce moment, un collège de savants
illustres, disciples du grand Champollion, les Égyp-
tologues, ainsi qu'on les appelle. Tous les jours, ces
hommes studieux, à force de faire des fouilles dans
la terre des Pharaons, y rencontrent les documents
les plus précieux. Géographie, histoire, théodicée,
philosophie, sciences exactes, arts de toute nature,

ils trouvent sur ces diverses matières des renseignements certains dans les trésors de quelque temple du dieu Apis ou sur les bandelettes dont sont entourés les corps des momies. Lisent-ils couramment les hiéroglyphes? Traduisent-ils bien cette grammaire formée de têtes tronquées et de becs d'oiseaux? Ne nous trompent-ils point? Ne se trompent-ils pas eux-mêmes? L'Académie des Inscriptions, qui paraît être notre garantie sur ce rapport, s'incline et tient pour exactes les traductions que ces messieurs nous donnent. — Pourquoi me montrerais-je, moi, profane, plus difficile que nos représentants scientifiques du bout du pont des Arts?

Or, voici ce qui s'est passé récemment au palais de l'Institut, à l'Académie des Inscriptions et belles-lettres.

Un égyptologue, M. Revillout, a fait une communication sur les contrats de mariage en Égypte, à l'époque ptolémaïque. L'auteur a extrait d'un papyrus démotique le contrat suivant :

« L'an 33, Xoiak....., du roi Ptolémée, le dieu Aétas, fils d'Apollonius, étant prêtre d'Alexandrie, Démétria, fille de Dyonisos, étant canéphore devant Arsinoé Philadelphe, le pastophore d'Ammon Api, de la partie occidentale de Thèbes, Pa, fils de Pchal-

chous, dont la mère est Tahet, dit à Taounnofre, fille
de Relou, dont la mère est Ptah : « Je t'ai acceptée
pour femme. Je t'ai donné un argenteus. Pour ton
don de femme, je te donne pour une année trente-six
drachmes. Plus un argenteus et un cinquième pour
la toilette d'une année ; un dixième d'argenteus pour
ton argent de poche par mois, ce qui fait un argenteus un cinquième pour ton argent de poche d'une
année. Ton argent de poche d'une année est en outre
de ton argent de toilette. A toi il appartient d'exiger
le payement de ton argent de toilette et de ton argent
de poche, qui doivent être à ma charge. Ton fils aîné,
mon fils aîné, celui-là sera l'héritier de tous mes
biens présents et à venir. Que je te méprise, que je
prenne une autre femme que toi, je te donnerai vingt
argenteus.

» La totalité des biens quelconques que je possé-
derai est en garantie de toutes les paroles ci-dessus,
jusqu'à ce que je les accomplisse suivant leur teneur.
— Les écrits que m'a faits la femme Tahet, fille de
Teos, ma mère, sur la moitié de la totalité des biens
qui appartenaient à Pchalchous, fils de Pana, mon
père, et le reste des contrats provenant d'elle et qui
sont en ma main, t'appartiennent, ainsi que les droits
qui en résultent... Fils, fille provenant de moi qui

viendrait t'inquiéter à ce sujet te donnera vingt argenteus. — A écrit le scribe des hommes de...,
prêtre d'Ammon, Horpneter, fils de Smin. » Vient
ensuite un enregistrement grec, du 17 Xoiak, de
l'an 33.

Véritable contrat de mariage, qui a servi de prototype à ceux qu'on a faits depuis à Athènes, puis à
Rome, puis à Paris, et, conséquemment, à ceux qu'on
griffonne sur toute la terre.

Encore une observation à ce sujet.

Dans la vieille Égypte, si brillante, si religieuse, si
lettrée, le mariage était d'abord *à l'essai* pendant un
an, ainsi que le prouve le papyrus suivant : « Isidore
s'unit à Asclépias et signa un contrat par lequel il
s'engageait à se marier avec elle au bout d'un an.
En attendant, ils devaient avoir cohabitation ensemble. » L'année expirée, les conjoints se mariaient
définitivement ou se séparaient. Mais, dans ce dernier
cas, la femme reprenait ses apports et réclamait le
dédit stipulé dans l'acte de mariage à l'essai. En
outre, les enfants nés de cette union temporaire
étaient héritiers de leur père.

Comme on le voit, la loi égyptienne protégeait
tout spécialement la femme et l'enfant qui n'étaient
jamais sacrifiés à l'homme.

Messieurs les saint-simoniens et les phalanstériens prétendent que la France est en chemin pour en arriver là. — Sera-ce un progrès ? sera-ce un recul ?

III

LES ANTIPATHIES

(En prenant le thé.)

ÉLIANTHE. — Il est vrai, docteur, vous êtes pour le système des antipathies?

LE DOCTEUR ÉVERARD. — Absolument, madame.

ÉLIANTHE. — Laissez-moi le loisir de m'en étonner.

LE DOCTEUR ÉVERARD. — Mon Dieu, madame, je sais qu'en prêchant cette théorie je suis en désaccord avec toutes les idées reçues. Mais qu'y faire? Il est des gens, et c'est tout le monde qui, en amitié, en amour, en affaires ou pour un voyage, recherchent avant tout un certain rapport de goût, de caractère, de fortune, d'humeurs. Ceux-là, s'ils sont prédisposés à la mélancolie, n'entameraient pas de relations avec un jeune homme qui aime à rire. D'autres, s'ils sont bonapartistes, ne mettraient pas un sou dans une entreprise dirigée par un républicain, leur fût-il prouvé qu'elle rapporte cinquante pour cent. Je connais un duc, fort galant homme, du reste, mais le plus frileux des habitants de Paris. Il a refusé de prendre des actions dans une glacière qui fait de l'or et dont le directeur tient ses fenêtres ouvertes au mois de décembre.

ÉLIANTHE. — S'il faut vous le dire, docteur, j'agirais comme ce duc. C'est surtout en ce qui touche les choses du cœur, du reste, que je comprends que deux ne fassent qu'un.

LE DOCTEUR ÉVERARD. — Ah! madame, quelle hérésie!

ÉLIANTHE. — Docteur, crier à l'hérésie n'est pas donner une preuve.

LE DOCTEUR ÉVERARD. — Non, sans doute, mais cela peut être le point de départ d'une démonstration. Consentez-vous, madame, à m'écouter un petit bout de temps?

ÉLIANTHE. — Sans aucun doute, si vous ne sortez pas du sujet.

LE DOCTEUR ÉVERARD. — Soyez tranquille, je ne m'en écarterai pas d'une semelle. Étant l'esprit toujours éveillé que vous êtes, ous savez que l'art tire ses effets les plus puissants des contrastes. Il y a là-dessus un mot de Michel-Ange : « Les diables sont beaux à mettre en face des anges. » Victor Hugo a fait de l'antithèse sa méthode en organisant sans cesse une lutte entre le laid et le beau. Dans l'ordre des sentiments, même chose. Les liaisons les plus durables ne sont dues qu'à la force des antipathies.

ÉLIANTHE. — Dès lors, docteur, plus un homme et une femme se détesteraient, plus il y aurait de chance qu'ils s'aimassent ?

LE DOCTEUR ÉVERARD. — Madame, cela est arrivé un million de fois et cela arrive tous les jours. Tenez, pour abréger, sautons à pieds joints par-dessus les petits détails de la question. Arrivons de prime-saut à quelque tableau de mœurs qu'il vous soit aisé de contempler, aujourd'hui même, chez des amis, chez des parents ou chez des voisins. Voulez-vous ?

ÉLIANTHE. — Je veux tout ce que vous voudrez, pourvu que je sois enseignée, docteur.

LE DOCTEUR ÉVERARD. — Eh bien, prenons un exemple, au hasard.

ÉLIANTHE. — Mon cousin Mortimer et Arabelle, sa jeune femme ?

LE DOCTEUR ÉVERARD. — Soit, je ne demande pas mieux.

ÉLIANTHE. — Ils s'adorent, je vous en préviens, docteur.

LE DOCTEUR ÉVERARD. — Oui, mais pourquoi s'adorent-ils ? Uniquement parce qu'ils n'ont rien de semblable. Mortimer est de haute taille; Arabelle est petite. Si le mari est brun, toison de mouton noir, la femme est blonde comme les blés, suivant le mot si souvent volé à Alfred de Musset. Quand Mortimer cherche à parler, il bredouille; Arabelle, au contraire, ne s'exprime qu'avec une excessive lenteur, en scandant une à une les diverses syllabes dont se forme le tissu d'une phrase. Croyez-vous donc que ce n'est pas par suite d'un vouloir exprès de la Providence que ces disparates se sont fondus dans une association matrimoniale ? Ah ! ce n'est pas tout ! Vraie créole de l'Inde anglaise, née à Chandernagor et élevée comme la fille d'un rajah, Arabelle aime le luxe; elle s'y complaît tout autant qu'un poisson dans l'eau. Pour Mortimer, Français croisé d'Anglo-Saxon, venu au monde rue Boissy-d'Anglas, il a été nourri dans le respect de la caisse d'épargne. Raison pour laquelle il veut qu'un sou soit un sou. Chaque jour, il écrit ce qu'il dépense avec autant d'exactitude qu

s'il était soumis au contrôle de la Cour des comptes.
Eh bien, chère madame, permettez-moi de grouper
ici ce peu de faits et d'en tirer une induction favora-
ble à ma doctrine. Pour un instant, imaginez
qu'Arabelle et Mortimer soient deux êtres identiques,
le sexe à part; supposez-les tous les deux de la
même taille, tous les deux blonds, tous les deux
prodigues, tous les deux mettant soixante secondes
pour prononcer un mot. Pour sûr, au bout de six
mois, ils crèveraient d'ennui, ou bien, au premier
sujet de conflit, *ils se mangeraient le nez*, ainsi que
cela se dit dans le peuple.

ÉLIANTHE. — Vous croyez, docteur?

LE DOCTEUR ÉVERARD. — Madame, j'en suis sûr.
Mais, tenez, je n'ai presque rien dit sur ces disso-
nances qui sont la condition essentielle du bonheur
domestique. Pendant trois mois, l'été dernier, au
joli château d'Ermont, vous avez vécu auprès du
ménage dont nous parlons en ce moment. Avez-vous
bien étudié le mari et l'épouse? Je ne le crois pas.
Si vous vous fussiez livrée alors à un labeur d'analyse,
vous seriez déjà de mon avis; vous eussiez constaté
que Mortimer et Arabelle peuvent rappeler une des
fables les plus curieuses de la mythologie des Grecs.

ÉLIANTHE. — Quelle fable, docteur?

LE DOCTEUR ÉVERARD. — Celle qui représente Cypris la blonde et Mercure donnant la vie à un être hybride, réunissant les deux sexes et n'étant d'aucun : l'Hermaphrodite. Par un jeu du hasard, plein d'ironie, l'indolente créole a des instincts virils. Dès le matin, elle était à cheval, une cravache à la main. Le repas fini, elle fume. Quand on allait à la salle d'armes, on la rencontrait, un masque sur la figure, le fleuret à la main, soutenant très lestement l'assaut, tantôt contre les deux de Sorges, tantôt contre Dorcel. Tous trois sont de fines lames; Arabelle les a plus d'une fois désarmés.

ÉLIANTHE. — Tiens, c'est vrai, ce que vous dites là, docteur; seulement, je ne me le rappelais plus.

LE DOCTEUR ÉVERARD. — Attendez donc la contre-partie! Physiologiquement parlant, Mortimer est un homme. Point de doute sur ce point délicat. Mais c'est un homme pour rire. Casanier, tatillon, mesquin, il raffole des loisirs ancillaires. Au château d'Ermont, on avait toutes les peines du monde à l'empêcher de faire la cuisine. Est-ce que vous ne l'avez pas vu faire de la broderie, un soir d'orage?

ÉLIANTHE, *en riant*. — Si fait bien, je l'ai vu.

LE DOCTEUR ÉVERARD. — Dorcel, que je nommais tout à l'heure, un peu sans gêne, comme vous savez, étant entré, un matin, dans la pièce que le ménage occupait, fut témoin d'un tableau qu'il ne décrit jamais qu'avec tous les signes de la plus vive hilarité. Arabelle en peignoir, tête nue, était assise sur un siège, laissant se dérouler dans toute leur longueur ses superbes cheveux d'or. Pendant ce temps-là, Mortimer, debout derrière le dossier du fauteuil, un peigne d'écaille à la main, faisait très gravement l'office, non d'un merlan, mais d'une cameriste. C'était d'autant plus vrai que, pour s'excuser, il disait : « Eh! cher ami, Mariette, la femme de chambre de ma femme, s'étant envolée, hier au soir, je me suis dit que personne ne pourrait mieux la remplacer que moi-même. » Détail qu'il ne faut pas omettre : celle que son mari peignait si bien souriait d'un air vainqueur. Voilà un fait ; rien ne serait plus facile que d'en fournir dix. Nierez-vous donc la loi des contrastes?

ÉLIANTHE. — En dépit de cet exemple, j'avoue, docteur, que je ne suis pas convaincue.

LE DOCTEUR ÉVERARD. — Eh bien, passons à un autre cas.

ÉLIANTHE. — Soit.

LE DOCTEUR ÉVERARD. — Savez-vous pourquoi Tancrède Bocheville plaide en séparation contre sa femme?

ÉLIANTHE. — A cause d'un coup de canif dans le contrat.

LE DOCTEUR ÉVERARD. — Sans doute, mais le coup de canif n'est venu qu'à la fin : il y a eu un commencement. C'était un accord trop constant entre les époux. — « Tancrède, disait Emma, je veux aller à *Robert le Diable*, ce soir. — Oui, ma belle, nous irons, ce soir, à *Robert le Diable*. — Pendant l'entr'acte, tu m'iras chercher des bonbons au marasquin? — Oui, le rideau baissé, j'irai t'acheter des bonbons au marasquin. — A la fin du spectacle, point de voiture, nous reviendrons à pied. — Oui, nous reviendrons à pied. » Le beau plaisir, pour une jeune femme, d'entendre éternellement répondre : oui. — Une autre fois, c'était à propos de toilette. — « Mon ami, j'ai bien envie de me faire faire un chapeau rose.

— Oui, fais-toi faire un chapeau rose. — Cependant le grenat est plus à la mode. — Oui, choisis le grenat. — D'un autre côté, le bleu sied si bien à la couleur de mes cheveux ! — Eh bien, oui, opte pour le bleu. » A la fin, Emma se sentit blessée. Comment son mari n'avait-il pas l'air de croire qu'elle pût être mieux avec un chapeau qu'avec un autre? Au dernier hiver, à l'ambassade d'Autriche, elle dansa avec Philippe de Z***, qui lui fit une vive opposition, et dont elle est devenue folle. De là le procès en séparation de corps.

ÉLIANTHE. — Au fait, les femmes aiment assez qu'on les contrarie souvent, quand ce ne serait que pour leur donner l'occasion d'avoir souvent raison.

IV

LE CAS DE MONTCHAGRIN, L'ÉBÉNISTE

Montchagrin est un homme terrible quand, avant de rentrer chez lui, il a fait une petite visite au marchand de vin du coin. Alors, il casse la vaisselle, il démolit les meubles, il bat sa femme, il bat sa belle-mère ! Mais halte-là ! Celle-ci est une maîtresse femme qui s'est enfin fatiguée d'être battue. Elle a montré les dents ; et Montchagrin vient s'asseoir sur les bancs de la police correctionnelle.

La belle-mère et lui échangent des regards furieux ; on voit que la guerre est déclarée.

La femme de Montchagrin s'avance pour déposer.

C'est une petite personne à la figure triste et souffreteuse. Nous croyons, hélas ! qu'elle vit sous un double joug, celui de son mari et celui de sa mère. Elle est toute tremblante entre cette double influence et semble marcher sur des charbons ardents.

M. LE PRÉSIDENT. — Votre mari vous a-t-il battue dans la soirée le 29 juin dernier?

LE TÉMOIN, *hésitant.* — Monsieur le président...

LA BELLE-MÈRE, *à voix basse.* — Mais parle donc, petite cruche...

M. LE PRÉSIDENT. — Voyons, vous a-t-il battue?

LE TÉMOIN, *avec un effort.* — Oui!

MONTCHAGRIN. — Hein?...

LE TÉMOIN, *se reprenant.* — Je ne crois pas qu'il m'ait battue...

LA BELLE-MÈRE, *se frappant du poing sur le genou.* — Oh! la bête!

M. LE PRÉSIDENT, *au témoin.* — Allez vous asseoir, puisque vous ne voulez pas parler avec franchise.

LE TÉMOIN, *pleurant et portant ses regards de son mari à sa mère.* — Ah! monsieur!...

M. LE PRÉSIDENT. — Oui... oui... nous vous comprenons... allez vous asseoir.

MADAME CORBINET, *la belle-mère, est appelée à déposer à son tour et parle avec une volubilité extrême.* — Messieurs, si je vous disais toutes les horreurs des abominations de la vie que ce brigand-là a faites à moi et à ma fille, il faudrait vous en conter jusqu'à demain. Il y a de ceux qui sont sur le carcan qui ne l'ont pas mérité autant que lui, et il est bien digne d'avoir une place a côté de Billoir. Il boit, l'assassin, tant que la journée dure, et si j'étais gouvernement...

M. LE PRÉSIDENT, *parvenant enfin à l'arrêter.* — Un peu moins de passion, madame!

MONTCHAGRIN. — Hein... messieurs! quelle platine! Croyez-vous que ça *soie* agréable, quand on a ce carillon-là dans l'oreille vingt-quatre heures par jour!

M. LE PRÉSIDENT, *au témoin.* — Précisez les faits qui se seraient passés dans la soirée du 29 juin.

LA BELLE-MÈRE. — Ah! le bédouin... il s'est *ruté* sur ma pauvre fille...

M. LE PRÉSIDENT. — Parlez de ce qui vous concerne seulement.

LA BELLE-MÈRE. — Eh bien!... il m'a pris par les cheveux...

MONTCHAGRIN, *se levant vivement.* — Ah! je vais prouver que c'est impossible!

LA BELLE-MÈRE. — Il m'a tirée dans la chambre, toujours par les cheveux!

MONTCHAGRIN. — Je demande la parole!

LA BELLE-MÈRE. — A preuve qu'il lui en est resté une poignée dans la main.

MONTCHAGRIN. — A preuve que tout ça est faux, messieurs, c'est que ma belle-mère n'a pas de cheveux. (*Hilarité générale.*) Je demande qu'on la décoiffe! Elle porte un tour de 9 francs 50 et une vieille tresse postiche à la *Robin-des-Bois!*... Je demande qu'on la décoiffe!

LA BELLE-MÈRE, *se mettant sur la défensive.* — Par exemple!

Montchagrin s'entend condamner à six jours de prison, et il crie aussitôt :

— Je les ferai. Mais c'est égal, la belle-mère n'a pas de cheveux.

V

LA VENDETTA DE PARIS

*(Au foyer de l'Opéra, pendant un entr'acte de
la Muette de Portici.)*

OCTAVE DORCY. — Qu'est-ce que c'est que ce
joujou-là?

LUCIEN FALCON. — Un stylet italien que je rapporte de Bastia.

OCTAVE, *après avoir regardé*. — Acier de bonne
trempe, mais ça n'a rien de rare.

LUCIEN. — Mon Dieu, si. Ce joujou est une curio-
té dramatique.

OCTAVE. — En quoi donc?

LUCIEN. — Ça été, pendant sept ans, l'arme favorite d'un Corse qui s'était sauvé dans les maquis,
afin d'échapper aux gendarmes. Il s'appelait Pan-
taleone Cesari. Toute l'île vous dira que, rien
qu'avec cette arme, il a tué sept hommes.

OCTAVE. — Sept meurtres en sept ans! Une belle poussée! On voit mieux que ça, de nos jours, à Paris même, où nous avons des assassins perfectionnés. Ou ceux-là découpent une femme en morceaux suivant toutes les règles de l'anatomie, ou ils tuent sept personnes à la fois. En comparaison, vos Corses me feraient pitié.

LUCIEN. — Cependant le Cesari a une réputation de brigand bien établie dans toute la patrie de Napoléon.

OCTAVE. — Je vous dis que la vendetta corse n'est plus à comparer à la revendication qu'on exerce désormais à Paris.

LUCIEN. — Mais il y avait trois fois l'équivalent de Cesari dans les maquis, à l'époque de Noël, l'an dernier?

OCTAVE. — Des enfantillages, je le répète. Tenez, mon cher, reprenez votre petit couteau de trois sous, et écoutez une sombre histoire. Pour ne pas vous prendre en traître, je vous préviens que c'est à faire dresser les cheveux sur la tête.

LUCIEN. — Dites tout de même.

OCTAVE. — Il y avait, voilà trois ans, sur le boulevard Haussmann, un armurier qui, à force de fourbir des armes à feu pour le Jockey-Club, fit une rapide et brillante fortune. On le nommait Jean-Achille Bricard.

LUCIEN. — Un nom qui annonce que celui qui le porte n'a pas envie de rire.

OCTAVE. — Bast! le nom ne fait rien à l'affaire. Cet armurier avait une fort jolie femme, brune et blanche, une poire juteuse, dont il était fort épris. Comme la dame aimait la campagne, il acheta un chalet aux environs de Saint-Germain en Laye, vendit sa boutique, réalisa sa fortune et s'en alla habiter ce nid, qu'il se plaisait à faire confortable le plus possible. Jusque-là, tout allait pour le mieux. Mais, un jour, il y a dix-huit mois, en revenant de la chasse, maître Bricard, étant entré sans frapper dans la chambre à coucher de sa femme, la surprit en « criminelle conversation » avec un ancien associé.

LUCIEN. — Diable, voilà un drame qui se corse.

OCTAVE. — Mon cher, nous ne sommes encore qu'au commencement.

LUCIEN. — Eh bien, continuez donc. Vous me faites bouillir d'impatience.

OCTAVE. — Tout autre se fût emparé d'un fusil ou d'un revolver, chose facile pour un ancien fabricant d'armes, et eût débuté par l'acte final d'une sanglante tragédie. Point. Tuer les deux coupables sur place aurait été trop doux. Jean-Achille Bricard se contenta de dire à l'amant : « Tu t'es bassement in-

troduit chez moi pour me voler mon bonheur; tu
es le dernier des lâches. Évidemment, je devrais
t'écraser sous mes talons comme on le fait pour un
reptile; mais non, va-t'en, et ne reparais jamais
devant moi. » Lui parti, il se tourna du côté de sa
femme. — « Si je ne tue pas ce coquin, j'en use de
même avec vous, qui méritez si bien la mort. Mais
vous n'en êtes pas moins condamnée. » En même
temps, il alla chercher, au fond d'un placard, dans
un endroit secret, une petite fiole pleine de poudre
blanche.

LUCIEN. — Quelque chose de semblable au poison
des Borgia?

OCTAVE. — A peu près. C'était une substance
toxique, dont un voyageur, au retour de l'Inde, lui
avait fait présent. — « Tenez, Lélia, dit-il, vous allez
me mettre une petite dose de cette poudre dans mon
café, tous les jours, sans faute. Vous m'avez désho-
noré; je vous condamne à m'assassiner. »

LUCIEN. — Tiens, c'était original, ce coup de
théâtre.

OCTAVE. — Ne m'interrompez donc pas, je vous
prie. Au premier moment, la femme, tout en larmes,
se révolta : — « Moi, monsieur, commettre un si
grand crime, vingt fois répété! Jamais, monsieur

jamais! » En disant cela, elle se jetait aux genoux du mari outragé en se tordant les bras de honte et de désespoir.

LUCIEN. — Attitude de feu madame Dorval dans tous les drames du lendemain de 1830.

OCTAVE. — Le mari la releva d'un geste. — « Madame, lui dit-il, si vous refusez de faire ce que je vous ordonne, ou si vous révélez quoi que ce soit à la police ou à la presse, je publierai votre conduite dans un écrit déposé chez mon notaire ; je tuerai ensuite vous, votre amant, votre père, votre frère, vos sœurs et moi-même par-dessus le marché. Et, sans me donner raison, l'opinion publique finira pourtant par m'amnistier. Ainsi, pas de résistance ! » Mon cher, la femme a peu à peu obéi.

LUCIEN. — Elle empoisonnait le digne homme régulièrement, tous les jours ?

OCTAVE. — Oui, mon cher, tous les jours. Pendant trois semaines, au moment du dessert, elle entendait M. Jean-Achille Bricard dire de sa voix la plus aimable, en présence de ses enfants et des amis qu'il invitait à dîner : — « Allons, mettez donc mon bismuth dans mon café, Lélia ! » Parfois, il poussait la cruauté jusqu'à apporter un bouquet de fleurs rares, une gerbe de roses-thé ou de tulipes, qu'il posait sur

la table. Parfois, il faisait avec emphase l'éloge de sa
femme : — « Il n'y a que moi qui sache réellement
tout ce qu'elle vaut », disait-il. En même temps, il
la fixait d'un œil impitoyablement calme, pendant
que, d'une main tremblante, elle lui présentait la tasse
recélant la mort. Hormis elle et lui, personne ne se
doutait du terrible drame qui se jouait dans cette
calme maison des champs.

LUCIEN. — Voilà une situation affreuse et toute
neuve.

OCTAVE. — A la fin, quoique pris à petite dose, le
poison a agi ; M. Jean-Achille Bricard a dû se mettre
au lit, brûlé par une fièvre à laquelle les médecins
n'ont rien compris. Ce jour-là, sa femme, ayant
soixante ans à trente ans, avait tout à coup des cheveux blancs et des rides tout le long du visage.

LUCIEN. — L'horrible chose !.

OCTAVE. — Attendez donc. Huit jours après, l'ancien armurier mourait. A la même heure, Lélia,
s'échappant de la maison, s'en alla se noyer dans la
Bièvre, où l'on a trouvé son cadavre. Au fond d'une
de ses poches, dans un petit portefeuille en cuir de
Russie, se trouvait, écrite par elle-même, la relation
de tout ce que je viens de vous dire. — Eh bien, ose-
rez-vous parler de la *vendetta* des Corses, à l'avenir ?

LUCIEN. — J'avoue que ce n'est rien, si l'on veut la comparer à la *vendetta* de Paris.

OCTAVE, *après un petit temps de repos. (Il allume un cigare de la Havane et se met à rire.)* — Allons, cher ami, ne poussez pas tant d'*hélas !* Tout cela n'est qu'un conte noir forgé par V***, le reporter du petit journal le *Capricorne.*

LUCIEN. — Drôle de pays, que le Paris de nos jours !

VI

LA MAISON DISPARUE

PROLOGUE

Cela se passait donc en pleine Restauration.

Je ne vous dis pas l'année au juste.

M. le comte de R***, rappelé de son ambassade en Autriche, revenait à Paris en compagnie de son secrétaire et neveu, lequel n'avait suivi son oncle à Vienne que pour échapper à la trop pesante chaîne que lui faisait porter la marquise de N***, sa femme. Aussi voyait-il arriver avec effroi le moment de se retrouver avec sa moitié.

Cependant la chaise de poste roulait avec la vitesse de quatre chevaux lancés au galop sur la route de France. Mais il était déjà onze heures du soir, et

3

l'on ne pouvait espérer d'être à Paris que vers une heure du matin.

C'est pourquoi l'ambassadeur dit à son neveu :

— Mon cher marquis, comme je ne veux pas déranger ma fille nouvellement mariée, j'irai coucher, pour cette nuit, chez toi, à ton hôtel de la rue des Moulins.

— Soit, cher oncle, répondit le neveu.

D'après cela, au premier relais, un domestique partit à franc étrier pour préparer le coucher des deux personnages.

A une heure du matin, la voiture arrivait rue des Moulins, où logeait le marquis de N***, le secrétaire de son oncle.

En mettant le nez à la portière, le susdit marquis aperçoit son domestique à cheval, au milieu de la rue, l'air fort inquiet.

— Eh bien ! maraud, lui cria-t-il, que fais-tu là ?

— Monsieur le marquis, je cherche la maison et je ne la trouve pas.

— Comment ! tu ne trouves pas la maison où tu me servais encore il y a deux ans ? Est-ce que tu es ivre, par hasard ?

— Eh ! monsieur le marquis, si j'étais ivre, je verrais au moins deux maisons, tandis que je n'en vois pas du tout. Tenez, voici bien la place où elle était.

Et le secrétaire d'ambassade demeure stupéfait en apercevant un grand espace planté d'arbres à l'endroit où il avait laissé sa maison.

Il se frotta les yeux pour décider s'il ne dormait pas.

— Il n'y a pas à dire : c'est bien là. Le postillon ne s'est pas trompé de rue.

Il est trop tard pour s'informer de ce que cela veut dire. Il adjure son oncle l'ambassadeur. Il faut bien se résigner à passer le reste de la nuit dans la chaise de poste pour attendre que le jour, du reste peu éloigné, vienne éclairer cet étrange mystère.

Cinq heures du matin sonnent à Saint-Roch.

Vers six heures, l'inquiet propriétaire, toujours en adjurant son oncle de prendre patience, saute à bas de la voiture et va s'informer où est sa femme.

Une laitière lui indique, comme étant sa demeure, la maison sise en face de l'endroit où avait été la sienne.

SCÈNE PREMIÈRE

LE MARQUIS. — A-t-on idée de chose pareille? Non seulement elle fait démolir ma maison, mais encore elle va s'installer dans la maison d'en face, pour sûr afin d'afficher plus de scandale. Ah! les femmes d'aujourd'hui! Ne dirait-on pas que les marquises elles-mêmes ont sucé le lait de la Révolution?

En même temps, il court frapper à l'hôtel d'en face, réveille tous les domestiques et parvient, non sans peine, à la chambre à coucher de la dame

SCÈNE II

Celle-ci, réveillée en sursaut et apercevant son mari devant elle, en habit de voyage, les bras croisés et la physionomie singulièrement bouleversée, part à son nez d'un indécent éclat de rire.

LE MARQUIS. — Madame...

LA MARQUISE. — Ah! ah! c'est vous, mon cher?

LE MARQUIS. — Oui, madame, c'est moi.

LA MARQUISE. — Ah ça! quelle mouche vous pique donc pour venir me réveiller à pareille heure?

LE MARQUIS. — Ma maison, madame!

LA MARQUISE. — Que dites-vous?

LE MARQUIS. — Ma maison!

LA MARQUISE. — Entre nous, vous n'êtes guère poli, reprend la noble dame. Il est à peine jour.

Vous me réveillez en sursaut, et, me sachant malade, très sensible des nerfs, vous ne me demandez pas seulement comment je me porte !

LE MARQUIS. — Eh ! madame, avant tout, je désire savoir comment se porte ma maison.

LA MARQUISE. — Monsieur, elle n'a plus cette peine.

LE MARQUIS. — Que voulez-vous dire, madame ?

LA MARQUISE. — Que je suis la plus infortunée des marquises, monsieur, et que c'est à vous que je dois tous mes malheurs. Cela est bien vrai, allez ! Tenez, d'abord, premier malheur et le père de tous les autres, vous m'avez épousée.

LE MARQUIS. — Il ne s'agit pas de ça, madame. Ma maison !

LA MARQUISE. — Nous y reviendrons tout à l'heure, soyez tranquille. Second malheur en plusieurs tomes, vous m'avez fait cinq enfants.

LE MARQUIS. — Ma maison, madame !

LA MARQUISE. — Elle n'était pas encore achevée dans ce temps-là. Troisième malheur, vous vous mettez dans la tête que vous êtes un diplomate, et vous vous en allez en ambassade avec notre oncle, ce qui fait que vous dépensez au whist le plus clair de ma dot.

LE MARQUIS. — Ma maison, vous dis-je !

LA MARQUISE. — J'y suis, monsieur, ou plutôt j'y fus. Vous savez bien que cette baraque me déplaisait horriblement. Si j'y étais restée plus longtemps, j'y serais morte ; mais comme je ne voulais pas vous rendre le bien pour le mal, je l'ai quittée. J'ai loué ensuite cet appartement qui me plaît fort, et je...

LE MARQUIS. — Ma maison ! ma maison !

LA MARQUISE. — Elle gênait sensiblement ma vue. Elle m'agaçait les nerfs. Je l'ai donc fait jeter à bas pour planter un jardin à sa place. Tenez, regardez, s'il vous plaît : on voit ça d'ici. Il y a des tulipiers, des acacias, des sycomores. Il y a aussi beaucoup de roses.

LE MARQUIS. — Ah ! par exemple, ceci est trop fort, madame !

LA MARQUISE. — Comment ça ?

LE MARQUIS. — Nous ne pouvons décidément plus vivre ensemble.

LA MARQUISE. — Ça n'est pas nouveau, ce que vous dites là, monsieur.

LE MARQUIS. — Alors, madame, puisque vous m'y forcez, je demanderai la séparation de corps.

LA MARQUISE. — Faites, mon cher. Ce sera le premier bonheur que vous m'aurez causé.

LE MARQUIS. — Ce ne sera toujours pas aux dépens du mien, madame.

ÉPILOGUE

Au bout d'un an, pendant le procès, la mort rendit la séparation inutile en enlevant madame la marquise de N... aux regrets de son mari ; mais la maison de la rue des Moulins n'en avait pas moins disparu pour toujours.

VII

PREMIER DIPLOMATE.
SECOND DIPLOMATE.
LA DUCHESSE DE B***, DAME D'HONNEUR.

(En 1842, — dans les grands salons du palais de Windsor..
Toute l'Europe diplomatique est là en costumes de cour.)

PREMIER DIPLOMATE. — Très belle fête, il faut en convenir.

SECOND DIPLOMATE. — Musique comme à Vienne, danse comme à Paris, femmes aux blanches épaules comme à Pétersbourg, sorbets comme à Constantinople. Rien n'y manque.

PREMIER DIPLOMATE. — Tout ça pour fêter le troisième anniversaire du mariage. Heureux Cobourg !

SECOND DIPLOMATE. — Pourquoi heureux ?

PREMIER DIPLOMATE. — Tiens, d'abord parce qu'il est Cobourg.

SECOND DIPLOMATE. — Ah ! c'est juste. J'oubliais ! Tout le long du continent européen et jusque dans les îles, cette race est renommée pour ses vertus d'étalons. Dès qu'on a une jeune souveraine à marier, n'importe où, on change un ambassadeur en maquignon et on l'envoie en Allemagne faire l'emplette d'un membre de la maison de Cobourg. N'est-ce pas ce qui s'est fait pour le prince Albert ?

PREMIER DIPLOMATE. — Vous l'avez dit. Voilà pourquoi je répète : « Heureux Cobourg ! » car enfin il est le mari de la reine d'un des plus grands et des plus beaux empires du monde.

SECOND DIPLOMATE. — Mon cher confrère, rappelez-vous un peu, s'il vous plaît, un mot de Paul-Émile.

PREMIER DIPLOMATE. — Un général de la république romaine ?

SECOND DIPLOMATE. — Précisément. Il avait une très belle femme, à l'occasion de laquelle des galantins le complimentaient. Au même instant, selon Plutarque, il se mit à regarder ses chaussures, en disant : « Mon soulier me blesse, mais il n'y a que moi qui sache où il me *fait mal*. »

3.

PREMIER DIPLOMATE. — Supposeriez-vous donc que le prince conjoint... ?

SECOND DIPLOMATE. — Je ne suppose rien. J'affirme que le nouvel époux n'est pas heureux comme un poisson dans l'eau. D'abord, pour un auguste personnage tel que lui, y a-t-il situation plus précaire, je veux dire plus ridicule : le Mari de la Reine ? Un homme qui n'est rien que par sa femme et qui ne peut rien que par elle ! Elle porte la couronne, il faut qu'il soit tête nue devant elle. Elle contresigne tous les actes de l'autorité publique, nomme les ministres, convoque et congédie les chambres ; il va se promener à Hyde-Park.

PREMIER DIPLOMATE. — Voyons, en ménage, ce n'est pas la politique qui fait le bonheur.

SECOND DIPLOMATE. — Il n'est auprès d'elle que pour faire des enfants, rien que pour ça.

PREMIER DIPLOMATE, *avec un petit rire.* — Hé ! hé !

SECOND DIPLOMATE. — Attendez donc. Le prince est grand, maigre et doux ; la reine est petite, dodue, capricieuse, emportée. Philémon et Baucis furent des époux bien assortis. Au lieu de soutenir ce bon jeune homme et d'améliorer la position équivoque et difficile dans laquelle le placent les lois anglai-

ses, on semble oublier parfois que, dans les mariages de ce genre, c'est la femme qui doit aide
et protection à son mari. La cité de Londres trouve
charmant cet état de choses et applaudit de toutes
ses mains ; la cour, au contraire, et tous les tories,
se sont prononcés pour le prince, qui a des manières très aristocratiques. On peut dire, à propos
des deux augustes époux, que l'Angleterre elle-
même risque de faire mauvais ménage.

PREMIER DIPLOMATE. — Mon cher, vous voyez les
choses bien en noir.

SECOND DIPLOMATE. — Voulez-vous que nous nous
renseignions à la meilleure source ? Tenez, voilà
la duchesse de Buc*** qui vient à nous ; elle est l'une
des dames d'honneur. Croyez qu'elle nous dira le
fin mot de la chose.

PREMIER DIPLOMATE. — Soit. Interrogez-la.

LA DUCHESSE DE BUC***. — Messieurs, je suis
sûre d'avance d'être à la suite de votre conversation.
Vous parlez de la jalousie de la reine ?

PREMIER DIPLOMATE, *avec embarras*. — Madame
la duchesse...

LA DUCHESSE DE BUC***. — Cette jalousie crève
les yeux à tout le monde. La jalousie paraît être la
passion dominante de la reine. Le prince ne peut

lever les yeux sur une jeune femme sans s'exposer à une querelle, et même, ajoute-t-on, à des punitions telles que les arrêts forcés ou une retenue sur ses appointements. Au bal, la reine lui impose une liste de danseuses choisies parmi les moins jeunes et les moins jolies. Il lui est interdit de sortir seul, et ses moindres démarches, ses plus simples actions passent par une active surveillance. Jusqu'ici le prince a tout supporté avec l'esprit de mansuétude et de bonté qui forme le caractère distinctif de sa famille : rares et précieuses qualités qui, jointes à un physique avantageux, ont sans doute fait la fortune des Cobourg.

SECOND DIPLOMATE. — Mais, madame la duchesse, on a beau être un Cobourg, bien discipliné, bien élevé dans les principes de la patience conjugale la plus bénigne, il est des circonstances où cette soumission devient intolérable ; c'est ce qui, dit-on, est arrivé dernièrement à Windsor.

PREMIER DIPLOMATE. — Madame la duchesse doit savoir au juste ce qu'a été cette scène ?

LA DUCHESSE DE BUC***. — Il y avait cercle dans les petits appartements de la reine ; là se trouvaient réunis la fine fleur des privilégiés, les plus grands seigneurs et les plus nobles dames de la cour. On servit le thé, et la conversation s'engagea sur divers sujets. Le prince se tenait à sa place, au second rang, écoutant avec discrétion, souriant quand la bouche royale daignait sourire, et risquant de temps en temps un mot timide ou une phrase de respectueuse flatterie. Par malheur, l'entretien tomba sur une brillante représentation qui avait eu lieu la veille au Queen's Théâtre et où la cour avait assisté. La reine fronça le sourcil et reprocha au prince d'avoir lancé quelques regards téméraires dans la loge de la belle lady S... Le jeune mari avait à cœur de se justifier, et il le fit en si bons termes que la reine fut irritée de cette contradiction victorieuse. Or, comme le prince, pour l'apaiser, lui offrait une tasse de thé accompagnée d'un gracieux compliment, la reine, cédant à sa mauvaise humeur, fit un mouvement involontaire qui renversa la tasse, dont le contenu jaillit au visage de l'illustre époux. L'assemblée fut frappée de stupeur. Le prince échaudé sortit en dissimulant son cuisant déplaisir sous son foulard. Le lendemain, il déclara hautement que sa condition n'était plus supportable.

SECOND DIPLOMATE. — Diable! ça ne manque pas de gravité, ça.

PREMIER DIPLOMATE. — Vous qui citez si bien

l'histoire, vous pourriez rappeler le verre d'eau de la reine Anne répandu sur la robe de la duchesse de Marlborough, scène qui a inspiré une comédie à M. Scribe.

SECOND DIPLOMATE, *à la duchesse.* — Sait-on les paroles du prince?

LA DUCHESSE DE BUC***. — Les voici mot pour mot: « Je renonce aux grandeurs, aurait-il dit; le rôle de mari de la reine ne me va plus; je suis complètement désillusionné sur les agréments de l'emploi. Je donne ma démission et je m'en irai. L'Angleterre d'ailleurs n'a pas besoin de moi pour le moment : la couronne possède deux héritiers. Si, plus tard, cela ne suffisait pas, eh bien! je reviendrais reprendre ma charge; mais rester ici et traîner cette chaîne d'or à perpétuité! Non! j'aime mieux la médiocrité dans ma petite seigneurie allemande. »

PREMIER DIPLOMATE. — Très noble langage, confrère.

SECOND DIPLOMATE. — Oui, s'il était sincère. Mais je n'y vois que des mots, des mots et rien que des mots, comme dit Shakespeare, après Horace. Le prince restera à la cour; il ne fera pas moins de douze enfants. Ainsi l'exigent l'Angleterre et sa petite reine.   (*Exeunt.*)

VIII

UNE NOCE

C'était au tour de Gontran à parler.

Gontran est sans contredit celui de notre petite bande qui a le plus vécu : Gil-Blas et Faublas réunis connaîtraient moins de choses que lui, à coup sûr.

Gontran a résidé vingt ans à Paris, dix ans en Europe, trois ans au Caire, deux ans aux Indes.

Il a été en aérostat, en coucou, en wagon, en prison, à l'armée, au Rocher de Cancale, au fond d'une cave, sur le haut des toits, en pleine paix, en révolution, en grande guerre.

Il a été pauvre, riche, ruiné, opulent ; finalement il a mille écus de rente.

Il a été trompeur, il a été trompé.

Il s'est moqué de tout le monde ; tout le monde s'est moqué de lui.

Gontran parle bien, quand il consent à parler.

Cette fois, je le répète, c'était à son tour.

— Qu'est-ce que je vais vous raconter? dit-il en roulant une cigarette entre ses doigts.

— Ce que tu voudras.

— Voulez-vous du gai ou du sombre?

— Ni de l'un ni de l'autre.

— Du noir ou du rose?

— Un récit qui soit entre les deux.

— Un procès?

— Non.

— Un duel?

— Nenni.

— Un rendez-vous à la belle étoile?

— Point du tout.

— Une brouille entre amant et maîtresse?

— Ah! par exemple!

— Une partie de tric-trac entre un soldat de terre et un marin?

— Trop vieux!

— Une conspiration où l'on jure la mort des rois sur un poignard?

— Trop classique!

— Un quiproquo où un homme d'esprit est joué comme un imbécile?

— Trop usé !

— Un suicide accompli en riant ?

— Connu ! « Jérôme pointu va s'appeler Jérôme
f... »

— Une noce au bois de Boulogne, alors ?

— Va pour la noce, si elle est vraie.

— Si elle est vraie ? Je le crois bien, mes amis,
puisque j'y ai assisté.

Il fit une pause d'un instant, afin de jeter à terre
sa cigarette, puis il reprit :

— C'était sous l'empire, au bois de Boulogne. En
ce temps-là, M. de Palikao n'avait pas encore coupé
les arbres qui servaient de ceinture à ce joli boudoir
des forêts. Je m'arrête à ce fait, parce que les bonapartistes, feignant d'ignorer ce qu'ils savent mieux
que nous, n'ont pas oublié : *primo*, que c'est le susdit Palikao qui a renversé Napoléon III avant le 4
septembre ; *secundo*, que c'est le susdit qui a aussi
renversé les marronniers, les pins et les ébéniers qui
faisaient le charme de cette promenade, si chère aux
fous et aux philosophes de Paris.

Il y avait bien une heure que j'étais étendu tout de
mon long au milieu d'un des fourrés les plus feuil-
lus de la Porte-Dauphine. Fatigué d'avoir lu le dernier volume des *Mémoires de M. Guizot*, — un vrai

miroir de vanité, — je m'amusais à regarder une grande bataille rangée. Ce Waterloo s'agitail entre une armée de fourmis noires et une armée de fourmis grises. Le cadavre d'un hanneton, dont une aile avait déjà été emportée, était considéré, je le crois bien, comme le butin de la journée. — Qui l'aura? me disais-je, et je ne perdais de vue aucun des incidents de l'action.

En ce momeut, un bruit de branches remuées vint me distraire d'une manière assez inopportune.

Je levai tout à coup la tête et j'aperçus Robert F..., un des nôtres.

Robert F... tenait à la main une fleur, une rose. Après l'avoir effeuillée, il trouvait dans la corolle un billet qu'il se disposait à lire. Au cri que je jetai, il regarda et me dit :

— Tiens! te voilà, Gontran?

— Mon Dieu, oui, répondis-je.

— Et que diable fais-tu là?

— De l'histoire et de la stratégie mêlées. Je regarde deux formidables armées qui sont en train de se disputer le cadavre d'un coléoptère. Et toi, que fais-tu?

Robert balbutia. Je devinai qu'il y avait quelque mystère sous jeu, et n'allai pas plus loin.

Cependant il se rapprocha du lieu où j'étais couché.

— Pardieu, ajouta-t-il, puisque te voilà, il faut que tu viennes avec moi.

— Où ça?

— A deux cents pas d'ici, au restaurant de la *Carpe d'Or*.

— Pour quoi faire?

— Pour assister à un repas de noce auquel je t'invite.

— Est-ce que tu te maries?

— Moi, oh! non! Je laisse cette folie-là à faire à d'autres.

— Eh bien, alors, de quel droit m'inviterais-tu?

— Du droit de... — Je t'invite parce que je t'invite. Cela doit te suffire. Allons, viens, tu riras, je te le promets.

— Pourquoi rirai-je?

— Parce qu'un mariage entre petites gens, à Paris, est une comédie aussi drôle et cent fois plus vraie que celles qu'on joue au Gymnase.

Ces dernières paroles me convainquirent. Je me levai et je suivis Robert.

En arrivant à la *Carpe-d'Or*, il me présenta à un vieux monsieur en habit noir et en gilet de satin,

avec des manchettes. C'était un ancien herboriste
qui avait fait fortune à force de vendre du chien-
dent. Père d'une très jolie fille, il l'avait donnée, le
matin même, à un homme encore jeune, d'une
figure bizarre, très élégant, changeur de son métier.

Un changeur ne peut être qu'un homme d'ordre et
un citoyen bien pensant. Celui-là, établi depuis deux
ans dans le quartier du vieux monsieur, ne manquait
jamais d'illuminer sa maison le 15 août, jour de la
fête de l'empereur.

C'était surtout ce qui avait décidé le futur beau-
père.

— Viens donc, ajouta Robert, que je te présente
aux deux époux.

Je saluai le mari, une drôle de *tronche!* Je m'in-
clinai devant la mariée. Il me sembla qu'elle rou-
gissait légèrement, ce qui me rappela la rose effeuillée dans le bois et le billet non lu. Mais je
m'arrêtai à ce point, parce que le moment de se
mettre à table était venu.

Une noce au bois de Boulogne, sous l'empire,
était un joli tableau. A celle-là on voyait quinze petites bourgeoises qui s'arrangeaient déjà pour ressembler aux femmes de notre ami Grévin.

Robert m'avait dit :

— En ma qualité d'ordonnateur de la petite fête,
je te place entre une brune et une blonde; soigne-
les bien toutes les deux. En définitive, ça vaudra
bien tes deux armées de fourmis.

Je les soignai, très certainement, mais c'était
l'épousée qui attirait le plus mon attention.

— Ah! me disais-je, à force de regarder, ah! il
manque une rose blanche à sa couronne!

Le mari aussi méritait bien un léger mouvement
d'étude.

Je regardai.

— Tiens, me dis-je, étant *lavaterien* de profes-
-sion, tiens, ou bien c'est un homme de génie, ou
bien c'est un franc coquin.

Il se tenait pourtant assez bien, courtisait plus le
beau-père que la fille, buvait assez rondement et faisait surtout fête aux primeurs.

— C'est un homme charmant, me dit la brune; il
rendra Coralie heureuse.

— C'est un homme dangereux parce qu'il est trop
aimable, me dit la blonde; Coralie aura à souffrir,
mais c'est le lot des femmes.

Au bout de la table, un des invités, qui avait un
peu de sculpture, s'amusait à tailler une tête de

mort dans un noyau de cerise, — ce qui amusait beaucoup ses voisins.

Pas très loin de là, il y avait un caissier d'agent de change qui imitait à s'y méprendre une grosse mouche qui bourdonne et va se cogner aux vitres.

— Tous les assistants étaient aux anges.

En ce moment on entendit un grand bruit à la porte de la salle.

Un commissaire de police, en écharpe, suivi de trois acolytes, entra en criant à haute voix :

— Que personne ne sorte !

Puis allant au marié :

— Vous êtes Martial Bréchu, le changeur; vous êtes Paul G..., le bigame, évadé depuis trois ans de Cayenne. Je vous arrête.

La jolie mariée s'était évanouie.

Robert F... me dit :

— Pauvre petite ! Je la consolerai !

Il n'y a eu qu'une scène dans ce drame, mais jamais Frédérick Lemaître, Bocage et Dorval mêlés ensemble n'ont joué aussi bien que les acteurs qui figuraient dans cette scène-là.

IX

GUITARE

SUR UNE DEMANDE EN SÉPARATION DE CORPS [1]

MM. les rigoristes, qui fument philosophiquement des cigares d'un franc sur l'asphalte, ont eu l'air de s'indigner en lisant par le menu tout ce qui s'est écrit et tout ce qui s'est dit dans la demande en sé-

1. Dans un petit livre intitulé : *Santerre, général de la République, sa vie politique, sur les notes d'Augustin Santerre, son fils*, il y a un rapprochement singulier avec le procès qui se juge actuellement.

Santerre, contrarié dans un projet de mariage désapprouvé par sa famille, veut se tuer et se jette à l'eau. On le repêche, il se marie. Puis sa femme, victime de ses violences, forme contre lui une demande en divorce. Il résiste, cherche une réconciliation et, quand elle lui échappe, forme à son tour une demande reconventionnelle.

Il y a, comme on voit, dans le procès Santerre, des traditions de famille.

paration de corps formée par M. Sébastien S***
contre mademoiselle Jeanne A***, sa femme.
Avouons qu'il ne manque pas là-dedans de détails
propres à soulever le cœur de dégoût. Mon Dieu! ce
procès et dix autres de même farine démontrent
clairement une vérité désormais indéniable : c'est
que le sommet de la société parisienne est, non pas
gangrené, mais pourri. Oui, je répète le mot en
toutes lettres, pourri jusqu'à la moelle des os. Où
trouver un fer assez rougi au feu pour brûler tant de
sanies ?

Cependant les Catons en gants roses auxquels je
viens de faire allusion auraient pu voir du premier
coup que ce scandale extra-judiciaire est le résultat inévitable de la vie parisienne telle qu'elle a été
faite par les gens comme il faut, c'est-à-dire par eux-
mêmes.

De nos jours, personne ne veut plus que la femme
soit l'épouse romaine, celle du temps de la République, dont l'oraison funèbre était si brève et si tou-
chante : « Elle a gardé la maison; — elle a filé
la laine; — elle a vécu chaste. » Il y a chez nous
deux faubourgs qui passent pour être la zone du bon
ton et des beaux sentiments. Voyez-vous d'ici l'unanime haussement d'épaules qui s'y manifesterait, si l'on

se mettait à réciter la phrase latine devant un jeune mari et son épousée, le jour de leurs noces ? Déjà, en 1843, lorsque François Ponsard fit jouer *Lucrèce* à l'Odéon, l'héroïne ayant dit en vers rigides qu'elle serait l'épouse de cette devise, il y eut bien vite chez les messieurs d'en haut et dans toute la fashion quelque chose comme un tonnerre de rires moqueurs. Bien mieux, ceux des jeunes marquis et des jeunes comtes qui menaient la belle vie avaient choisi le même mot pour désigner la femme dont il fallait se débarrasser : « — Envoyez-la donc filer de la laine. » — Depuis l'invasion du naturalisme dans nos mœurs on a dit, dans le même sens : « A Chaillot ! »

Pour en revenir au procès S***, il faut bien reconnaître, d'abord, que le mari et la femme étaient déjà depuis longtemps dans le domaine de la publicité. La presse mondaine s'occupait d'eux et il est à croire que la chose ne leur déplaisait pas. Nous voilà bien loin de la maison close. On se montre au théâtre, aux courses, dans les fêtes, au bois. La chronique mêle votre nom à tous les beaux noms armoriés. C'est là un début, quelque chose qui ressemble à l'ouverture d'un opéra. Tout fait a son enchaînement. On voit tous les jours le *High life* mener ses premiers sujets au Palais de Justice.

4

A qui la faute si madame S*** est devenue une étoile du ciel parisien ? Tout à l'heure vous verrez un avocat prétendre tout haut, non sans donner ses preuves, que ça été la faute du mari. Mais après tout, le diable est bien fin. Quand on a une femme telle que mademoiselle Jeanne A***, doit-on prendre à l'exhiber en public le plaisir qu'y prenait M. S*** ? Tenez, pour ne pas nous tromper, empruntons ce portrait à un journal qui s'est fait à bon droit, le chevalier de cette dame :

« Qui ne connaît la charmante madame S***, à qui les étrangers de distinction et même des princes de sang royal tenaient à honneur de se faire présenter ?

» A la fois jolie et belle, on aimait à la contempler au Bois ou à l'Opéra, sous sa chevelure noire qui lui faisait, comme dit le poète, un casque parfumé. Sur son corps de statue vivante, la mode cherchait des inspirations pour les toilettes de demain.

» Qui n'avait pas vu madame S*** ignorait un des grains de beauté de Paris. »

Hein ? est-ce assez complet et ne croirait-on pas aux grandes colères de l'infortuné mari ?

Avoir pour femme une statue vivante « sur qui » la mode cherche des inspirations ; une Minerve, sans

bouclier, dont le « casque parfumé » est une des cé-
lébrités mondaines ; un « grain de beauté » auquel se
font présenter les étrangers de distinction, et la montrer sans cesse, la faire voir partout, la livrer à l'im-
pertinente curiosité de toutes les lorgnettes, n'est-ce
pas, ainsi que l'a dit spirituellement une grande dame
d'autrefois, n'est-ce pas *mettre du lard dans la
souricière ?*

En raison de sa grande fortune, à cause de ses
relations sociales, le mari pouvait conduire sa femme
dans les meilleures maisons de Paris, au milieu des
familles qui ont une prestance. Mais non, il n'aimait
pas le monde, et il n'y a conduit sa femme que huit
ou dix fois en huit ans. En revanche, il a continué,
après son mariage, la vie de garçon, et n'a pas craint
d'y associer sa femme. Me Cléry a fait là-dessus des
révélations très curieuses. Au dire de l'avocat de
madame S***, M. S*** était très amoureux de sa
femme, mais comme d'un beau cheval qu'il eût pu
montrer au monde.

« C'était surtout pour lui, a dit l'avocat, une admirable maîtresse, très propre à faire valoir sa richesse. Le jour, on allait au Bois ; le soir, dans les
théâtres de genre. Puis on allait souper, et l'on redisait au piano, dans les cabinets particuliers, les

couplets de l'opérette en vogue. C'étaient aussi des dîners de garçons, présidés par madame S***; on y faisait grande chère, on y buvait de grands vins, on y disait de gais propos... trop gais quelquefois. Et alors, si quelque scène s'élevait, au fond de l'alcôve, la réconciliation était offerte et obtenue... après le champagne! »

Cette réconciliation après le champagne est un trait de mœurs tout à fait caractéristique.

Ainsi dressée par son mari lui-même, — si maître Cléry a dit vrai (et il n'a pas été démenti), ainsi acclimatée à la vie du demi-monde ou de la haute bohème, comme on voudra, — la jeune femme pouvait-elle ne pas devenir, un jour, une Révoltée? Nous passons sur les autres torts qu'on attribue au mari, sur ses emportements, sur ses propos, sur son vocabulaire trop réaliste. Suivant le compte rendu de la *Gazette des Tribunaux*, il appelait sa petite fille « petite bougresse » et son fils « salaud »; il demandait à la demoiselle si son *petit cul-crotté d'institutrice* était venu. Tout cela est un peu raide, peut-être, mais ne constitue pas un cas pendable. — La faute, suivant nous, c'est d'avoir assez surchauffé l'esprit de sa jeune femme pour en faire, à la fin, une variété de bas-bleu. Un jour, au sortir des fêtes où elle

passait ses jours et ses nuits, la belle madame S***
s'est emparée d'une plume ; on l'a vue se transformer ; elle a rempli des carnets qui sont un journal. Toute comparaison blessante mise de côté, n'est-
ce pas ce qui est arrivé, un jour, à Marie Laffarge ?
Notez que madame S*** écrit assez joliment pour
qu'on ait pu attribuer ses pages à Émile Augier, mais,
disons-le sans retard, l'auteur de *l'Aventurière* a vite
protesté, en disant qu'il n'allait pas faire de littérature en ville. Quoi qu'il en soit, il y a dans les œuvres premières de la jeune femme une histoire bien
piquante d'un dîner d'apparat avec les beaux-pa-
rents de son mari.

« C'était un dîner de famille, vingt-cinq personnes...
tous Archedeacon ! Quelle réunion, grand Dieu ! Malgré la tristesse du déjeuner ou le sourire faux et il-
luminé de ma belle-mère, ses signes d'intelligence
avec mon beau-père et mon mari, le silence qui ac-
cueillait chacune de mes paroles, les haussements
d'épaules lorsque je m'occupais de mes enfants...,
j'avais cru me devoir à moi-même d'être au moins
très polie avec les convives du soir, et puis je tenais
à leur montrer que, si je n'étais pas Archedeacon,
j'étais au moins bien élevée.

» Je causais donc avec chacun ; mon voisin, un allié

4.

de la famille, abruti par la cohabitation, se met à parler de l'éducation des enfants : je dis mes plans, mes idées... -- « Pour moi, reprend mon mari, toutes les bêtises que ma femme dit, ou rien, c'est la même chose, c'est moi qui déciderai ce que j'aurai à faire pour mes enfants, sans avoir besoin qu'elle bavarde ainsi ; » et, se retournant vers moi : « Est-ce que tu ne vas pas nous f..... la paix avec tes prétentions ? Je dis pourtant assez que je suis le maître, sans que tu ailles poser comme ça devant la famille. »

Faut-il parler du beau-père ? M. A*** est bien aussi un type qui appartient en entier au roman moderne. Ex-magistrat, ex-beau, ex-maire de Compiègne sous Napoléon III, si un homme était bien placé pour achever de faire tourner la tête à sa fille, c'était, certes, celui-là. Vous pensez bien que je ne veux pas entrer, ne fût-ce que pour une minute, dans les suppositions monstrueuses dont on a tant parlé pendant les débats. Même si de tels faits étaient prouvés, il faudrait les taire. Néanmoins l'intervention de l'ancien maire dans les choses du ménage est à signaler, du moins à titre d'enseignement. Dès qu'il y a brouille entre les époux, M. A*** apparaît sous la figure d'un juge ou d'un redresseur de torts. Parfois même il se dédouble en se présen-

tant avec son fils. Il y a même eu un cas où il avait
été formé un groupe du père, du fils et d'un
cousin. Ah ça! comment M. S***, ainsi envahi,
n'aurait-il pas été poussé jusqu'aux derniers confins
de la fureur? Mais, dira-t-on, vous venez vous-même
de démontrer, il n'y a qu'un instant, par A plus B,
que les premiers torts viennent du mari? — Eh!
sans doute. Cependant il ne faut pas en inférer qu'on
n'ait pas eu de très grands torts envers lui.

Notre société parisienne, si friande de scandales,
s'est grandement complue à suivre du regard tout
ce qui s'est rapporté aux agissements de M. A***.
Disons tout et osons tout dire très clairement; on voulait savoir si, oui ou non, dans le monde
moderne, Loth peut reparaître, si Myrrha est possible. Encore une fois, nous ne voulons pas aller
plus avant dans l'analyse d'une telle conjecture.
Mais, au point de vue de la famille, c'est déjà un
fait très grave qu'une telle question puisse être sou-
levée en public, dans l'enceinte des tribunaux et reproduite par une presse qui tire journellement ses
récits à six millions d'exemplaires. Je viens de dire
que je me refusais à croire au bien fondé de la sup-
position, mais il faut bien reconnaître que l'attitude de M. A*** dans tout cela justifierait bien

des commentaires. Une scène de salon qui scandalise
un valet, une scène de bain dont les détails sont plus
que licencieux, une scène d'alcôve auraient eu grand
besoin d'être voilées par le manteau du vieux Noé.
Mais M⁰ Bétolaud a surtout insisté sur une double lecture faite à haute voix par le père à sa fille : l'*Art
d'aimer* d'Ovide, *mademoiselle de Maupin*, roman de
Théophile Gautier. La presse a, du reste, très vivement
relevé ce dernier grief. — Ah! ces lectures ne sont
pas si dangereuses! En français, l'*Art d'aimer* est
déjà aussi ennuyeux qu'un conte de Marmontel. Pour
le roman aphrodisiaque, c'est plus une œuvre d'art
qu'un manuel. Mais que voulez-vous que lisent les
jeunes femmes, puisqu'elles ne peuvent lire que ce
qui parle d'amour?

Mais Paris est fait de telle sorte que toute cette
affaire aura été dominée par un épisode comique. Il
s'agit de la jolie madame S***, surprise par l'arrivée
du mari, s'esquivant avec adresse au moyen d'un
déguisement. Le prince d'Orange, attablé avec sa
maîtresse au n° 4 du café d'Orsay, la sauve et se
sauve en lui faisant endosser le costume d'un mar-
miton. Alphonse Daudet a découpé le fait avec une
paire de ciseaux dans les chroniques du jour, et il
a inséré cette scène dans *les Rois en exil*, où elle

fait grande sensation. Ainsi, cent mille lecteurs connaissaient déjà ce tour sur le bout du doigt. A présent, les plaidoiries de MM^{es} Cléry et Bétolaud refont une virginité à cette vieillerie. Tout Paris se met donc encore une fois à rire de ce Georges Dandin millionnaire qui courait après sa femme, croquée par le prince d'Orange en cabinet particulier. Ah! Paris est bien complaisant!

Où il ne faut plus rire, où il conviendrait de s'indigner et même de trembler d'effroi, c'est quand, au milieu de ce procès, on voit ce qui concerne l'intervention des domestiques. Que de rôles odieux! Le valet de chambre est chargé d'espionner madame S*** et le cocher l'aperçoit en train de moucharder. Quelles visées terribles! Une femme de chambre interprète à sa manière un baiser que M. A***, le père, donne, pendant un bain, à madame S***, sa fille. Est-ce qu'il y a rien de cette force dans les vers de Pétrone?

Celui qui écrit ces lignes n'a aucunement l'envie de poser en moraliste, ni en Caton, ni en père grondeur; mais pourquoi ne pas le répéter? Tout ce beau monde doré de Paris devient, à cause de son cynisme, une grande excuse pour les novateurs qui parlent de tout refaire. Tout dernièrement vous avez lu le procès de madame de Sampigny, une marquise qui se donnait à son cocher. Vous avez lu un autre procès où un prince faisait épier sa femme, placée dans une situation encore plus critique, s'il vous plaît, que madame S *** au cabinet nᵒ 4 du café d'Orsay. Il y a vingt autres procès en séparation de corps, inscrits au rôle, devant venir sous peu. Et tout cela partant de ce qu'on appelle le grand monde, le seul grand monde !

A tout cela, que répondre? Rien que le mot charmant et terrible de mon ami, le poète Méry :

« O pauvres! restez pauvres! Vous êtes trop vengés! »

X

MARIAGE SUR MARIAGE

GLOSE POUR LES GENS DU MONDE

Une comédie de M. Alexandre Dumas, *le Demi-Monde*, a déjà fait voir dans quel état de bigarrure se trouve la société à cause des innombrables mariages de la main gauche dont Paris est émaillé. Que sera-ce le jour où le rêve de M. Alfred Naquet sera accompli? Il ne sera certainement plus possible de faire cent pas n'importe où sans coudoyer le roman ou le drame d'alcôve en chair et en os.

La vie ne sera plus qu'une longue gamme faite de cacophonies conjugales et cet état de choses finira par devenir l'ordre.

Un ordre emprunté partie aux pratiques des Mormons de l'Utah, partie à la polygamie des Orientaux.

Comme la vieille institution du mariage abonde en

abus cruels, ainsi qu'on peut le voir en feuilletant le présent livre, il se peut que le divorce soit un bien et prenne vite racine dans notre sol, ainsi qu'il s'est déjà acclimaté dans vingt autres compartiments de l'Europe; mais, encore une fois, il résultera de l'adoption de cette nouveauté, surtout dans les premiers temps, un bariolage qui ne manquera point de rappeler ce jeu d'enfant qu'on appelle un kaléidoscope, jeu qui amène à toute minute un changement de formes et de couleurs.

Au reste, une cause qui vient de se produire devant nos tribunaux peut donner un avant-goût des coups de théâtre que le nouvel état de choses pourra susciter de jour en jour et d'heure en heure.

Un Belge, du nom de Plaquet, vint en France; il y rencontra une jeune femme qui lui plut et l'épousa. Par le fait, de Française qu'elle était, la mariée devenait Belge.

Au bout de quelque temps, il y eut des points noirs dans le ménage. Plaintes réciproques, suivant l'usage. Un tribunal français prononça la séparation.

Jusque-là, lecteur, rien d'extraordinaire. Mais M. Plaquet, qui tient à sa nationalité, qui est Belge, qui veut demeurer Belge, est allé trouver les juges de Tournai. Ces magistrats, appliquant la loi de leur pays, ont prononcé le divorce en faveur du réclamant.

Après divorce, M. Plaquet avait ou croyait avoir le droit de se remarier sur toute la surface de la terre. Il revint en France, sur le théâtre de ses premiers exploits, et se présenta pour convoler en secondes noces devant l'officier de l'état civil. Refus par ce fonctionnaire de procéder à l'union.

— Mais, monsieur Plaquet, vous avez déjà été marié?

— Il est vrai, monsieur.

— Madame votre femme est toujours vivante?

— Monsieur le maire, ma femme n'est plus ma femme.

— N'importe, monsieur Plaquet. Comme je ne veux pas avoir sur la conscience d'avoir contribué à faire un bigame, je ne vous permettrai pas d'en épouser une seconde. Tuez d'abord la première, si vous voulez. Cela étant fait, à la bonne heure : nous pourrons voir.

— Monsieur le maire, votre conseil est peut-être sûr; néanmoins je ne le suivrai pas. J'aime mieux vous faire un procès.

— A moi, monsieur Plaquet?

— Mais sans doute à vous, monsieur le maire,

5

puisque vous êtes en contravention avec la loi de mon pays.

— Eh bien, faites, monsieur Plaquet; ne vous gênez pas.

Un procès en ces sortes de matières, c'est la tignasse de la femme du diable à démêler : ça n'en finit pas.

On plaide en première instance, on plaide en appel, on plaide en cassation. Que de temps! que de pas et de démarches! que de grimoires sur papier timbré! Mais finalement, après des jours, des semaines et des mois, il y a renvoi par devant la cour d'Amiens.

Cette cour décide alors dans sa sagesse que M. Plaquet peut se remarier. Belge, il a pu légalement divorcer d'avec une femme devenue belge par le fait du mariage. Et voilà comment madame Plaquet première pourra contempler madame Plaquet numéro 2 au bras de l'homme aux deux femmes.

Supposons qu'il prenne fantaisie à l'ancienne madame Plaquet d'imiter l'exemple de son volage époux. Le pourra-elle? Non évidemment si elle est redevenue Française (art. 19 du Code civil). Non encore, je pense, quoiqu'elle soit restée Belge, car elle continue d'être régie par son statut personnel, par sa loi d'origine.

C'est en tout cas une situation bien singulière que celle de madame Plaquet, veuve d'un mari vivant, épouse d'un mari qui n'est plus le sien, et ne pouvant en épouser un autre.

Mais attendez! Admettons que la proposition de M. Alfred Naquet soit devenue une loi française, qu'arrive-t-il? Madame Plaquet, première du nom, excipant alors de sa qualité de Française, peut se remarier et elle se remarie, quand ce ne serait que pour avoir le plaisir de passer au bras d'un second conjoint, sous le nez du premier. Il peut se faire aussi que le second mariage de M. Plaquet se défasse de même que le premier s'est dessoudé. Or, comme on ne divorce que pour avoir la faculté de se remarier, voilà un troisième branle-bas dans ces ménages et le jeu de kaléidoscope qui recommence de plus belle.

Comme nous voilà loin de cette épitaphe de deux imitateurs de Philémon et Baucis, un distique qu'on trouve dans l'Anthologie grecque :

Un seul amour, un seul lit, un seul tombeau !

XI

LE SENTIER DU DIABLE

COMMENT SE MARIENT LES PAYSANS

Sur le point le plus central de la France, au fond de ce Berry dont la plume d'or de George Sand a si souvent décrit les mœurs et le paysage, le voyageur rencontre une sorte de bourg sous les feuilles, que nous nommerons, si vous le voulez bien, Villiers-le-Fleury.

Villiers-le-Fleury tire son nom des haies de lilas et des touffes de bruyères qui lui servent de ceinture. En réalité, c'est une agglomération de métairies et de cabanes de bûcherons. La commune compte à peu près quinze cents habitants, dont trois cents jeunes filles qui ont la réputation d'être toutes fort jolies.

— Un bouquet de marjolaine, voilà la dot d'une fille de Villiers-le Fleury, dit-on, çà et là, à vingt lieues à la ronde, en manière de proverbe.

Quant aux garçons, petits-fils de ces Gaulois aux larges épaules qui tenaient si bien tête à la domination romaine, ils passent pour être les paysans les plus malins de la province, ce qui n'est pas peu dire. Non seulement ils ont du goût pour les jolies filles de leur terroir, mais ils s'arrangent toujours pour qu'elles n'appartiennent jamais à d'autres qu'à eux-mêmes.

En parcourant le pays, il y a une quinzaine d'années, j'ai été à même d'y recueillir à ce sujet une légende qui est tout à la fois scabreuse et morale, douce et salée.

La scène se passait d'abord sur la fin d'un jour de foire, à S*** A***, qui est un chef-lieu de canton.

Cinq heures de l'après-midi venaient de sonner.

Une jeune fille de Villiers-le-Fleury rencontra un grand garçon du même endroit.

— Voilà la nuit qui va bientôt venir, dit Solange. Par bonheur, j'ai fait toutes mes emplettes et je vais reprendre le chemin du bourg.

— Et moi aussi, dit Thadée; je n'ai plus rien à faire; je vais repartir.

— Par quel chemin prendrez-vous? demanda la villageoise.

— Il y en a deux, je le sais; l'un qui est sablé,

large, mais tout encombré de charretiers et de maquignons; l'autre plus étroit, mais...

— Ah! je le sais, celui-là, c'est le *Chemin du Diable*; à Villiers-le-Fleury, on conseille aux jeunes filles de ne jamais le prendre, surtout à la tombée de la nuit.

— Pourquoi ça, Solange?

— Parce qu'on y court de grands dangers, Thadée.

— Laissez donc! Ce sont de vieux contes qu'on fait là. Et pourquoi y courrait-on plus de périls, je vous prie, que sur la route de tout le monde, où l'on rencontre tant de vauriens, tant de mendiants, tant de bohémiens et tant de ces beaux fils de riches fermiers, qu'on appelle Coqs de village? Non, croyez-moi, ce sentier si mal famé est cent fois plus sûr que l'autre.

Sur ces paroles, Solange n'insista pas et fit mine de se mettre en marche.

— A propos, reprit Thadée en renouant conversation avec la jeune fille, qu'avez-vous acheté à la foire?

— Pas grand'chose. La petite cruche en grès que voici pour aller puiser de l'eau au ruisseau au cresson. Et vous, Thadée?

— Le cochon de lait que vous voyez. Mais, voyons, partons-nous?

— Partons, répondit la jeune fille.

Thadée, comme tous ses pareils, n'était pas homme à grands compliments ni à grande cérémonie. Tenant le petit cochon sous un bras, il offrit l'autre à Solange, et ils se mirent en marche pour le bourg.

Par le chemin qu'ils avaient pris, par le chemin du Diable, il fallait traverser une haute montée dont le revers était couvert d'un bois de trembles et de châtaigniers. Le soleil était sur son déclin quand ils arrivèrent sur le sommet. Toute la contrée vers l'ouest se découvrait aux regards ; elle était terminée par le Cher, que Balzac a si bien comparé à un long ruban d'argent. Cependant, Thadée ne portait ses yeux ni sur l'horizon, ni sur le fleuve, ni sur aucune des beautés que formait cette majestueuse mise en scène.

Le paysan n'envisageait que Solange.

C'était un soir du mois de mai, et Solange aurait pu passer pour une image de la saison. Elle était dans toute la primeur de la jeunesse. Ses cheveux d'un beau châtain flottaient au gré du vent sous un chapeau de paille, seulement enjolivé de mauves et de violettes ; ses yeux bleus comme le *ne m'oubliez pas* jouaient à travers de longues paupières et paraissaient s'inquiéter à la vue du spectacle que donne le soleil quand il se couche. Quant à ses joues, elles ressemblaient à la fleur du pêcher : elles en avaient la couleur virginale et le tissu. La cerise qu'une matinée de juin va empourprer aurait donné assez l'idée des lèvres de la jeune fille.

— Est-ce qu'un si friand morceau sera jamais pour les messieurs de la ville? se disait mentalement Thadée à chaque pas.

En bonne règle, il faudrait peut-être faire ici une halte afin de dessiner aussi ou, pour le moins, d'esquisser le portrait du paysan. Mais à quoi bon? D'abord dix ou douze lignes de *poncif* retarderaient singulièrement notre récit; et, en second lieu, cela reviendrait immanquablement à dire que Thadée, garçon hâlé mais robuste, ressemblait à tous les paysans réels qu'on rencontre, non dans les bergeries de Florian, mais à travers les terres.

C'était juste à la descente de la montée que commençait l'embarras dont il avait déjà été question à la foire.

— Je reviens à ce que je disais tantôt, reprit Solange. Il y a deux routes pour se rendre à Villiers-le-Fleury.

— Oui, le grand chemin et le sentier du bois.

— C'est-à-dire, Thadée, le chemin du Diable.

— Chemin du Diable tant qu'il vous plaira, Solange. La première est la plus aisée, mais aussi la plus ennuyeuse. Quant au sentier, il est le plus court. Et, d'ailleurs, qu'auriez-vous à craindre, puisque vous êtes avec moi?

— Allons, c'est juste; prenons par le sentier, ajouta-t-elle.

En même temps, elle s'appuya de nouveau sur le bras du paysan et tous deux descendirent le mamelon en riant comme deux moineaux échappés d'une cage.

Très certainement, tandis qu'ils couraient ainsi, ils oubliaient l'un et l'autre le proverbe et son sens caché; Solange surtout ne songeait qu'à aller d'un pas leste et à arriver le plus tôt possible au bourg.

— Marchons d'un bon pas, dit-elle, car enfin voilà la nuit qui tombe pour tout de bon.

Effectivement, si le soir descend rapidement de l'horizon, c'est surtout quand on se trouve tout à coup dans l'encaissement d'une vallée, entre une double rangée d'arbres.

— Thadée, n'avez-vous pas entendu rire d'une manière moqueuse tout à l'heure du côté de la clairière?

— Eh! non, Solange, ce doit être le bruit du vent dans les branches.

— Si c'était la rencontre du malin esprit, Thadée?

5.

Thadée la laissait dire et ne passait plus son temps qu'à la regarder sous les yeux.

Il la regardait tant et d'une manière si bizarre, qu'elle s'arrêta tout à coup en faisant mine de se détacher de lui.

— Décidément, reprit-elle en baissant les yeux, je n'aime pas à aller à travers les bois. Si quelqu'un était attaqué là, on pourrait crier : Au secours ! une bonne heure entière sans être entendu du tout, du tout.

— Oh ! c'est bien vrai, cela ! répondit Thadée ; mais que voulez-vous y faire, ma belle enfant ? Nous y sommes, il faut en sortir.

Quelques-uns de ces oiseaux de nuit qui ont un cri menaçant ou lugubre commençaient à sortir du creux des vieux chênes. Les vers luisants suspendaient leurs veilleuses diaprées à l'épine des buissons. Une brise qui venait du fleuve voisin rafraîchissait la soirée.

On venait de faire une centaine de pas jusqu'à une sorte de gorge sur laquelle il circule dans le pays toute sorte d'histoires.

— C'est ici, reprit Solange, que le diable apparaît aux imprudents, quand il veut faire des siennes.

— Encore une fois, Solange, ne craignez rien, puisque je suis avec vous.

— Oui, vous êtes avec moi; mais que deviendrais-je, mon pauvre Thadée, si le Malin vous mettait dans la tête de profiter de cette occasion pour m'abuser?

— Quelle diable d'idée vous avez là, Solange? reprit le paysan. Quand même je voudrais faire ce que vous dites, est-ce que je le pourrais? Ne voyez-vous pas que j'ai un petit cochon de lait sous le bras?

— Fort bien, répliqua Solange; je conviens que vous avez le cochon de lait; mais, mon cher Thadée, si le diable vous conseillait de poser le cochon de lait sous la cruche, de manière qu'il ne pût pas se sauver, quel mal ne pourriez-vous pas faire?

Dans le premier moment, Thadée garda le silence; puis il se dit dans un vif *à parte :*

— Tiens! c'est une idée! Et d'ailleurs ce sera un moyen d'empêcher les beaux messieurs de la ville de le prendre.

A dix pas de là, le paysan, arrachant des mains de Solange la cruche de grès, s'en servait pour enfermer un moment le cochon de lait.

. . . .

Six mois après, à Villiers-le-Fleury, Solange vint frapper à la petite métairie de Thadée.

Une larme perlée, le signe de la honte, coulait le

long de ses joues qui ne ressemblaient plus à la fleur
du pêcher.

— Vous m'avez fait passer par le chemin du Diable
et cela m'a perdue, disait-elle.

Thadée sortait du pressoir.

— Eh ! ne pleurez pas comme cela, dit-il ; vous
allez voir qu'il y a remède à tout.

— Non, Thadée ; regardez-moi ! L'histoire du cochon de lait est connue et fait le tour du village. Mon
père m'a battue ! mon père m'a chassée !

Il s'approcha d'elle, et la prenant dans ses bras :

— Eh bien ! Solange, à dater d'aujourd'hui je serai
ton père et ta mère. Nous nous marierons sans retard.

— Bien vrai, Thadée ?

— C'est si vrai que si tu veux venir avec moi, nous
allons prévenir ensemble le joueur de cornemuse et
monsieur le curé. J'ai fait ton malheur, mais je puis
le réparer. Je te rendrai honnête femme, comme je
te disais, dès ce soir même.

Les formalités accomplies, ils se sont mariés.

— Une chose drôle, disait Thadée ; sais-tu ce que
nous mangerons à notre noce ? Le cochon de lait d'il
y a cinq mois, qui est aujourd'hui la plus belle bête
du canton.

Ils forment un excellent ménage.

Et les gens du pays, devenus sceptiques, disent :

— Ça ne porte pas toujours malheur de passer par le chemin du Diable.

XII

L'ENFER DANS LE MARIAGE

SCÈNES DE LA VIE LITTÉRAIRE

Jules Janin aimait qu'on allât le voir dans le joli jardin de son chalet de Passy. Un jour, j'y étais en compagnie d'Albert de la Fizelière, d'un comédien du Théâtre-Français, d'un jeune peintre et de l'éditeur L. Curmer. C'était en été. Comme la goutte laissait un peu de répit à l'auteur de *Barnave*, il était redevenu gai, vif, spirituel, jaseur. On lui demanda une histoire.

— Que vous faut-il? Du joyeux ou du triste?

— Du dramatique, mais sans qu'il y ait effusion de sang, dit l'éditeur des *Français peints par eux-mêmes*.

Et sans avoir pris le temps de se recueillir, Jules Janin raconta l'histoire suivante :

— Il y avait, une fois, en Normandie, une femme riche et superbe, et veuve par dessus le marché. Ensevelie au milieu de sa fortune, à la façon de cette fourmi venimeuse qui se creuse un entonnoir dans le sable, pour attendre sa proie, la dame n'avait rien d'humain. Si, elle avait un cœur, c'était un cœur de pierre. Tout près d'elle, dans le même pays, se voyait un jeune homme charmant, blond, rose, honnête, mais pauvre comme Job. Il ne pouvait renouveler son chapeau que tous les trois ans. Néanmoins, en le voyant, cette marquise de Carabas s'éprit de ce bel indigent. Elle l'aimait au point d'en perdre l'appétit et le sommeil. En vain elle se disait : « Il n'a rien (rien, te dis-je!) et pas d'héritage à espérer; » elle finit par le faire demander en mariage, et il eut, lui, la faiblesse d'accepter.

— Une veuve trois fois millionnaire!

Les voilà donc mariés, lui, paisible et charmant, elle, active, inquiète et déjà morose. Il se prélassait en ces premiers enchantements d'une grande fortune; elle en était déjà (après huit jours!) à calculer que le nouveau mari mangeait beaucoup, buvait un peu, qu'il fumait un cigare de trois sous, chaque jour. Elle pâlissait à l'idée qu'il faudrait renouveler sa garde-robe, qu'il exigerait sans doute

un chapeau tous les ans; bref, qu'il demanderait à
être mis suivant les nécessités de son nouvel état.

Tel fut le fond de sa première méditation conjugale.

— Ça coûte cher, la fantaisie de se marier avec
un jeune homme pauvre!

Cependant ce nouveau riche, enfermé dans son
beau mariage, n'avait osé l'annoncer à personne, et
ses amis, chagrins de cet oubli, se disaient entre
eux :

— Voilà bien de nos parvenus! Il nous aimait tant
lorsqu'il était pauvre! A cette heure qu'il roule sur
des millions, il nous tourne le dos!

On le blâmait, le malheureux, quand il fallait le
plaindre!

Ce qu'il a déployé de patience et de douleur intime en deux années de ce beau mariage, à quel
point cette honte a pesé sur cette nature intelligente
et paisible, vous ne trouveriez pas dans toute la
langue française assez de paroles pour exprimer cet
ignoble esclavage. La femme était son ombre et son
bourreau. Elle le tenait à la chaîne, et la chaîne était
rivée au pied de ce lit épouvantable. Elle procédait
avec cet infortuné par l'outrage et par le démenti,
par l'ironie et par le mépris, qui, chez les âmes

basses, s'attache à la pauvreté sans asile et sans ressources.

— Sans moi, vous crèveriez de faim, mon beau monsieur !

Elle le piquait, elle l'insultait, elle lui reprochait son pain, sa viande, le beurre qu'il mettait sur ses tartines et même les trois grains de sel dont il l'assaisonnait. Elle l'avait annulé, avili, hébété. Volontiers, elle en eût fait un manœuvre, un maquignon, un toucheur de bœufs; elle avait tout l'argent, et, quand ils allaient, elle et lui, en public, elle payait toute chose, à son nez, à sa barbe ! Elle avait fini par lui faire porter les nippes mêmes de son premier mari, un rustre, un sauvage, un idiot dont elle regardait tendrement le portrait fait au rabais par un peintre de pacotille. O misère! ô pitié! Le pauvre enfant qui demandait tant à rire, à sourire, à marcher, à vivre en belle jeunesse, et qui s'enivrait gaiement du vin frais des belles années, il était rêveur, il allait, hébété, tenant par ses jupes sordides la dame et maîtresse de ses moindres plaisirs. Pas un regard ne lui était permis en dehors de ces ténèbres, pas une question dans ce silence, et rien qui sentît la vie, et la fête, et le contentement d'avoir admiré de belles choses.

Cette femme horrible haïssait également la poésie
et la musique ; en fait de peinture, elle ne connaissait
que le portrait de son premier mari et les enlumi-
nures des foires de villages ; elle avait la main rude
et méchante et la voix railleuse, un regard de bœuf,
une taille plate, un pied plat, pas un des attributs
de la femme, et des coudes à tout percer. L'or avait
déteint sur son visage, et, remariée, elle avait cessé
d'y mettre un brin de fard, qui donne aux plus laids
visages un bon sentiment, une bonne grâce, un bon
mouvement parti du cœur.

Ainsi, il fut attaché à ce beau mariage comme on
est attaché à la corde où l'on va se pendre ; il était
sans voix, sans pensée et sans regards. La honte et
la peur s'étaient emparées de cette âme en peine. Il
obéissait même avant qu'elle commandât ! Il disait
oui ! tout de suite, avant qu'elle eût exprimé son
désir ; il la suivait de chambre en chambre et d'économie en économie. Hélas ! en son nom à lui, pauvre
diable, il y avait des jours où le plus terrible huissier de la ville et des campagnes d'alentour saisis-
sait dans leur personne et dans leurs meubles de
pauvres gens locataires des fermes, des chaumières,
des moulins, des pâturages de sa femme ; en vain
tout priait, tout pleurait, tout suppliait, demandant,

au nom du ciel, encore un jour... le temps de laisser
mourir l'aïeul dans son lit !... à cet étrange chef de
communauté... Il répondait, en pleurant tout bas :

— Pas un jour, pas une heure !

Il ruinait, il vendait ! il mettait les locataires de
sa femme au pillage ; il arrachait le laboureur à sa
charrue et le paysan à sa glèbe ; il remplissait les
prisons, les hôpitaux, les carrefours de malheureux
emprisonnés en son nom, et qui le maudissaient...
sans se douter que c'était la femme qui était exé-
crable, et non pas lui, le plus à plaindre et le plus
malheureux de tous les malheureux que cette femme
hébergeait.

A la fin, quand elle eut vidé la coupe et qu'il eut
bu la lie, il s'échappa un beau jour de cet enfer. Un
sien ami le voit entrer à jeun, mal vêtu, égaré, portant dans un mouchoir troué son linge et son habit,
tout ce qu'il avait apporté dans cet affreux ménage,
hormis ses deux ans de misère, de honte et de douleur ! Il suffit d'un coup d'œil pour voir sa peine et
pour la comprendre, et, quand par toutes sortes de
bonnes paroles il fut un peu rassuré et consolé, cet
ami le conduisit lui-même chez le président du tribunal civil, homme charitable, excellent, généreux.

Alors, quand il fut devant le magistrat qui pouvait

briser sa chaîne, il se mit... à genoux ! à deux genoux ! les mains jointes ! Il voulut absolument parler
dans cette attitude suppliante, et d'une voix tremblante encore il expliqua comment il avait épousé
cette femme et cette fortune... et que s'il lui fallait
rentrer dans ce coffre-fort, s'il lui fallait jamais re-
voir ces jardins sans printemps, ces vergers sans
automne et ces créanciers sans espoir; s'il était condamné à reprendre un seul instant ce collier... ce
carcan d'argent doublé en or; si jamais il devait
entendre une seule fois, à son oreille brisée, les cris
stridents de cette chouette avare, et tendre la main
à ce pain de ménage... il irait du même pas se jeter
dans la rivière ! Ce fut la seule parole qu'il prononça
d'une façon virile, après quoi il retomba dans son
inertie; on eût dit qu'il avait encore sous les yeux sa
riche épouse, et qu'il l'entendait compter son argent.

Le magistrat bienveillant eut pitié de cet homme :
il comprit son supplice et l'en affranchit; même il
penchait pour que cette Pandore en jupon sale fît
au moins une pension alimentaire au malheureux
qu'elle avait détourné de sa voie... Il répondit qu'il
aimait mieux mourir de faim. Et, lorsque arriva le
jour de la délivrance, et quand il fut bien sûr d'être
à l'abri de cette harpagone, ô dieux et déesses ! rien

ne dira l'orgueil, la joie et le contentement de ce
galant homme. Il bondissait, il chantait, il se tâtait
lui-même, afin de se bien assurer qu'il n'était pas
le jouet d'un rêve. Il se tutoyait, il se dandinait
dans ses haillons, il se saluait avec son chapeau
râpé.

— Le bon vin ! disait-il...

Ce n'était pourtant que de la piquette, mais il buvait dans son propre verre ; au moins il était sûr de
ne pas trouver la trace venimeuse de ces lèvres
pâlies et amincies par l'usure !

— Ah ! le bon pain ! disait-il encore, et que c'est
charmant de voir librement passer là-bas toutes ces
jeunesses !

Il avait aussi retrouvé la joie intime du travail, le
contentement du salaire, la vertu de l'argent péniblement conquis, la fête éternelle de ne plus tendre
la main à la charité conjugale ! Il y avait surtout
une antique bourse aux glands dépareillés, que la
dame tirait lentement de sa poche... un abîme... et
qu'elle entr'ouvrait de ses trois doigts mal lavés,
comptant pièce à pièce et si lentement, que le monde
en passant s'étonnait de la femme qui paye et du
mari qui la regarde, idiot, conspué, compromis.

Ce brave échappé des filets d'un beau mariage,

enfin rendu à sa propre estime, à ses respects légitimes, à la paix, à l'orgueil, à toutes les bienséances de son sexe, eût comme un regain de vie et de bonheur; il oublia dans les clémences de l'heure présente sa calamité passée, et, comme il avait été guéri complètement de toute idée approchant du mariage par la beauté même de son beau mariage, il ne songea qu'à vivre en cette honnête liberté de la tâche accomplie et du pain de chaque jour.

Les mêmes gens qui l'avaient tant envié lui témoignaient maintenant une pitié sincère : il était semblable à ce poète qui revient de l'enfer, et que les enfants montrent d'un doigt timide en se parlant à voix basse. Il a vécu seul, et puis il est mort comme un autre homme, oubliant tout à fait qu'il avait été marié, et ne se doutant pas que sa femme prendrait le deuil... Il est vrai qu'elle fit servir à cette occasion les habits noirs qui lui avaient déjà servi pour fêter la mort de son premier mari.

Voilà mon histoire ; elle est récente : elle est d'hier, ajouta Jules Janin. Elle est à votre goût, mon cher Curmer?

— Elle est horrible, répondit l'éditeur. Une autre fois, je vous demanderai quelque chose de plus gai, dans la même gamme.

— Dans la gamme du mariage ? Eh bien ! attendez. Ce ne sera pas long.

Et l'inépuisable conteur reprit en souriant :

— Il était une fois un grand musicien en herbe, nommé Hector Berlioz. C'est mieux que ça ; c'est un des hommes que j'aime le plus au monde. Mais cette tête ! vous n'avez pas d'idée de ça : un volcan toujours à l'état d'éruption, toujours de la fumée, des flammes, une lave qui coule ! Voilà qu'un jour, il y a quarante ans, lorsque nous étions jeunes tous les deux, il arrive à Paris une troupe d'artistes anglais, le dessus du panier du théâtre de l'autre côté du détroit. Ils venaient jouer chez nous Shakespeare, lequel ne nous était connu que par les à peu près du père Ducis ou par la traduction de Letourneur, avec commentaires de M. Guizot : Shakespeare, un soleil ou un océan de poésie, comme vous voudrez. On apprenait l'anglais, très vite, en quatorze leçons, rien que pour aller les entendre.

Edmond Kean ne se trouvait point parmi eux, puisqu'il était mort, mais il y avait Macready, un gaillard qui nous donnait la chair de poule avec un seul de ses gestes, un Macbeth, un Richard III, un Othello véritables, le vrai drame. Il y avait, auprès de lui, une merveilleuse statue vivante, miss Smithson, blanche, blonde, de grands yeux, une voix d'oiseau, un sourire doué d'un si grand charme qu'il aurait calmé toutes les tempêtes. On applaudissait Macready; les jeunes gens jetaient des couronnes à miss Smithson, et c'était fort heureux, car ils auraient dessellé les piliers de l'Odéon, si l'on ne leur eût pas permis de jeter ces couronnes à la belle Anglaise.

En ce temps-là, Hector Berlioz, fils d'un médecin de l'Isère, étudiait la médecine afin de succéder à son père. Au fond, il se moquait des apophtegmes d'Hippocrate comme d'une cerise de son pays. Déjà le démon de l'art s'était emparé en maître de cette jeune nature et se préparait par mille tortures morales à en faire un Orphée de l'avenir. C'est vous dire qu'aux yeux de quiconque l'approchait ce pauvre cher artiste était un être à part, un fantasque, un quinteux, ce que les imbéciles, dans leur langue, appellent un *original*. De même que tous ceux de son âge, Hector Berlioz sortit de sa mansarde pour aller à l'Odéon entendre les comédiens anglais. Ah! quelle fête pour ce cœur et pour cet esprit! Il vit, il entendit miss Smithson! Au bout de cinq minutes, il était brûlé jusqu'à la moelle des os! Enthousiaste, ce ne serait pas assez dire; Hector Berlioz était déjà amoureux, mais amoureux fou!

— Voilà, disait-il, la femme que j'épouserai, et si je ne l'épouse pas, j'en mourrai.

Je demeurais tout près de là. Comme nous étions à peu près du même pays, nous nous connaissions. Il tombe chez moi, un matin, l'œil en feu, les cheveux dressés, dans l'attitude d'un homme qui, sur la grande route, va demander la bourse ou la vie à un autre. On lui tend un siège ; il refuse de s'asseoir.

— Mon cher, me dit-il *ex abrupto*, tu as le bras long au théâtre, puisque tu fais de la critique : arrange-toi comme tu voudras, comme tu pourras, comme tu l'entendras, mais marie-moi avec miss Smithson. Je te préviens que si l'on ne me donne pas miss Smith-son, je cesse d'être un homme ; je deviens le plus grand des monstres, l'auteur futur de mille forfaits, accumulés les uns sur les autres, Érostrate doublé de Papavoine. Je tuerai le directeur de l'Odéon, je tuerai Macready, je te tuerai toi-même ; après quoi je mettrai le feu aux quatre coins de Paris !

Je le fis taire, mais en me gardant bien de rire de ce que disait ce pauvre insensé. Fou d'amour, qu'y a-t-il de plus touchant ? Il finit par s'asseoir ; il se calma et je le chapitrai. Se marier à son âge, quand il n'avait pas d'état et que son père le maudissait journellement parce qu'il préférait, malgré ses ordres,

6

la musique à la médecine! Se marier, quand il vivait péniblement dans une cellule et qu'il dînait à grand'peine, à dix-huit sous, chez Flicoteaux! Se marier avec cette belle Anglaise habituée aux diamants, aux bravos, aux pluies de fleurs, à tout le confortable de son opulent pays! Voyons, est-ce qu'il n'avait pas la tête trois fois fêlée? Mais, d'ailleurs, est-ce qu'il n'y avait pas au-dessus de tout un obstacle? Mademoiselle Smithson, qui ne le connaissait ni d'Ève ni d'Adam, n'aurait sans doute aucun désir de le connaître : voyez la belle poussée pour la séduisante actrice, un étudiant ès-solfège, un carabin musicastre, entrant chez elle, avec un habit râpé, un chapeau rougi par le soleil et une figure pâle en lame de couteau, et lui disant à brûle-pourpoint :

— Mademoiselle, je suis ce que vous voyez. Je n'ai pas d'état et je n'en aurai pas de sitôt. Je n'ai ni sou ni maille. Mon père me maudit tous les huit jours, régulièrement, par correspondance, parce que je ne veux pas être médecin de campagne. Les sots me montrent du doigt ; les gens dits sensés ont peur de moi. Je ne sais pas ce que je serai demain. Je vous aime. Voulez-vous m'épouser?

Ce que je lui disais là paraissait bien produire sur lui l'effet d'un seau de glace sur un incendie qui commence. Mais Hector Berlioz est la patience même et Cicéron prétend que la patience, c'est le génie. Hector Berlioz est inflexible. Je l'ai comparé à une barre de fer. Une chose décidée, jamais il ne mollit. Il me laissa donc dire et, sans broncher, il me répliqua :

— Pauvre, maigre, pâle, laid même, sans état, qu'est-ce que cela pourrait faire à une femme d'élite telle que miss Smithson? Est-ce que ce noble esprit ne touchait pas réellement, tous les soirs, au fond des plus grandes misères humaines, en jouant lady Macbeth, Desdémona, Juliette et Cordélia, la seule fille fidèle du roi Lear? Pardieu, oui, il était un déshérité, un déclassé, une manière de proscrit! Eh bien, après? L'amour de miss Smithson serait un rayon de soleil qui ferait mûrir, avant l'heure, les chefs-d'œuvre qu'il avait en germe au fond de sa conscience! Il serait vite connu, vite acclamé, vite joué à l'Opéra, vite couronné par l'Europe entière, et, par conséquent, vite enrichi, car les générations nouvelles, du roi au prolétaire, ont les oreilles reconnaissantes. Pour sûr, l'incomparable Anglaise ne mettrait pas cinq minutes à être couvaincue. Elle tendrait sa main de reine, en disant : — « Prenez-la, grand artiste, elle est à vous! »

— Ah! ma foi, reprenait Jules Janin, que voulez-vous que je vous dise? Quand mon insensé eut parlé, j'étais aussi fou que lui-même, je ne trouvais déjà plus son projet si chimérique, je me disais : — « Il a peut-être raison! » — Et pourquoi donc ce qu'il disait ne se serait-il pas réalisé? Bref, j'étais presque de son avis.

— Allons, reprit Hector Berlioz, allons, mon ami, comme tu as accès au théâtre, tu peux entrer chez la belle Anglaise. Mets ton habit noir, des gants blancs; prends le meilleur de tes sourires; fourbis le plus aimable de tes compliments et vas la demander en mariage.

— Comprenez-vous ça, Messieurs, me voilà transformé en agent matrimonial, moi, si peu fait pour ces choses-là! Il faut que je m'habille, que je prenne un air tout à fait grave et riant; il faut, ne sachant que ma langue nationale, que j'aille m'aboucher avec une étincelante personne qui ne comprend bien que sa langue maternelle, l'anglais, et que je lui dise : — « Je viens vous demander en mariage pour un jeune carabin que vous n'avez jamais vu de votre vie et qui ne vous a vue vous-même que du parterre de l'Odéon, quand vous avez joué le rôle de la femme d'Othello! »

— Cependant, poursuivit le narrateur, comme à

cette époque-là, on était en plein Romantisme, — tout
le monde ayant un grain de folie dans la tête, je ne me
cabrai pas contre le rôle qu'on voulait me faire jouer.
C'était le moment où j'écrivais l'*Ane mort et la Femme
guillotinée*, un livre plein de démence, celui de tous
mes livres qui a le plus fait pour ma réputation et
pour ma fortune. Je marchais donc à pas redoublés
sur un chemin tout parsemé de choses invraisem-
blables. Bien mieux, à moi comme à tous les autres
de la même époque, il semblait qu'il n'y eût que
l'impossible de possible. — Bref, j'allai chez la célèbre actrice. L'entrevue, ce n'est pas la peine de vous
la détailler. Bornez-vous à apprendre que cela a commencé par beaucoup de politesse et fini par un éclat
de rire. En saluant miss Smithson jusqu'à terre, en
prenant congé d'elle, je crus pourtant devoir ajouter
un mot. — « Croyez, Mademoiselle, que l'affaire est
des plus sérieuses ; Hector Berlioz vous aime : il n'en
démordra pas. Vous verrez que vous serez sa femme. »
— Il s'est passé quelque temps ; il y eut des entr'actes,
des difficultés, des retards, des lettres échangées
par centaines, mais enfin, il n'en a pas démordu, cet
Hector ! Il a fini par avoir le dernier mot : il a obtenu la main de la fille du roi Lear ; il a épousé la
radieuse miss Smithson !

                                          6.

La veille de la célébration du mariage, je revis naturellement Hector Berlioz. « Ah! te voilà heureux! lui dis-je. — Quel mot de glace, Janin, s'écria-t-il; non, je suis le plus heureux! je suis au septième ciel! » — Et il le disait comme il le pensait, et ce devait être vrai de toute vérité ce qu'il disait là. Mais attendez! l'histoire n'est pas finie! A huit jours de ce mariage sans lequel Paris courait risque d'être réduit en cendres, j'entends gratter à ma porte. — « Entrez! » — criai-je. — Un homme entra, un peu pareil à l'ouragan, les cheveux dressés, le sourire amer de Méphistophélès sur les lèvres, le pas ferré comme celui du commandeur dans *Don Juan*. C'était Hector Berlioz. — « Ah! m'écriai-je, tout en me remettant à mon feuilleton, ah! te voilà, homme heureux! — Homme heureux! répliqua-t-il vivement, cela te plaît à dire. Pas de mauvaises plaisanteries, mon cher. — Comment! que dis-tu? Qu'y a-t-il? — Pardieu, il y a que tu aurais bien dû m'empêcher de faire la sottise pommée que j'ai faite. — Quelle sottise? — Celle de me marier. — Celle de te marier avec cette incomparable comédienne anglaise pour laquelle tu disais être prêt à tout rompre, à tout massacrer et à tout brûler? — Eh! justement. Ah! si j'avais su ce que c'est que la vie à deux pour un artiste! »

A cette heure seulement, il comprenait ce que c'est
pour des esprits délicats qu'un mariage pauvre. Il
n'accusait, du reste, que lui-même, la trouvant toujours belle, toujours enviable; mais cette chaîne à
porter, cette discipline, ces petites tyrannies, ces
mesquineries sans nom d'un petit ménage pour cet
homme qui rêvait de révolutionner l'art musical et
d'en faire une sorte de langue universelle! Il me
conta, chose plus commune qu'on ne pense, qu'ils
s'adoraient et qu'ils ne pouvaient pas se souffrir,
qu'ils demandaient déjà à se séparer et qu'il leur était
impossible de passer une demi-journée sans se voir,
qu'ils s'embrassaient avec des frémissements de joie
et aussi avec des paroles de colère. — Véritable
hymen des temps romantiques, comme vous le voyez.
— Et il y en a eu des milliers comme ça, à cette
curieuse époque. — Heureux celui qui a pu, en ce
temps-là, échapper au premier choléra et à ce genre
de mariage!

Je le fis asseoir sur le même siège où il se plaçait
jadis, quand il me demandait d'aller en solliciteur
chez la rayonnante actrice. Il laissa tomber entre
ses mains sa tête ardente, cette tête, qui ne renfer-
mait pas moins d'orages que le grand orgue de la
nature. Habitué à ces façons, je ne m'arrêtais pour-

tant pas de continuer mon travail. J'écrivais donc quand tout à coup je me sentis secouer par ma manche.

— « Eh! eh! s'écria-t-il en ayant l'air d'un homme qui secoue un mauvais rêve; eh! eh! Janin, est-ce que tu ne pourrais prier le pape et, au besoin, le forgeron de Gretna-Green de nous *démarier?* »

Ayant été un peu sténographe aux assemblées parlementaires, j'ai pu recueillir à peu près *in extenso* avec une très grande exactitude, le double récit fait par l'auteur de *Barnave*. Ce que je n'ai pas cherché à reproduire, ce qu'il m'eût été impossible d'exprimer, c'était le débit du conteur, sa voix toujours bien rythmée; c'était aussi son geste sobre et significatif, et ces transitions étranges qui brusquent les événements, surtout dans l'épisode relatif à Hector Berlioz. — Tous ceux qui se trouvaient là étaient émerveillés, et il y avait de quoi l'être. — Notez qu'à l'époque où ces scènes se passaient, Jules Janin était sexagénaire, goutteux, attristé par l'injuste dédain dont il commençait à être l'objet de la part de l'Académie française, obligé de vivre en solitaire, lui qui avait toujours aimé le bruit du monde et le va-et-vient des théâtres, et vous partagerez l'étonnement qui nous gagnait tous quatre, les auditeurs, en le voyant si vif, si vert et si alerte.

Au reste, en ce qui concerne l'affaire d'Hector Berlioz, vous en verrez la confirmation, ou à peu près, dans la Correspondance du célèbre musicien, recueillie et publiée en 1879 par notre confrère Daniel Bernard, dans un livre qui a paru chez Calmann Lévy, notre aimable éditeur.

XIII

A PROPOS DE L'ÉDUCATION DES FILLES

SCÈNE PREMIÈRE

(La scène se passe dans la famille Vidalin.)

MADAME IRMA VIDALIN. — Voilà une idée, par exemple, de vouloir faire apprendre le fleuret à notre Isménie !

M. TÉLÉMAQUE VIDALIN. — Dites l'escrime. Et pourquoi donc, je vous prie, une femme ne recevrait-elle pas des leçons d'armes ?

MADAME IRMA VIDALIN. — Tiens, parce que ce n'est pas de son sexe.

M. TÉLÉMAQUE VIDALIN — Ma chère, tout change sans cesse autour de nous, vous le savez bien.

MADAME IRMA VIDALIN. — Oui, mais on com-

mence, non sans raison, à trouver que la femme moderne change beaucoup trop. La broderie, la musique, un peu de cuisine, théoriquement parlant, la
lecture, la danse, voilà tout ce qu'il faut pour une
Parisienne de bon ton, vous en conviendrez.

M. TÉLÉMAQUE VIDALIN. —Eh! non, je n'en conviens pas, ni vous non plus, puisque vous avez consenti à lui donner un maître d'équitation.

MADAME IRMA VIDALIN. —- Ça, Monsieur, ça été
une première concession que j'ai faite à l'esprit du
siècle.

M. TÉLÉMAQUE VIDALIN. — L'avenir de votre enfant exige que vous en fassiez une autre.

MADAME IRMA VIDALIN, *en levant les mains en
l'air.* — Le fleuret?

M. TÉLÉMAQUE VIDALIN. — Mon Dieu, oui, ma
chère, le fleuret; mais où voyez-vous que ce soit si
condamnable?

MADAME IRMA VIDALIN. — J'ai plusieurs raisons à
faire valoir contre.

M. TÉLÉMAQUE VIDALIN. — Dites-les donc.

MADAME IRMA VIDALIN. —- La première, déjà ar-
ticulée par moi tout à l'heure, c'est que l'escrime est
un exercice à peu près uniquement approprié aux
hommes et qui, par conséquent, ne convient pas aux

jeunes filles. La seconde, c'est que ça ne servira à rien, si ce n'est à trop masculiniser Isménie.

M. TÉLÉMAQUE VIDALIN. — Écoutez-moi sans m'interrompre, ma chère, et vous allez voir que je vais broyer vos deux assertions sous la meule d'invincibles arguments. Le fleuret est un exercice uniquement attribué aux hommes, dites-vous? Eh bien, nenni, ce n'est pas vrai. Madame la marquise de G..., une des plus jolies femmes de Paris, est si forte sur la lame qu'elle pourrait être prévôt de salle, c'est bien connu. Tout le monde sait que la princesse de M... et la marquise de P... sont aussi de fort habiles champions. J'en citerais vingt autres, si je le voulais bien. Ainsi la première objection est déjà rompue. Passons à la seconde. Ça ne sert à rien? Eh bien, et l'hygiène? La Faculté, consultée, a été unanime à reconnaître que la femme actuelle, trop mince, trop maigre, trop pâle, trop anémique, s'en va, et qu'elle ne peut être reconstruite qu'à l'aide de passe-temps énergiques. Sur ce, un des premiers docteurs a conseillé l'escrime. C'est donc là un progrès. Ayant eu vent de la chose, j'ai voulu voir notre Isménie profiter, l'une des premières, du nouvel usage introduit dans les mœurs de la femme. Vous ajoutez que l'habitude de tirer le fleuret masculinisera notre en-

fant. Où est le mal ? Nous ne savons jamais au juste
avec qui nous marions nos filles. Beaucoup d'entre
elles souffrent et s'étiolent par suite de querelles de
ménage. Qu'on vulgarise l'escrime chez elles, et ces
dissensions domestiques n'en feront plus de pâles
victimes. La femme, sachant tenir un fleuret ou une
épée, inspirera à son mari querelleur un respect sa-
lutaire. Vous voyez donc bien que ce que vous prenez pour un inconvénient deviendra un avantage.
L'escrime développe l'individu social physiquement
et moralement. Isménie apprendra l'escrime. J'ai dit.

MADAME IRMA VIDALIN. — Tyran domestique, va !

SCÈNE II

(La scène se passe au bois de Boulogne.)

Alexandre Weill se promène dans une avenue avec
madame Weill. En avançant sous les arbres, ils
aperçoivent une jeune fille de quinze à seize ans,
d'une figure angélique, qui tenait un livre à la
main.

ALEXANDRE WEILL. — Quel charmant spectacle
que cette jeune fille lisant sous les feuilles vertes !

MADAME WEILL. — Oui, sans doute ; elle est jeune,

7

intéressante, je ne dis pas non, mais pour angélique, je ne le crois pas. Je gage que le livre qu'elle tient à la main est un roman de Paul de Kock.

On s'approche, Weill ôte son chapeau, et avec une grande politesse :

ALEXANDRE WEILL. — Mademoiselle, oserai-je vous demander à voir le livre que vous lisez ?

LA JEUNE FILLE, *sans embarras.* — Ah! mon Dieu, Monsieur, il n'y a pas grand mystère à cela : c'est *Mon voisin Raymond,* de Paul de Kock.

ALEXANDRE WEILL, *stupéfait.* — Quoi! Mademoiselle, vous si jeune, si jolie, vous lisez de pareilles choses? Mais à quoi pense donc votre mère?

LA JEUNE FILLE. — Ma mère, Monsieur!... Eh! tenez, la voilà là-bas, sous ces marronniers, en train de lire le second volume.

SCÈNE III

(Dans un petit salon de la Chaussée-d'Antin.)

M. FRANCISQUE SARCEY. — Un compliment à vous faire, Madame, c'est que vous élevez parfaitement mademoiselle votre fille. Il n'y a qu'une voix là-dessus.

LA DAME. — Lélia, Monsieur, est ce que j'ai de plus précieux au monde.

M. FRANCISQUE SARCEY. — Ajoutons que la jeune personne est charmante sous tous les rapports.

LA DAME. — Charmante, ce n'est pas assez pour une Parisienne. Il faut, en outre, qu'elle soit une femme éclairée.

M. FRANCISQUE SARCEY. — D'accord, Madame.

LA DAME. — Voilà pourquoi j'ai dû me charger moi-même de son éducation.

M. FRANCISQUE SARCEY. — Et c'est pour le mieux.

LA DAME. — Je la conduis aux cours publics. Je lui fais lire à haute voix de bons ouvrages, et je les commente moi-même. Une difficulté, c'est le théâtre. Où la mener ? En général, les Parisiennes aujourd'hui vont indifféremment partout, mais particulièrement aux endroits où l'on joue l'opérette. Ah ! l'opérette ! est-ce que vous ne croyez pas que c'est un poison moral saupoudré de musique ?

M. FRANCISQUE SARCEY. — Si, pardieu, Madame, je le crois.

LA DAME. — Réflexion faite, je me suis décidée pour le Théâtre-Français.

M. FRANCISQUE SARCEY. — Très bonne idée, Madame. La Comédie Française, desservie par les premiers artistes du monde connu, fort intéressante, fort bien fréquentée, a, de plus, l'inappréciable avantage d'offrir toujours un spectacle moral.

LA DAME. — Moral! moral! pas toujours, Monsieur.

M. FRANCISQUE SARCEY. — Au fait, j'y pense, quand on joue les ouvrages qui composent le répertoire moderne...

LA DAME, *vivement.* — Non, Monsieur, au contraire. Ce serait bien plutôt des chefs-d'œuvre de l'ancien répertoire que les mères de famille telles que moi auraient à se plaindre.

M. FRANCISQUE SARCEY, *avec embarras.* — Madame, je...

LA DAME. — Croyez-vous donc, Monsieur, que la *Phèdre*, de Jean Racine, soit une pièce morale?

M. FRANCISQUE SARCEY. — Une reine, une belle-mère, éprise du fils de son mari, je conviens que...

LA DAME. — Que c'est un sujet des plus risqués, Monsieur.

M. FRANCISQUE SARCEY. — Soit, Madame.

LA DAME. — Tenez, Monsieur, il y a quelque temps, le Théâtre-Français a donné l'*Œdipe* de Sophocle, admirablement traduit par M. Jules Lacroix.

M. FRANCISQUE SARCEY. — Rien de plus vrai, Madame.

LA DAME. — Geffroy y était merveilleux.

M. FRANCISQUE SARCEY. — Tout Paris se rappelle cela, Madame.

LA DAME. — Toutes les fois que nous allions en visite chez des amis, on me disait : « Voilà, Madame, une pièce pour mademoiselle votre fille. » Ah ! pensais-je, le thème est bien scabreux ! Cet Œdipe qui tue Laïus, son père, à la vérité sans le savoir, et qui épouse Jocaste, sa mère !

M. FRANCISQUE SARCEY. — C'était aussi sans le savoir, Madame.

LA DAME. — J'en conviens, mais ce n'est pas à cause de cette circonstance atténuante que les mères peuvent conduire leurs filles voir *Œdipe*.

M. FRANCISQUE SARCEY. — Pourquoi donc, Madame ?

LA DAME. — Parce que c'est une tragédie, et une tragédie en grands vers. Une tragédie, ça passe quand même ; des vers de douze pieds, ça excuse tout.

M. FRANCISQUE SARCEY. — Madame, le feuilleton vous rend les armes.

XIV

NON BAPTISÉE

Je rêvais d'idylle. Je me disais : « Ce matin, je vais lire *les Réveils* de Laurent Pichat. Un régal de vers, de beaux vers. » C'était faire un château en Espagne. Le couteau à papier était prêt. Je n'avais plus qu'à m'allonger entre les bras de mon fauteuil afin de couper les pages vierges du volume. Mais voilà que l'actualité entre brusquement chez moi pour me serrer à la gorge. Sous peine de perdre l'estime de ceux qui le lisent, un chroniqueur doit avant tout parler de ce qui se passe. Tant pis pour les beaux vers. Qu'ils fassent pied de grue à la porte. Ils sont faits pour attendre. Que voulez-vous? Cette noble France, qui doit la plus grosse part de son rayonnement à ses poètes, a pourtant l'habitude de ne s'occuper d'eux que lorsqu'elle ne peut pas faire

autrement ou que quand ils sont morts. Ainsi jetons
là *les Réveils* et soyons au fait du jour. Cet événement, c'est le mariage de mademoiselle Colette
Dumas, fille de M. Alexandre Dumas.

Celui qui m'apporte la nouvelle entre tout effaré.
On dirait d'une bourrasque de l'Océan, un jour d'é-
quinoxe...

— Ah ça! qu'avez-vous donc, cher ami? Pourquoi
cette figure renversée?

— Vous ne savez donc pas ce qui se passe
M. Alexandre Dumas...

— Eh bien, le spirituel auteur de l'*Étrangèr*.
prépare, dit-on, une brochure sur le cas de mademoiselle Bière et de M. Gentien, ce blessé de l'amour,
qui a une balle dans les poumons et une autre balle
dans les fesses.

— Si ce n'était que ça! Mais non! il s'agit bien
d'autre chose!

Là-dessus l'ami s'assied, mais de l'air d'un homme
auquel il faut faire respirer un flacon d'éther, tant
il a de peine à se remettre. C'est la Pythonisse de
Delphes qu'il faut longtemps prier. A la fin, il me
met au courant de l'affaire.

—Oui, M. Alexandre Dumas marie mademoiselle
Colette, sa fille, et il la marie fort bien, dit-on; mais il

y a un grand scandale sous jeu. Cette mademoiselle
Colette n'a pas été baptisée.

— Pourquoi?

— Tout simplement parce que son père a voulu la
laisser libre de choisir plus tard, après examen, à
l'heure de sa majorité, la religion qui lui semblerait
la meilleure. Telle est l'affaire. Jugez du bruit que
cela fait! Paris prend feu dans la question.

Au faubourg Saint-Germain, zone catholique par
excellence, on s'emporte contre l'auteur dramatique;
on regrette d'avoir contribué à faire de lui un aca-
démicien; on jure qu'on n'ira plus voir aucune de
ses pièces, lesquelles sont décidément écrites par la
griffe du diable.

Au boulevard des Italiens, section des libres pen-
seurs, on crie bravo. Il en est qui disent qu'au moment où il est de mode de stipuler en faveur de l'autorité du père de famille, on ne peut pas trouver
mauvais qu'un des Quarante fasse de l'âme de sa fille
ce que sa fille et lui veulent en faire.

Voilà où en sont les choses. Quant à moi, greffier
de l'histoire courante, je me borne à enregistrer les
faits, en prenant toutefois la liberté de faire remarquer que si cette situation est originale, elle n'est
pourtant pas tout à fait nouvelle. Toute la France

littéraire a connu un contemporain illustre qui était absolument dans le cas de mademoiselle Colette. J'ai nommé Prosper Mérimée, ancien inspecteur général des monuments publics, protecteur des cathédrales, membre de l'Académie française, sénateur du second empire, le même qui, suivant les *Papiers trouvés aux Tuileries*, signait ses derniers contes : *Le fou de l'impératrice.* — Prosper Mérimée n'a jamais été baptisé.

Chose très curieuse, ce non-chrétien a été l'homme le plus choyé par le haut clergé. Vous en avez peut-être pressenti la raison. En sa qualité d'inspecteur général des monuments historiques sous Louis-Philippe et sous Napoléon III, il avait à attribuer des crédits pour les édifices religieux à réparer. L'emploi le mettait donc journellement en rapport avec les dignitaires ecclésiastiques. Pas un évêque, pas un archevêque, pas un cardinal ne s'exemptait de le recevoir dans son palais, au moment de ses tournées annuelles. Il en résultait une interminable série d'excellents dîners, car une justice à rendre aux princes de l'Église, ils s'entendent toujours à bien mettre la nappe.

Dans la conversation intime, l'auteur de *Colomba*, si fort homme du monde, racontait ses impressions

7.

gastronomiques avec un charme sans pareil. Entre autres choses, il disait comment il avait été en guerre, à table, un soir, avec monseigneur de la Tour d'Auvergne, cardinal-archevêque de Bourges. Prosper Mérimée, s'étant emparé d'une carafe, voulait mettre de l'eau dans son vin.

— Du tout, lui dit Son Éminence. Qui n'est pas baptisé, n'a pas le droit de baptiser les autres.

Quel joli mot que ce mot de prélat et qu'il y a d'esprit là-dedans !

Pour en finir là-dessus, qu'on me laisse dire que, la question religieuse étant réservée, il faut néanmoins plaindre cette jeune fille qui est livrée à l'analyse de toute la presse. Voilà huit jours, il n'y avait guère que quelques intimes de M. Alexandre Dumas qui sussent qu'il existât une demoiselle Colette. A présent, c'est la France entière. Or, par ce seul fait, nous entendons déjà fredonner autour de nous ces vieux vers macaroniques, tirés d'un opéra populaire :

> Non, Coleuse n'est pas trompeuse !
> Non, Colette n'est pas trompette !

Étrange pays que le nôtre où tout finit inévitablement par un éclat de rire !

Ce qui ne finira pas trop vite, ce qui durera toute sa vie, nous voulons l'espérer, c'est le bonheur intime de mademoiselle Colette Dumas, excellente jeune femme, quoique non baptisée.

XV

LE MARIAGE A DISTANCE

Il n'y a jamais eu chez nous tant d'excentriques ni tant de têtes folles que sur la fin du XVIII⁰ siècle. Les mémoires du temps abondent en anecdotes piquantes sur ces esprits singuliers qui sont, à vrai dire, les derniers échantillons de la vieille race parisienne de la Fronde. C'étaient des poètes à l'eau de rose, c'étaient de petits abbés de cour, c'étaient des joueurs d'échecs ou des artistes tout fiers d'avoir la cervelle à l'envers. On serait tenté de croire qu'ils sont venus au monde exprès pour servir de cortège funéraire à l'ancienne société. Ils étaient très nombreux au commencement du règne de Louis XVI. Après la prise de la Bastille, ils disparurent tout à fait.

Voici quelques épisodes de la vie d'un de ces types bizarres.

En 1777, vivait à Paris, rue Monsieur-le-Prince,
un homme entre deux âges, tranchons le mot, un
vieux garçon, mais encore assez bien conservé pour
se donner des airs de petit-maître. Il se nommait
Bodin tout court, ce qui n'était pas d'un goût très
relevé. Fils d'un honnête bijoutier du quai des Or-
fèvres, il avait fait lui-même de la joaillerie et s'y
était montré habile. La prospérité de son commerce
l'ayant mis à même de se retirer de bonne heure, il
avait dit adieu aux affaires sans aucun regret.
M. Bodin avouait quinze mille livres de rente, somme
énorme pour un bourgeois d'alors. Une telle fortune
lui permettait de se donner toutes ses aises et de
vivre pleinement à sa guise. Avant tout, l'ancien
joaillier aimait la toilette ; c'est l'autel de la vanité, a
dit Jean-Jacques Rousseau, et les fats y sacrifient sans
cesse. M. Bodin n'était pas précisément un fat, mais
le linge fin lui plaisait ; il trouvait qu'un jabot de
dentelle, les couleurs tendres, un œil de poudre et
un gilet lamé d'argent se mariaient bien à sa physionomie, et il ne se faisait pas faute de donner beaucoup de soin à ces détails de son accoutrement. Le
moment est venu d'ajouter que ce qui le caractérisait
le plus, c'était une jolie tabatière en or, très agréable-
ment niellée, qu'il avait l'habitude de porter à la

main, d'où lui avait été donné le surnom de l'homme
à la boîte d'or.

Un soir d'hiver qu'il s'ennuyait, M. Bodin prit le
coche et s'en alla à Versailles faire une visite à un
ancien procureur, intendant de M. le comte d'Artois.
Ce vieux procureur était un ami de sa famille ; il avait
surtout été très lié avec le père et reportait un peu
de son affection sur le fils.

— Mon cher enfant, lui dit ce personnage en faisant avec lui un tour de promenade dans le parc, il
n'est pas malaisé de découvrir la cause de votre ennui.
Cela vient de ce que vous êtes seul. Or, l'isolement
est toujours une chose redoutable quand on a votre
âge. *Væ soli!* Malheur à l'homme seul, dit la Bible.
J'ai souvent trouvé que vous aviez l'air d'une âme
en peine. Prenez une femme, mariez-vous ; la vie
aura dès lors un tout autre aspect à vos yeux. Une
femme prendra soin de votre maison et vous fera
ainsi un horizon rose. Grâce à elle, vous verrez du
monde, vous irez au théâtre, vous dînerez en tête-à-
tête, on ne vous verra plus vous ingénier à tuer le
temps au café de la Régence, au cabaret ni dans ces
insipides promenades de Paris où vous dépensez cinq
heures par jour à regarder les gens qui vous regardent.

Comme M. Bodin hochait la tête en signe de contradiction ou de doute :

— Mais qui vous arrête? poursuivit l'intendant. N'êtes-vous pas encore jeune et très présentable? Tout le monde sait en outre que vous avez de la fortune, ce qui ne gâte jamais rien. Voyons, mariez-vous.

— Ah! j'en conviens, répondit négligemment l'homme à la boîte d'or, j'ai tout ce qu'il faut pour cela; il ne me manque plus qu'une femme.

L'intendant frappa de joie dans ses mains.

— Eh bien! mon cher enfant, j'ai ce qui vous convient.

En même temps, il lui parla d'une jeune veuve, raisonnablement riche et encore fort agréable, qui désirait convoler en secondes noces. Le carnaval, qui tombait sous quelques jours, était une occasion toute naturelle de la lui présenter.

— Tous les ans à pareille époque, ajouta-t-il, je donne une petite fête de famille à des parents et à quelques intimes. J'aurai soin d'inviter la jeune dame. Dans tous les cas, ce sera une réunion amusante. Venez-y, ne fût-ce que pour moi. Y assister ne vous engagera à rien qu'à passer une soirée sans ennui.

M. Bodin promit. Comme ils étaient près de l'Hercule de Coustou qui tient sa massue à la main, le vieil intendant attesta ce dieu de marbre et prit acte de l'engagement. Là-dessus le joaillier reprit le coche et retourna à Paris. Tout le long du chemin, il répétait à voix basse, en se parlant à lui-même :

— J'ai promis ! j'ai promis devant Hercule !

Au jour dit, on le vit revenir à Versailles, chez l'intendant, dans une toilette éblouissante de richesse ; il ressemblait à un soleil.

— Notre jeune veuve est ici, lui dit l'ancien procureur ; je vous avouerai même, entre nous, que votre entrée lui a causé quelque émotion. Tenez, c'est cette petite femme brune, qui est assise là-bas, près de la cheminée, sur une bergère. Elle rit à gorge déployée en feuilletant un cahier rempli de pochades de Lantara. Le moment sera bien choisi pour une présentation. Voulez-vous que nous tentions l'aventure ?

— Gardez-vous-en bien, répondit l'homme à la boîte d'or. Cette femme est jolie, mais qui est-ce qui ne l'est pas dans notre siècle ? Elle est brune, mais elle l'est trop. S'il faut vous le dire, j'aurais plus de tendresse pour une blonde, cette petite, par exemple, qui donne des gimblettes à un épagneul, à côté du clavecin.

— Soit, reprit l'intendant, brune ou blonde, cela ne fait rien au fond; les nuances importent peu. Ce à quoi je tiens, c'est à faire votre bonheur.

— Faites-le donc, et le plus tôt possible.

En homme spirituel et poli, le vieux procureur se mit à l'affût d'un moment propice. Dès qu'il crut l'avoir trouvé, il prit M. Bodin par la main et le présenta avec force inclinations de tête à la petite dame blonde.

— N'oubliez pas, Madame, lui dit-il, que c'est un futur mari que je vous amène.

On se vit, on se parla, on dansa un menuet, on se convint de part et d'autre. Bref, au bout de trois mois, le mariage était résolu. Il n'y avait plus qu'à signer le contrat et à aller à l'autel.

Tout marcha à merveille chez le notaire et à l'église.

— J'ai une jolie femme, murmura M. Bodin.

— Mon mari est un homme de bon ton, disait l'épousée à voix basse.

Le lendemain du premier jour des noces, tandis que les invités étaient à table, en train de déjeuner, un hurluberlu, de l'espèce de ceux qu'on rencontre un peu partout, s'autorisa d'un verre de vin de Cham-

pagne pour faire le joli cœur. Il se mit à fredonner
je ne sais plus quelle chanson à boire, où il était dit
que toutes les femmes sont bien les filles d'Ève, curieuses et insoumises comme leur arrière-grand'mère.
Il en résulta que la table se partagea en deux camps,
les uns tenant pour, les autres contre l'opinion du
chanteur. Au plus fort de la controverse, M. Bodin se
leva et dit :

— Mon Dieu, Messieurs, je serais le plus grand
sot de la terre, si je disais le moindre mal des femmes
au jour que voilà. Cependant je dois déclarer que
j'incline à penser absolument comme la chanson. Oui,
je suis d'avis qu'il n'y a pas de forteresse qui ne ca-
pitule avec le temps. Pour les femmes, la vie est un
madrigal sans fin.

Tout cela était dit sans aigreur, d'un ton mêlé à la
fois d'une légère ironie et d'un certain fond de bien-
veillance. On ne s'étonna donc que médiocrement de
ce propos, assez étrange pourtant dans la bouche
d'un homme qui venait de se marier.

— Après tout, pensait l'intendant du comte d'Artois, ce qu'il a dit là est le dernier écho de la
vie de garçon. Encore quelques jours, en pleine
lune de miel, et il ne tiendrait plus le même langage.

Mais presque au même instant, l'ancien joaillier ajoutait à demi-voix :

— Il serait curieux de justifier par des faits l'opinion que je viens d'émettre. Je suppose un mari se posant en sentinelle vigilante de son honneur, mais en se faisant passer en même temps pour éloigné de son pays ou pour mort. Il est à croire que celui-là arriverait vite à savoir à quoi s'en tenir sur la fidélité de sa femme. Eh bien ! c'est une épreuve à tenter.

Au dessert, M. Bodin se leva pour la seconde fois, mais pour sortir de table.

— Ma chère belle, dit-il à la jeune épouse, je vous demande mille et un pardons, mais un incident inattendu m'oblige à vous quitter pour deux heures. Je vais causer quelques instants chez un homme d'affaires de la place Royale. D'ici là, je le sais, vous ferez bon visage à nos invités.

Il salua, et, après avoir baisé galamment la main de la jeune femme, il sortit en souriant.

Les deux heures écoulées, M. Bodin n'était pas rentré. On attribua cette circonstance à des retards imprévus. Deux autres heures se passèrent. M. Bodin ne reparaissait pas. Une certaine inquiétude plissait déjà le sourire un peu moins enjoué de la mariée.

— Qu'est-ce que cela signifie? se demandait-elle
en essayant de maîtriser son trouble.

— Ce n'est pas une raison pour négliger le dîner,
s'écria l'intendant du comte d'Artois. Il faut attendre
M. Bodin les pieds sous la table.

On en était au rôti lorsqu'un messager inconnu
demanda à être introduit et remit une lettre à l'é-
pousée. Cette missive était un simple billet qui ne
contenait que ce peu de lignes :

« Ma chère belle, plaignez-moi du plus profond
de votre cœur. L'homme d'affaires que j'allais voir,
place Royale, vient de partir pour Villejuif. Comme
l'objet qui nous occupe est de nature à ne subir
aucun délai, j'ai pris une voiture ; je cours à Villejuif ; mais ce soir, à la nuit tombante, je rentrerai
au colombier.»

— Mangeons, buvons, chantons, dansons, réjouis-
sons-nous, comme si de rien n'était, objecta l'imper-
turbable intendant. Ce soir sera bientôt arrivé.

La fête continua, en effet, sans interruption. Un
petit nuage de tristesse assombrissait bien un peu
le front rêveur de la jeune mariée ; mais cette vague
mélancolie n'était pas encore l'inquiétude.

A la chute du jour, une nouvelle missive se présenta. Après en avoir fait sauter le cachet d'une

main tremblante, la jeune femme put voir qu'elle
était aussi laconique que la première.

Voici ce qu'elle disait :

« Il y a longtemps qu'on l'a dit, ma chère enfant,
tout n'est que heur et malheur ici-bas. Au reçu de
la présente, congédiez nos invités, faites jouer aux
violons le vieil air : *Allez-vous-en, gens de la noce !*
Je ne rentrerai à Paris que sous trois jours. De Villejuif, où je n'ai pas trouvé mon homme, j'ai dû
courir en toute hâte sur la route de Dijon, où il est
en ce moment. Il y va de notre fortune, il faut que
je le rattrape. Fût-il au bout du monde, je l'attein-
drai très prochainement, je vous le jure. »

Jugez du coup de théâtre. La fête finissait brusquement. Au dernier paragraphe de la lettre, deux
larmes de dépit et de regret coulèrent le long des
joues de la jeune femme.

— Qui se serait jamais attendu à cette aventure ?
disait l'intendant stupéfait.

— Me voilà délaissée le lendemain de mes noces,
reprenait la nouvelle Ariane. On n'a pas d'exemple
d'un pareil scandale ni d'un mépris plus grand des
devoirs les plus sacrés.

— Mais, répliquaient les parents, toujours prodigues de fiches de consolation, il n'y a rien de dé-

sespéré encore. M. Bodin écrit qu'il rentrera dans Paris sous trois jours. Le temps va vite. Attendez trois jours.

A cette échéance, on sonna chez la jeune femme ; c'était un facteur de la poste aux lettres qui apportait une troisième épître , invariablement écrite à la manière spartiate, en trois ou quatre lignes.

« Le guignon s'en mêle, ma pauvre amie. Au moment même où j'entrais dans Dijon, mon gaillard en sortait pour gagner la Suisse par le Jura ; mais je le poursuivrai sans relâche, nuit et jour. Je compte bien arriver à Genève en même temps que lui. Le temps de lui mettre la main au collet, et je rebrousse chemin pour venir reprendre mon repas de noces, si singulièrement interrompu. »

Les larmes de la mariée reparurent. Cette fois M. Bodin ne précisait aucune date pour l'époque de son retour. Aussi, de temps en temps, un soupir arraché par la tristesse sortait-il de ses lèvres roses ; elle se disait :

— Pourquoi ai-je épousé cet original ?

Il arrivait par moments d'autres nouvelles d'une nature très vague. M. Bodin écrivait qu'il était mystifié par les aubergistes et qu'on lui avait donné de fausses indications. Celui qu'il poursuivait ne s'était pas réfugié en Suisse, mais en Hollande; ce n'était plus à Genève, c'était à Amsterdam qu'il fallait aller le rejoindre.

Du soir au lendemain, ce voyage improvisé se produisait par autant de zigzags que l'Odyssée. Ainsi la semaine suivante, ce n'était déjà plus à Amsterdam que s'était caché le fugitif; il était monté sur un navire marchand et faisait voile vers le Japon. Or, M. Bodin, tenant à la promesse qu'il s'était faite de le poursuivre jusqu'au bout du monde, ne voulait point s'arrêter en chemin : il s'était pareillement embarqué pour le Japon.

En historien véridique, nous devons dire que ces divers expédients épistolaires et ces fugues lointaines n'étaient qu'une feinte. On n'allait pas au Japon pour un oui ou pour un non, à la fin du XVIIIe siècle, le moins laborieux et le plus sensuel de tous les temps. En réalité, M. Bodin n'avait pas quitté Paris. Il s'était déguisé afin de ne pas être reconnu, avait choisi un petit logement situé tout au bout de cette même rue Monsieur-le-Prince qu'habitait sa femme, et vivait ainsi à l'écart chez un bouquiniste, auquel il donnait un écu de six livres par semaine. Par surcroît de précautions, il se faisait passer alors pour un Italien dépaysé, du nom de

Muratori. Vêtu toujours avec élégance, mais d'une façon tout autre que par le passé, il pouvait défier toutes les investigations. Il s'était d'ailleurs placé sur le nez des lunettes à branches d'or qui le défiguraient absolument. Quatre ou cinq fois l'année, il avait entendu, le soir, dans la rue, une voix de femme jeter au vent ces mots qui venaient jusqu'à son oreille : « C'est cet étranger qui ressemble tant à M. Bodin. » On devine qu'il s'était retourné brusquement. Il avait reconnu alors sa femme, mais sans laisser percer aucune émotion. Cet incident, du reste, n'avait pas eu d'autre suite.

Dans ce temps-là, il y avait au carrefour Buci un café Procope en miniature, où se rendaient les petits bourgeois du quartier. Pour tuer le temps, et aussi peut-être pour apprendre par des commérages ce qui se passait chez lui, le faux Italien se mit à fréquenter ce lieu de réunion. Tous les jours il faisait sa partie de dames, jeu auquel il était de première force. Sa fuite avait fait du bruit; on en causait dans le quartier. En poussant les pions sur le damier, il pouvait entendre ses voisins prononcer son vrai nom, qu'on ne manquait jamais d'accompagner d'épithètes malsonnantes. Chacun s'accordait à plaindre cette veuve d'un nouveau genre, encore jeune, toujours très belle, abandonnée dès le second jour de ses noces, par un ours mal léché, pour des motifs inconnus.

— Avez-vous connu ce Bodin? lui demanda, un soir, un aide à la gabelle qui jouait de temps en temps avec lui.

— Je l'ai connu, mais fort peu, répondit négligemment le faux Muratori.

— Eh bien, je vous en fais mon compliment. Si l'on en juge par sa conduite, il paraît que c'est le plus grand butor de Paris.

Le faux [étranger ne répliquait rien, 'mais il ne pouvait se défendre de sourire d'une manière étrange.

— Un ours mal léché, le plus grand butor de Paris! avait-il l'air de dire; vous ne le connaissez pas. Ce qu'il en a fait, ç'a été afin d'arriver à une expérience. En déjeunant, le matin de ses noces, il a dit devant ses convives qu'il n'y a point de femme qui ne bronche, et il attend la sienne à l'usée.

Cinq ans s'étaient écoulés sans autre incident digne de remarque.

Un soir, à l'entrée de l'hiver, l'homme à la boîte d'or aperçut dans ce café un numéro des *Petites-*

8

Affiches qu'on s'était passé de main en main avec un certain empressement. Le prétendu Muratori ne tarda pas à voir qu'il y était question de lui et des conséquences de sa disparition. Les *Petites-Affiches* reproduisaient une pétition que madame Bodin venait d'adresser au Parlement de Paris, afin de faire nommer des arbitres qui réglassent les affaires de son mari dont la vie où la mort était incertaine.

— Entre nous, cette pauvre femme a raison, lui disait le soir l'aide aux gabelles, en commençant la partie de dames d'usage; il y a mille contre un à parier que son original de mari est mort en allant au Japon : c'est un procès gagné d'avance.

L'ancien joaillier ne sonna mot, afin de détourner la conversation d'un objet qui n'avait pas l'air de l'intéresser; mais, dès le lendemain, il se montra un peu moins assidu au café. On aurait pu le rencontrer ensuite dans les nombreux corridors du Palais-de-justice, où, sans se faire connnaître, il suivait avec une très vive attention les détails et les progrès de la démarche extrajudiciaire introduite par sa femme. A la fin de l'année, contrairemeut à toutes les prévisions, l'affaire était terminée. Un arrêt déclarait madame Bodin veuve du mari dont elle portait le nom.

Huit nouvelles années s'écoulèrent. Cela formait déjà un total de treize ans à dater de la fuite de l'homme à la boîte d'or.

— Se remariera-t-elle? se condamnera-t-elle à vivre en vestale? se demandait-on de tous côtés en parlant de la pauvre délaissée.

Madame Bodin n'était plus aussi fraîche que le premier jour de ses noces, mais elle n'avait pas cessé d'être belle. En vertu de l'arrêt rendu, elle se trouvait en possession d'une jolie fortune, morceau friand à toutes les époques. Mariée, mais mariée un seul jour, elle excitait autour d'elle le double intérêt qui naît du malheur et d'une situation peu ordinaire. Tout cela concourait à attirer les prétendants partout où elle se présentait. On sait en quoi consistaient il y a cent ans les délicatesses du sentiment. Vers, bouquets, petites épîtres passées au benjoin, billets de théâtre et de concert pleuvaient, chaque matin, sur la toilette de la charmante douairière. Il faut se hâter de dire que ces frais étaient toujours faits en pure perte. Si madame Bodin était obsédée comme la reine d'Ithaque, elle était inflexible comme elle. Non seulement ses poursuivants n'étaient jamais encouragés par un mot ni par un sourire, mais encore elle changea tout à coup de logement pour se dérober avec plus d'éclat à l'ennui de leurs importunités.

On rapportait, un soir, au café de Buci, que la veuve était allée brusquement demeurer dans le faubourg Saint-Honoré, tout près des Champs-Élysées. Dès ce moment, le faux Italien cessa de venir faire sa partie de dames au café Buci. Il venait de quitter, lui aussi, la rue Monsieur-le-Prince.

En n'épargnant ni le temps, ni l'argent, ni les démarches, M. Bodin avait appris que sa femme s'était fixée, rue de Ponthieu, dans une maison qui appartenait à un carrossier. Le soir même de cette découverte, sous un prétexte habilement ménagé, il s'était lié avec cet homme, et il avait fini par aller habiter un petit appartement dans sa maison. De cet appartement, situé sous les toits comme un observatoire, on voyait aisément tout ce qui se passait au jour la journée chez la jolie voisine.

Une fois, à table, chez le Suisse de la terrasse des Feuillants, cabaret en renom, comme vous savez, le carrossier avait bu un peu plus que de coutume. Comme il croyait son nouvel ami garçon et ne le connaissait point sous son véritable nom, il lui conseillait vivement de faire la cour à sa locataire.

— Ce ne serait pas une mauvaise affaire pour

vous, mon cher monsieur. Ah! ne hochez pas la
tête en signe de dédain. Sous le rapport de la beauté,
il n'y a pas de femmes de son âge qui aient plus
d'agrément qu'elle; et, quant à la fortune, il paraît
qu'elle a vingt mille livres de rentes, pour le
moins.

— Nous verrons cela un de ces jours, répondit
négligemment l'ancien joaillier.

On touchait à la quinzième année. Le jour anniversaire du départ de M. Bodin, la délaissée dînait
avec ses parents et quelques amis, quand un domestique inconnu apporta un billet sans signature à
l'adresse de la maîtresse de la maison. Ce pli ne ren-
fermait que ce peu de lignes.

«— Madame, pour des raisons qu'il m'est impossible de vous expliquer par écrit, j'ai le plus grand
besoin de vous voir. Sera-ce trop exiger de vous
que de vous rendre demain matin, à dix heures,
au Jardin du Roi, devant la fosse aux ours? »

— Allons, dit madame Bodin en jetant le billet à
une de ses amies, qui avait été fille d'honneur de sa
noce, toute vieille que je suis, j'ai encore des amoureux. Voilà un inconnu qui me donne un rendez-
vous au Jardin du Roi, pour demain matin à dix
heures.

8.

— Un inconnu ! murmura l'ancienne fille d'honneur après avoir examiné le billet avec attention, mais point du tout : c'est l'écriture de M. Bodin.

La scène tournait au drame. Madame Bodin, qui avait aimé ce singulier mari dont elle avait si étrangement souffert, ne put dominer son émotion et s'évanouit.

Après qu'on lui eut fait respirer des sels et qu'elle fut revenue à elle, l'affaire du billet devint naturellement l'objet des délibérations de toute la soirée. En fin de compte, la veuve, qui entendait bien ne plus l'être, se décida à capituler. Il fut donc convenu qu'un parent et son amie l'accompagneraient le lendemain matin au Jardin du Roi.

Ce n'était pas cependant sans une certaine hésitation qu'on se mettait en campagne.

— Un rendez-vous donné par un inconnu, devant la fosse aux ours, disait le parent, cela m'a l'air louche. Qui sait si ce n'est pas une mystification imaginée par quelque mauvais plaisant ou par un ancien poursuivant congédié ?

Mais à peine avait-il prononcé ces paroles que M. Bodin, élégamment vêtu comme par le passé, ayant à la main sa boîte d'or, s'approchant de sa

femme d'un air dégagé et la saluant jusqu'à terre,
lui dit :

— Ma chère enfant, voilà aujourd'hui quinze ans
qu'étant à table, le jour de nos noces, je vous ai dit
en présence de nos invités qu'il n'y a pas de femme
qui ne bronche à la longue. Je reconnais aujourd'hui
que j'ai dit une sottise inqualifiable. Je confesse mon
tort. Embrassons-nous et qu'il ne soit plus question
de cette équipée.

Ils s'embrassèrent effectivement ; M. Bodin donna
le bras à sa femme, et rentra chez lui.

Le lendemain on recommença les repas des noces
comme si l'on eût été marié du matin même.

Cette histoire a fini comme un conte des fées.

M. Bodin et sa femme ont eu plusieurs enfants et
ont vécu heureux pendant de longues années.

XVI

M. ALFRED NAQUET

LE PROMOTEUR DU RÉTABLISSEMENT DU DIVORCE

Je ne sais si vous connaissez M. Alfred Naquet. Depuis dix ans, les cent vieilles trompettes de la Renommée s'essoufflent à répandre ce nom-là. Savant hors ligne, il fait autorité dans la chimie dont il a agrandi le domaine. Député de Vaucluse, il parle avec beaucoup de charme, parfois même avec une grande éloquence. Mais s'il est devenu populaire en fort peu de temps, c'est pour un autre mérite. Personne n'ignore qu'il est le promoteur d'un projet de loi relatif au rétablissement du divorce.

Ce Luther du mariage réussira-t-il dans la tâche qu'il a entreprise? Entre nous, j'en doute. Quant à lui, il compte sur un plein succès. J'ai eu occasion d'échanger à ce sujet quelques paroles avec lui dans les bureaux d'un journal où nous nous rencontrons de temps en temps. M. Alfred Naquet s'est livré, paraît-il, à un patient travail de pointage sur le personnel des deux Chambres. En ce qui concerne les députés, il n'y avait pas le plus léger doute à concevoir. Une majorité compacte est dès à présent acquise au divorce. Au Sénat, il se présentait des difficultés, mais à entendre le novateur, ce ne sont que des difficultés passagères. En admettant que le projet de loi, voté par le Palais-Bourbon, fût rejeté par le Luxembourg actuel, il n'y aurait dans le cas qu'une affaire d'horloge. En 1882, on renouvelle la haute Assemblée par tiers; or, le suffrage universel ne peut élire que des sénateurs sympathiques à la réforme projetée.

— A dater d'aujourd'hui, poursuit M. Alfred Naquet, le divorce triomphe sur toute la ligne.

Plus d'un fait de date récente semblerait donner raison aux visées et aux espérances du député de Vaucluse. Par exemple, le livre très dirimant de M. Alexandre Dumas sur la question, a sans doute gagné un grand nombre d'esprits à la cause nouvelle. Dans le monde où l'on s'amuse, les comédies un peu indociles de M. Émile Augier sont de même un argument. Enfin, les demandes en séparation de corps dont le Palais-de-Justice vient de retentir n'auront pas peu contribué, peut-être, à faire que l'opinion publique s'insurge contre l'indissolubilité du mariage chrétien.

Mais ce ne sont pas les auxiliaires du député, ce ne sont pas les pamphlets, les articles de journaux, les procès ni les épigrammes de théâtres qui attisent l'espoir dans le cœur de M. Alfred Naquet : c'est la correspondance qu'il reçoit chaque jour, à l'heure de son chocolat, de tous les points du pays.

Femmes et hommes, petits et grands, riches et pauvres, laids et beaux, tous ceux qui se tiennent pour mal liés au joug du mariage légal, ont jugé à propos de prendre le savant chimiste pour le confident de leurs tristesses intimes ou de leurs *desiderata*. Il suit de là que, tous les matins, le courrier lui apporte, sur papier de toutes couleurs, une montagne de pattes de mouches.

— Comment! lui disais-je, on vous écrit tant que ça?

— On m'écrit sans cesse, de partout, me répondit-il ; et voilà trois ans que cela dure, et cela ne s'arrêtera pas de si tôt. Ni le charmant Voiture, ni madame de Sévigné, ni Voltaire, ni celui des Bonaparte qu'on appelle Napoléon le Grand, n'auront eu à essuyer une averse épistolaire aussi effroyable. Tant de missives absorbent mes jours, mes nuits, toutes mes heures. Je n'exagère rien en vous affirmant qu'il ne me reste plus le loisir de boire ni de manger. Vous avez deviné que cette correspondance effrénée usurpe jusque sur mon sommeil.

— Diable! répliquai-je.

— Notez que je ne m'en plains pas. Au bout du compte, chacune de ces épîtres est l'écho d'un grief véridique ou d'une plainte exaltée parfois, mais toujours sincère. J'y trouve de la passion. Il y a de la colère. Il s'y mêle même du mélodrame. Mais de même que le chien dont parle Rabelais trouvait un peu de moelle dans l'os qu'il rongeait, de même je rencontre dans ces communications d'alcôve plus d'un genre d'enseignement. Les motifs les plus inattendus s'y révèlent. Les cas les plus étranges y demandent la parole. Bref, cela devient un dossier de la cause.

M. Alfred Naquet ajoute, et c'est vrai, qu'un tel appareil de correspondance finit par devenir une manifestation de la conscience publique. Il y a quarante ans qu'on a commencé à le voir, après la publication des premiers romans de George Sand, la société française est atteinte d'un mal profond, à l'endroit du mariage. En 1830, l'école saint-simonienne, très révolutionnaire à propos d'hyménée, demandait déjà qu'on pût rompre l'anneau béni le jour où il blesserait trop l'un des deux époux. C'était bien radical. En ce temps-là, Émile Barrault, un des tribuns en jaquette bleue de la salle Taitbout, faisait en public une comparaison terrible. Il disait qu'un homme et une femme mariés, qui ont cessé de s'aimer, rappellent ces deux forçats du bagne de Toulon qu'on a attachés à la même chaîne et qui ne pouvaient ni dormir, ni manger, ni boire, ni travailler sans se faire les meurtrissures les plus cruelles. — Et, ajoutait l'orateur, un jour, ils se sont jetés l'un sur l'autre et ils se sont entre-tués à l'aide de leurs fers.

Est-ce donc là ce qu'est devenu le mariage moderne?

M. Alfred Naquet prétend que oui, et il assure avoir désormais entre les mains assez de documents pour faire partager son sentiment à tout le monde.

Néanmoins, le député de Vaucluse rencontre une résistance qui ne cèdera pas; c'est celle de l'Église et du parti catholique. Tout le monde sait que Napoléon Ier, poussé plus par la vanité que par l'amour de la chair, a voulu, sous son règne, donner une plus-value à la loi du divorce, en répudiant Joséphine Tascher de la Pagerie pour épouser Marie-Louise d'Autriche. A dater de ce moment-là, on pouvait croire que la nouvelle théorie en fait de mariage serait à jamais triomphante. En 1815, après Waterloo, à la Chambre des députés, séance du 26 novembre, M. de Bonald fit abolir le divorce. Voilà de cela près de soixante-cinq ans, pendant lesquels le mariage chrétien, éternel et indissoluble, est rentré dans nos mœurs. Pour les croyants, c'est un dogme. Sur trente-six millions de Français, il y en aura bien la moitié pour tenir à l'ancienne loi. Ceux-là ne céderont pas, je le répète.

Vous voyez d'ici l'antagonisme que va soulever la proposition de M. Alfred Naquet.

L'affaire, je n'ai pas besoin de le rappeler, touche aux intérêts les plus graves de la société; c'est pourquoi je ne veux pas y mêler le plus petit mot pour rire. Toutefois, je ne veux pas terminer cette causerie sans revenir à l'innombrable correspondance que reçoit M. Alfred Naquet. Cinq cents lettres par jour! Tel est la moyenne.

— Pardieu, s'est écrié le député de Vaucluse, il faudra que je prie le général gouverneur de Paris de me prêter, chaque matin, un piquet de trente hommes pour m'aider à décacheter mon courrier.

Pour finir là-dessus, laissez-moi vous dire qu'il y à dans la vie intime du promoteur de la loi du divorce un drame des plus touchants. Israélite d'origine, M. Alfred Naquet a épousé une chrétienne fervente et il a eu d'elle un fils. Plus tard, par suite de dissentiments dans lesquels nous n'avons rien à voir, les deux époux ont cru devoir se séparer d'une manière amiable. Fallait-il que le père enlevât son fils à sa femme? — « Non, dit-il, je ne l'aurais fait pour rien au monde. Sans doute j'aurais désiré élever mon enfant dans des idées religieuses et philosophiques tout autres que celles que lui suggère l'entourage de sa mère. Mais l'enfant est frêle, d'une santé précaire : L'arracher à sa mère, ce serait le tuer. Je me suis bien gardé de le faire. » C'est là, à peu près, ce qu'il a écrit dans une lettre très digne et bien émouvante qu'il a dû adresser à un journal dont les commentaires, relativement à son mariage, n'étaient pas conformes à la vérité. Tout le monde a applaudi à la lettre du député de Vaucluse et le journal en question tout le premier.

XVII

Voilà de cela cinq ou six ans.

Il y avait alors à Saint-Denis, pas fort loin de la cathédrale, un homme et une femme, qui, par malheur, s'étaient mariés ensemble. On les appelait les époux Tholozan. Sans être riches, ils vivaient dans l'aisance, le mari, s'amusant à faire du jardinage ; la femme, s'occupant à des travaux de broderie ou à enjoliver les potiches. — Dieu merci, ils n'avaient point d'enfants.

Disons qu'ils n'avaient pas non plus d'amour l'un pour l'autre. Pour un rien, il survenait une chamaillerie. Le mari disait à sa femme : « Je ne veux plus vous voir. J'aime mieux me trouver avec un ver turc. » De son côté, la femme s'emportait en paroles fort vives. Un jour, elle se mit à traiter M. Tholozan de « vieux grigou ». Consultez le Dictionnaire. Ce mot est une injure. Cela veut dire : « Gueux, misérable, homme avare et sordide. » Molière l'emploie dans *la Jalousie du Barbouillé* : « Que maudite soit l'heure où vous avez choisi *ce grigou*. » Le mari trouva que c'était un outrage; il jeta là sa bêche, ne prit pas même la peine d'exprimer son mécontentement et disparut.

— Il a donc décampé! Quel bonheur! s'écria madame Tholozan, impressionnable comme le sont toutes les femmes qui ont le cœur tendre.

Au bout de huit jours, tenant le départ pour définitif, elle amena chez elle, à la maison, un grand garçon du nom de Vaudoré. L'aimait-elle? On ne l'a jamais su. Ce qu'il y a de certain, c'est qu'à six mois de là, ce Vaudoré fut trouvé pendu dans une sorte de chambre à coucher, à l'espagnolette de la croisée. C'était, paraît-il, un suicide renouvelé de la mort dramatique du prince de Bourbon au château de Saint-Leu.

Chose curieuse, lorsque le commissaire de police vint pour constater le suicide, madame Tholozan déclara que le défunt était son mari. Pour qu'il ne subsistât pas le plus léger doute à cet égard, elle présenta même au magistrat l'acte de naissance de Tholozan, son acte de mariage et d'autres papiers restés en sa possession.

En sorte que l'infortuné Vaudoré, le pendu volontaire, disparut du monde sous le nom du sieur Tholozan, ancien amateur de jardinage. Un quiproquo funèbre.

Dès lors, se voyant munie de l'extrait mortuaire en règle du défunt supposé, madame Tholozan se fit passer pour veuve. Veuve! c'est un attrait; veuve, c'est parfois une position sociale. Il s'écoula environ une année et demie. Dix-huit mois! que de choses peuvent se passer en ce laps de temps!

Cette étrange Artémise, aimant fort à être courtisée, était sur le point de se remarier et, par conséquent, de commettre le crime de bigamie. Déjà les formalités nécessaires étaient accomplies à la mairie de la commune; le mariage, publié suivant les prescriptions de la loi, devait avoir lieu un samedi du mois de mai, lorsqu'il se produisit un incident des plus burlesques. En quittant jadis sa moitié, M. Tholozan était allé habiter Paris. Or, ce jour-là, il prit fantaisie à l'ancien jardinier-amateur d'aller faire un tour à Saint-Denis, où il n'avait pas paru depuis plusieurs années. La pensée bizarre lui était venue de savoir ce que devenaient sa femme et son jardin.

Sur son chemin, il excita la plus vive surprise. De cent pas en cent pas, il rencontrait des personnes qui l'avaient connu autrefois et qui affirmèrent avoir assisté à son enterrement. Pour le convaincre, celles-là le menèrent sans retard au cimetière de l'endroit, où il put lire sur la croix d'un tombeau une inscription ainsi conçue :

Ci-gît Pierre-Eustache Tholozan, mon regretté mari, décédé le 8 novembre 1877.

— Comment! s'écriait le bonhomme, j'étais enterré sans le savoir?

Du cimetière, il courut, rouge de colère, chez un huissier, afin de le charger d'accomplir sur papier timbré le miracle de sa résurrection.

A vrai dire la prétendue veuve éprouva quelque étonnement, mais elle ne se déferra pas, comme on dit. Elle nia. Elle dit : « C'est un faux dauphin de mari. Je vais faire arrêter cet imposteur. »

Paroles de bravade que fit vite tomber la menace d'un procès.

Un procès, il y en eut un, en effet, et il n'était pas possible qu'on l'évitât. Cependant l'accusation de bigamie fut écartée, puisque la veuve pour rire n'avait eu ni le loisir, ni le moyen de convoler à de secondes noces. Tout s'est borné à une affaire de faux en fait d'écriture authentique et en inscription funéraire anticipée.

Le jury, du reste, qui ne voyait pas bien clair dans tout cet imbroglio, a déclaré la veuve non coupable.

En réalité, le seul puni dans l'affaire a été le sieur Tholozan, qui a été condamné à reprendre sa femme.

Bref, l'aventure a eu son mot de la fin, dit par le président, s'adressant au mari de retour :

— Vous étiez libre depuis trois ans et vous êtes venu de vous-même reprendre votre chaîne. On ne vous doit aucune pitié.

XVIII

DES FEMMES QUI NE VEULENT PAS L'ÊTRE

I

LA CLEF DES GÉNÉRATIONS

Tout Paris se rappelle ce mot, chaste et osé à la fois. Il a fait époque. La presse judiciaire l'a recueilli au Palais-de-Justice. La presse à racontars l'a lancé dans le monde. On le doit à Jules Favre. Il s'agissait d'une instance en nullité de mariage introduite par M. C***, contre mademoiselle Z***. Mariés depuis trois années, ils n'étaient, l'un et l'autre, époux que de nom. Pendant trois ans, à cent reprises, M. C***, sorte de Tantale de l'amour, avait tenté de pénétrer dans l'alcôve de sa jeune femme, ainsi que la loi, jointe à la bénédiction nuptiale, lui en conférait le privilège. Vains efforts! Un verrou obstiné l'ar-

rêtait sur le seuil et une parole dure, plus inclé-
mente même que le verrou, lui intimait l'ordre de
se retirer. En révélant ces faits, l'avocat ajoutait dans
une éloquente apostrophe :

— Mais, Madame, quelle puissance vous arrogez-
vous donc ? En tout cas, sachez qu'il ne vous appartient pas de laisser se rouiller la *clef des générations*.

Encore un coup, le mot fit fortune. Bien mieux,
le jeune mari en fit une arme. Il porta la cause à
Rome. Avec la cause, le mot. Pie IX, prenant conseil
de Celui qui a dit : « Croissez et multipliez », et,
en s'appuyant sur l'Évangile, déclara le mariage
nul. M. C***, de retour en France, a pu se remarier ;
la *clef des générations* ne s'est pas rouillée.

II

AUTRE GUITARE

AMOUREUSE D'UN MOINE

Une histoire parisienne.
Elle date d'hier et elle est affreusement poignante !

1. Ce petit drame de la vie intime nous a été communiqué

9

Les héros? Vous les avez connus ou coudoyés. *Lui* au club, aux premières, aux courses, avec tous les viveurs du jour, pâles reflets des Demidoff et des Gramont-Caderousse d'autrefois. *Elle* a dû vous apparaître comme une vision dans la poussière dorée d'un retour du Bois, menant ses chevaux ruisselants d'écume avec la rapidité de l'éclair. *L'autre,* tout Paris courait le voir naguère... à l'église !

Pourquoi me demander leurs noms? Lisez jusqu'au bout, et vous les devinerez sans que j'aie à les imprimer ici tout vifs.

Elle et lui se sont mariés il y a deux ans... officiellement. Tout le faubourg, ban et arrière-ban, était accouru sous la vaste nef de Saint-Philippe-du-Roule ; les feuilles bien pensantes avaient, en termes émus, célébré l'union de ces deux familles, parmi les mieux cotées de l'*Armorial de France*, et le *Triboulet*, selon sa coutume, avait reproduit leur blason et rappelé les hauts faits de leurs ancêtres, qui, la chose paraît certaine, auraient plus d'un Sarrazin sur la conscience.

Jeune, élégant, bien fait, le marié s'entendait à

par notre jeune ami E*** L***, l'un des rédacteurs du *Voltaire* (mai 1880). — P. A.

merveille, certifiait le monde, à bien conduire un cotillon, et à ses succès de salon, il avait su, par le charme de sa personne et l'attrait de sa conversation, ajouter pas mal de succès de boudoir. Il se piquait, fatuité très commune dans ce milieu, très justifiée chez lui, d'avoir allumé des passions violentes au cœur des plus farouches vertus.

La mariée ne lui cédait en rien ; elle avait fait son entrée dans la société, sous les auspices de la maréchale de Mac-Mahon dont elle est quelque peu parente et qui, à ce titre, avait daigné lui accorder sa protection. Ses débuts furent éclatants.

Au premier bal de l'Élysée où elle parut, il y a quatre ans, sa beauté, sa majesté sereines devaient produire une vive impression. C'est qu'elle était réellement adorable sous la robe virginale qui lui dessinait une partie des formes et laissait discrètement deviner le reste. Ses cheveux étaient d'ambre, ses yeux de jais, mobiles et vivants, ses épaules de nacre veinée d'azur ; son teint avait la fraîcheur de l'églantine et ses dents la blancheur de l'ivoire. Elle les montrait souvent, ses jolies quenottes, comme pour vous dire : « Quand elles mordront à la pomme, elles mordront bien ! » Sa bouche s'entr'ouvrait alors ainsi qu'une corolle, et ses narines se dilataient

comme pour humer le plaisir. Je ne vous dirai rien
de ses oreilles, sinon qu'elles étaient moulées dans
un coquillage...

Au demeurant, parfaite ; elle savait allier, comme
dit Gresset, à des vertus austères,

> Le goût, les ris, l'aimable liberté.

Ils devaient donc être heureux, et l'eussent été
sans *l'autre*. Elle n'avait fait, elle, nulle difficulté
d'abord à unir ses destinées à celles de l'homme
qui, pour s'être abandonné sans défense aux séductions d'une valse, avait senti s'allumer tous les désirs dans sa poitrine. Les filles n'y regardent pas de
si près quand on les veut marier ; femmes, elles se
montrent moins tolérantes sur le choix de l'amant.
J'ai dit d'ailleurs qu'il était, lui, fort bien de sa personne.

Le malheur fit que ses parents la conduisirent
quelque temps avant son mariage, sans doute pour
mieux l'y préparer, en une église où prêchait un
jeune religieux dont la sainte parole faisait courir
tout Paris. Il était, ce religieux, taillé en force ; sa
chevelure, noire et abondante, rejetée en arrière,
mettait à son masque glabre une empreinte majes-

tueuse. Et quand il battait l'air de ses bras puissants,
dans une chaleureuse improvisation, les dames,
ravies en extase, suspendaient leur souffle et se pre-
naient à le considérer avec adoration.

Elle se sentit toute remuée !...

Le jour d'après, elle s'approchait du confession-
nal. Qui saura jamais les paroles échangées à travers le mystérieux treillis, dans ce premier tête-à-
tête ?

Le lendemain des noces, le mari fuyait éperdu,
anéanti, le toit conjugal. Toutes ses illusions
s'étaient évanouies en une nuit; la réalité poignante qui l'étreignait au cœur demeurait seule
debout.

Son bonheur s'en était allé avec ses rêves. L'heureux fiancé de la veille n'était plus, le matin, qu'un
mari désabusé. « Jamais je ne vous appartiendrai !
lui avait-elle crié en un transport de fureur mysti-
que; je ne veux appartenir qu'à Dieu ! » Il l'avait
raisonnée, suppliée, menacée en vain. Elle voulait
rester, pure de tout contact humain, la femme du
Christ !

L'Italie, où il alla cacher son désespoir, ne devait
pas lui procurer l'apaisement qu'il cherchait. A bout
de forces, las de lutter contre une passion d'autant

plus dévorante qu'elle restait inassouvie, le mari revenait, il y a trois jours, implorer d'elle un remède à ses insupportables souffrances.

Elle lui apparut, après ces trois mois d'absence, telle qu'il l'avait vue au bal de l'Élysée où ils s'étaient rencontrés pour la première fois, deux ans auparavant. Tout son passé se dressa devant lui ; ses ardeurs et ses souvenirs se réveillèrent en cet instant suprême ; il voulait l'étreindre dans ses bras, mais elle, le repoussant avec violence et dégoût, le souffletta de cet aveu :

— Puisque c'est... l'*autre* que j'aime[1]!

1. Dans cet ordre d'idées, le mysticisme chrétien étouffant le mariage, il faut lire dans la *Gazette des Tribunaux* le procès entre le comte de Chateaubriand et sa femme, au sujet des jeunes filles issues de leur union, et dont le mari voulait à toute force faire des épouses du Christ. — P. A.

XIX

L'ESPION DE SA FEMME

I

— Colonel, il faut vous marier.

— Ah! par exemple, à mon âge!

— Il faut vous marier, vous dis-je, et le plus tôt possible.

L'homme auquel madame de Céran venait d'adresser ces paroles était un soldat de cinquante-cinq ans, illustre débris de cette guerre de 1870 qui a été si désastreuse pour la France. Assez grièvement blessé à Rézonville, le colonel Jean-Achille Du Treuil avait mis un assez long temps à se guérir. Après deux saisons passées aux Pyrénées, il avait donné sa démission et était venu à Paris, mais sans savoir encore

bien nettement s'il y ferait sa résidence. Où aller et
que devenir? Il était sans famille ou à peu près. Un
moment, songeant à ses rhumatismes, il avait bien
pensé à se faire une existence de gentilhomme cam-
pagnard dans quelque coin boisé du Midi où ses vingt
mille livres de rente, sa pension et sa croix de grand-
officier lui permettraient de faire belle figure. Mais
en soumettant ce projet au crible d'une sévère analyse, il trouvait que ce n'était pas encore ce qui lui
convenait.

Ancien élève de l'École polytechnique, le colonel
se piquait d'être un délicat. S'il aimait les aises de
la vie, la table, la chasse, il n'était pas insensible
non plus aux autres raffinements de la civilisation
nouvelle. Il avait le goût des musées, du théâtre, des
courses. Avant tout, il raffolait du whist. Qui ferait
son whist au fond d'une campagne? Toute réflexion
faite, il revint à Paris avec le désir d'étudier le terrain et de bien voir s'il ne vaudrait pas mieux pour
lui vieillir en cet endroit qu'en un autre. Il y avait
déjà deux mois qu'il s'y trouvait, sans doute encore
en camp volant, comme on dit, quand un soir, après
une tasse de thé chez une vieille amie, madame de
Céran, celle-ci s'emporta tout à coup dans l'apostrophe qui sert de début à ce récit :

— Colonel, il faut vous marier.

On connaît déjà le cri de surprise, mêlé de stupeur, que le vieux soldat avait fait entendre en guise de réponse. Se marier! Est-ce que cette invite ne ressemblait pas à une ironie? Non seulement il avait dépassé de beaucoup l'âge où il est de règle de penser au sacrement, mais encore, vu ses nombreuses campagnes en Algérie, en Crimée, en Italie, au Mexique, en Chine et en Alsace, il était tatoué de blessures et avait la peau d'un dur-à-cuire, boucanée par le soleil de toutes les contrées du globe. Le beau cadeau à faire à une jeune femme! car si le colonel cédait à cette pente de déraison qu'on appelle le mariage, pour sûr, il ne consentirait qu'à épouser une jeune femme. Tout cela, il ne prenait pas le temps de le détailler mot par mot, fait par fait, mais son attitude, ses gestes et jusqu'au son de sa voix, tout le faisait admirablement comprendre.

— En vérité, chère madame, reprit-il après un moment de repos, en vérité, y avez-vous bien pensé? Me marier, moi! Me marier à cinquante-cinq ans, avec une Parisienne!

Peut-être l'objection aurait-elle pu agir sur une tête sensée. Hâtons-nous de dire qu'elle n'eut aucune prise sur madame de Céran. Douairière intrépide,

fort grande amie du mouvement, du bruit, de la nouveauté, du plaisir, des commérages, ce n'était pas
une personne facile à se laisser déferrer. Attaquant
donc la question très carrément, elle n'eut pas de
grands frais d'éloquence à faire pour prouver au colonel qu'il se montrait profondément injuste envers
lui-même. Il avait cinquante-cinq ans, eh bien, après ?
N'est-il pas admis, tout le long du continent européen, qu'en matière de mariage le mari peut avoir
aisément, sans dissonance, le double d'âge, et, qu'a-
près tout, sans être un Barbe-Bleue, l'homme vit
souvent autant que trois femmes ? Mais, en laissant
de côté ces considérations scientifiques et sociales
qui touchent trop à la philosophie, est-ce donc qu'il
n'était pas fort bien conservé ? Il avait servi sous tous
les soleils; c'était un attrait et une gloire; il avait
été blessé, surtout dans la campagne de France;
c'était une sorte de charme. Mais, au surplus, il
était encore à mettre en parallèle avec les plus verts,
c'est-à-dire les plus jeunes. Il était élégant, il montait à cheval comme pas un, chassait mieux qu'un
autre et, au besoin, dansait très galamment, beaucoup mieux que les petits messieurs à la mode.
Voilà pour le côté purement plastique de la statue.
Quant à ce qui était du dedans, à l'esprit, à l'âme, au

cœur, à toutes les facultés psychologiques, c'était un sujet hors ligne. On connaissait ses instincts chevaleresques. Il avait la bonté peinte sur sa mâle figure. Beau causeur sans avoir jamais la velléité de le paraître, il captivait tous ceux au milieu desquels il avait à parler. Enfin, dernier détail, essentiel à bien mettre en relief dans une société de sybarites telle que l'est la nôtre, il était raisonnablement riche, puisque sa fortune, sa pension et ses croix lui produisaient un total de 25,000 fr. à dépenser chaque année. Au bout du compte, pour être heureux et pour faire le bonheur d'autrui, il ne lui manquait donc plus rien qu'une femme.

Tel était le raisonnement de la douairière. Cette madame de Céran, vous la connaissez, lecteur, et vous la connaissez peut-être, sans l'avoir jamais vue. Allant partout, recevant tout le monde, n'étant plus d'âge à danser, ni à aimer, ne pouvant toujours jouer aux cartes, il fallait bien qu'elle eût une grande qualité ou un grand défaut, comme il vous plaira. En effet, elle obéissait à la monomanie de conseiller ou d'arranger des mariages. Que d'unions elle avait déjà faites ! En vieillissant, un poète compte ses succès, un banquier, ses coups de Bourse, un marin, ses voyages ; madame de Céran prenait plaisir à

énumérer les couples dont elle se flattait d'avoir fait
le bonheur, et il y en avait une vingtaine, espa-
cés sur le long échiquier de Paris. Et pourquoi donc
le colonel Jean-Achille Du Treuil et quelque heureuse prédestinée ne formeraient-ils pas le vingt et
unième ?

— Écoutez, ajouta-t-elle, écoutez, colonel. Comme
c'est l'affaire la plus importante de la vie, nous re-
prendrons ça une autre fois.

Si elle parlait ainsi, c'est qu'elle pensait que le
vieux soldat avait été touché et touché au plus vif du
cœur. Une sorte de pâleur et un petit tremblement
dans la voix avaient dit à la douairière que le colonel
ne protestait que par convenance, et qu'au fond, il
ne serait pas fâché d'en finir avec la vie de garçon.
La liberté d'allures est une chose précieuse. Pas de
doute là-dessus. Mais l'isolement, mais le froid désert de la vie d'un seul, mais la certitude que pas un
cœur ne bat en rien à l'unisson du vôtre, cela n'est
pas une peine seulement, c'est une série féconde en
sujets de tristesse. On dit que la nuit porte conseil ;
M. Jean-Achille Du Treuil, qui avait pris un pied-à-
terre au Grand-Hôtel, réfléchit cinq ou six minutes
à tout cela et finit par s'écrier en s'adressant à la
cantonnade :

— Madame de Céran pourrait bien avoir raison.

Le mot démontrait qu'il ne demandait qu'à capituler.

A quelques jours de là, quand ils se revirent, madame de Céran ne manqua pas de remettre la question sur le tapis.

— Fort bien, répliqua le colonel, la chose peut être excellente pour moi, mais quelle femme envisagera les choses de la même façon? Un vieil officier, qui a une longue habitude du commandement, est souvent rude. On est toujours tenté de le croire brutal. S'il a des cicatrices, compliquées de douleurs rhumatismales, il faudra redouter plus d'un accès de mauvaise humeur. En tous cas, vu l'âge qui s'avance avec une implacable vitesse, on se dira : « Me voilà condamnée à être garde-malade. » Avouez que rien de cela n'est bien tentant. Je crois donc n'être que sage en retirant bien vite mon épingle du jeu, c'est-à-dire en refusant.

Madame de Céran le laissa dire tant qu'il voulut parler. Au fond, elle n'était aucunement dupe de cet excès de délicatesse qui le portait à exagérer ses défauts ou les torts de sa situation. Les rhumatismes! Nous vivons à une époque où tout le monde en a, autant dans le civil que dans le militaire. Pour ce qui était des scrupules provenant de l'âge, la question avait déjà été vidée dans un premier colloque. Il était bien établi que, chez nous, le mari ne perd rien à n'être plus aussi jeune que sa femme. Bien mieux, les Parisiennes sont si bien rompues à cet usage, que les pensionnaires elles-mêmes, au sortir du couvent, préfèrent par instinct un mari mûr à un freluquet. Il n'y avait donc pas à revenir là-dessus. Le seul souci à prendre consistait à faire un bon choix.

— Avez-vous donc un assortiment de fiancées? demanda ici le colonel non sans mettre dans ses paroles une légère pointe de moquerie.

Pour toute réponse la douairière, prenant sur le guéridon un album en cuir de Russie ciselé d'or, montra une dizaine de photographies. C'étaient des têtes de jeunes femmes, allant de vingt-trois à trente ans. Jolies? toutes n'étaient pas ce qu'on appelle jolies; toutes étaient élégantes; toutes faisaient naître la pensée d'une certaine distinction.

— Sont-elles toutes à marier? demanda M. du Treuil.

— Oui, toutes, excepté l'une d'elles, qui est promise depuis trois jours, riposta la douairière en souriant. — Tenez, cette petite brune qui est représentée tenant un livre à la main. Pour les autres, voyez à loisir.

Ici le vieux soldat ne put se défendre de céder à une vive émotion. A l'armée, il avait soutenu de rudes assauts. Il s'était battu à poitrine découverte contre des ennemis plus nombreux que les hommes qu'il commandait. Il avait pris des redoutes, il avait eu dix fois son cheval tué sous lui pendant l'action. Il s'était vu exposé à être emporté, cent fois malgré lui, par une nuée de fuyards, mais jamais encore il n'avait vacillé comme en ce moment. La feuille d'automne est moins agitée par le vent d'octobre que ne l'était sa volonté par ces mots :

— Voyez, colonel, choisissez.

Madame de Céran était dans l'attente. En le regardant mieux, elle vit qu'il était pâle, muet et immobile comme une statue de marbre.

— Tenez, reprit-elle, il faut que je vous tire d'embarras.

En même temps, elle s'approcha de lui, et, en ouvrant l'album à coup sûr, à un endroit sans doute bien connu d'elle, la douairière lui montra l'image d'une jeune femme, blonde, d'assez jolie taille, très modestement mise, mais d'une figure des plus enjouées. Cette apparition était assise sur le bord d'un parc et semblait s'abandonner à quelque profonde rêverie. Au reste, point de nom, point de chiffres, aucun indice qui pût renseigner le vieux soldat sur elle.

— Colonel, si vous voulez, ajouta madame de Céran, voilà ce qu'il vous faut choisir.

Qui eût mis la main sur le cœur du colonel l'aurait senti battre avec force. Vainément le vieux soldat se disait que, pour complaire au caprice d'une fée de salon, il donnait tête baissée dans une affaire qui, après tout, n'était encore qu'un enfantillage ; vainement il se rappelait que, pour le quart d'heure, du moins, il ne cessait pas d'être son maître. Cette question si grave et si redoutable du mariage lui montait au cerveau ; elle y causait un trouble subit qu'il ne se sentait plus en état de comprimer. La tête qu'il voyait sur une carte de bristol n'était qu'une image inanimée. Cette silhouette ne pensait pas, ne parlait pas non plus et n'avait pas le don d'entendre, et pourtant il se figurait être compromis au plus haut point en sa présence.

— Qu'est-ce que cette jeune femme ? demanda-t-il.

— Une veuve.

— Son âge ?

— Trente-deux ans.

— A qui donc a-t-elle été mariée?

— A feu M. Ferrières de Brévannes, conseiller à
la cour des comptes. Au bout de deux ans de ménage,
son mari l'a laissée veuve à la suite d'un accident de
chasse. Elle est charmante, elle a de l'esprit, elle est
suffisamment riche. Vous voyez qu'elle a tout ce qu'il
faut pour rendre un homme heureux. La voulez-
vous?

Fasciné par ce langage, le combattant de Rézonville était de plus en plus attendri. Qu'on se rappelle la fable de La Fontaine : *Le chien et le loup*,
et l'on pourra se faire une idée de ce qu'éprouvait ce
vieillard qui n'avait encore vécu que dans les ca-
sernes et au milieu des camps. Le colonel n'avait
jamais aimé. Était-ce la faute de son cœur? Non, sans
doute. Cela venait de ce que son métier lui avait tout
pris. Pourtant il avait au fond de lui-même un
trésor de sentiments et de désirs qui ne demandait
qu'à se produire. Mais fallait-il que l'éclat eût lieu
dans un appartement du boulevard Malesherbes, en
vue d'une douairière qui ne voyait dans l'amour que
l'accord de deux positions sociales, couronné par la
double cérémonie d'un maire, orné de son écharpe,
et d'un prêtre, habillé de son surplis? Les vieux
soldats sont bien plus qu'on ne pense enclins à l'i-

10

dylle. Est-ce qu'il allait se marier sans qu'il y eût
dans la circonstance le plus petit épisode de roman?
Est-ce que cela se conclurait, commercialement,
comme un marché? Est-ce qu'on ne trouverait pas
dans les préliminaires une rencontre à peu près
fortuite, sur les rives d'un lac, à l'ombre des aulnes
ou des saules? Est-ce que ça ne commencerait pas
par un rendez-vous pour finir par des promesses?

Une fois lancé dans le champ des conjectures, il
se laissait charmer par son rêve et, presque en même
temps, il frémissait d'épouvante en voyant les choses
telles qu'elles étaient. En dépit de ce qu'avait dit
madame de Céran, son âge était un point noir et
presque un obstacle. De cinquante-cinq à trente-deux
ans on comptait vingt-trois ans d'écart; c'était
presque le quart d'un siècle. Si neuf qu'il fût dans le
mouvement de la vie parisienne, il ne se dissimulait
pas l'ennui d'un tel détail. Paris n'est pas Sparte; on
n'y aime pas, on y respecte peu les vieillards; on se
moque d'eux, au contraire, tout le long du temps,
aux théâtres, dans les livres, dans les caricatures et
dans les chansons. Ses cinquante-cinq ans s'oppo-
seraient à ce qu'il sût jamais en quoi consiste cette
idylle, qu'il avait tant voulu connaître. Mais serait-ce
une raison suffisante pour qu'il renonçât à cette

jeune femme dont le portrait annonçait une créature d'élite? Ici son œil s'allumait comme celui du basilic, son cœur se remettait à battre avec violence. Sous le coup de la faim et de la soif, cet autre Tantale ne quittait plus du regard la branche chargée de fruits et l'eau d'argent qui paraissaient le fuir.

— Allons, lui dit madame de Céran, il est inutile de vous faire de nouvelles questions. Je vois que la petite veuve est de votre goût. Eh bien, vous pouvez commander vos habits de noce. Je vous promets qu'elle sera votre femme.

II

Trois mois s'étaient à peine écoulés, que le projet de madame de Céran se changeait en réalité. La jolie veuve du conseiller à la cour des comptes devenait la femme du colonel. Ce fut un des mariages dont on parla dans les chroniques. La cérémonie eut lieu à Saint-Philippe-du-Roule, au milieu d'un grand concours d'amis accourant un peu de tous les mondes. On y voyait des marquises de la rue Saint-Dominique et des banquiers de la rue du Helder. Il

y avait des diplomates de la rue de Courcelles et des
artistes de la rue de Douai. En temps de démocratie,
c'était un amalgame qui ne manquait pas de relief.

Suzanne de Brévannes, devenant madame Du
Treuil, était le point de mire de tous les regards.

— La jolie mariée que cette veuve! On la prendrait pour une petite fille qui sort du couvent des
Oiseaux!

— Heureux colonel! Quel morceau de roi on
sert à ce vieux soldat!

Ces propos surnageaient parmi cent autres qu'il
serait superflu de rappeler ici. Mais un beau jour est
bientôt passé. Une heure après la bénédiction nuptiale, donnée par un prélat, l'évêque de Carthage *in
partibus*, l'église s'était vidée. Chacun s'en alla à ses
affaires et à ses plaisirs.

Tel est, vous le savez, le train de la vie de Paris.

Quant au colonel, désormais riche par la réunion
des deux apports, il agissait en sage en installant son
bonheur dans une petite habitation des Champs-
Élysées, sise dans l'avenue Gabriel. C'était un hôtel
sans physionomie aristocratique, mais aménagé à la
manière anglaise, c'est-à-dire pourvu de tout ce qui
donne le calme, l'espace, un air salubre, point de
voisins incommodes, une cour, un jardin, une

écurie et des remises. Jamais fromage de Hollande n'a été aussi bien formé pour cacher une double vie heureuse aux yeux jaloux des passants.

— Entendons-nous bien, avait dit le vieux soldat en faisant rajeunir cet immeuble, je veux qu'on trouve la paix dans cette demeure; mais il ne faut pas que ce soit la paix du tombeau. On y recevra toutes les semaines; on y fera de la musique tous les jeudis; on y donnera des fêtes tous les hivers.

Adopter ce programme, c'était aller au devant de ce que désirait Suzanne.

Ainsi, dès le lendemain du mariage, la maison fut mise sur le pied de la vie de loisir, mais pourtant avec de certaines réserves, commandées par l'âge de M. Du Treuil. On consacrait un jour aux réceptions, un autre jour pour un dîner d'intimes. Trois soirées appartenaient à l'Opéra, aux Italiens, au Théâtre-Français. Le restant de la semaine était partagé, suivant la saison, entre les visites et les courses de la Marche.

Les Champs-Élysées sont, par excellence, le quartier des heureux de ce monde, une sorte de colonie des demi-dieux. En allant, le soir, en calèche découverte, faire le tour du lac, une heure avant le dîner, afin de gagner de l'appétit, Suzanne pouvait mar-

10.

cher de pair sur la chaussée avec les sommités
sociales du jour. Sur un attelage de Binder, traîné
par deux alezans brûlés, elle était assise près du
colonel toujours très imposant lorsqu'il se montrait au
public. Vis-à-vis d'eux, sur le strapontin qui faisait
vis-à-vis, on apercevait presque toujours quelque
ami de choix, tantôt le président des Tourbières,
tantôt un peintre célèbre, membre de l'Institut. Mais
le plus souvent cette place était occupée par un
jeune homme d'une trentaine d'années, d'une physionomie fine et du style le plus élégant, lequel paraissait être quelque chose de plus qu'un ami.

Ce beau monsieur, en effet, pouvait passer pour
une manière de fils adoptif de M. Du Treuil. On le nommait René de Sandras. Fils du général de ce nom, qui
avait été tué au Mexique, pendant le siège de Puebla,
il avait été recommandé par son père mourant à
deux ou trois compagnons d'armes, le colonel compris. Sans être riche, il était dans une position de
fortune assez honorable. Comme il faut désormais
avoir toujours un état dans le monde, on l'avait fait
entrer en diplomatie. Pour le moment, il exerçait au
département des affaires étrangères, je ne sais quel
surnumérariat, en attendant un poste un peu plus
élevé près d'une petite cour du Nord. Une Parisienne

qui veut suivre la mode a toujours besoin du bras
d'un homme, ne fût-ce que pour aller de son hôtel
au magasin de la bonne faiseuse. Or, comme cette
sorte de pupille s'était trouvé près de lui, presque à
l'heure de son mariage, le colonel l'avait donné à
Suzanne en guise d'accompagnateur et de porte-
respect. Ce n'était pas tout à fait agir dans le sens
du sigisbéisme italien, mais peu s'en fallait. Franc,
rond, loyal en toute chose, l'ancien soldat tenait
Suzanne et René pour deux natures qui ne songeraient
jamais à rien de ce qui pourrait ressembler à une
trahison, et, pour le reste, il se fiait à la volonté des
dieux.

Ces sortes d'arrangements ne sont assurément
pas une nouveauté à Paris. Tout homme de quelque
élévation d'esprit, retenu chez lui par ses affaires,
par l'état de sa santé ou par toute autre circonstance,
avise un autre lui-même et lui confie le soin de
mener sa femme à la représentation de la pièce
nouvelle ou à la course du Grand Prix. Mille lorgnettes
se dressent et regardent; mais il n'y a que les sots
ou les méchantes langues qui s'arrêtent à ce spectacle, devenu une habitude de nos mœurs. Pour la
petite famille des Champs-Élysées, il y avait deux ans
que René était ainsi le cavalier servant de Suzanne

et nul ne songeait à y voir le moindre mal; au contraire.

— Le colonel est un fort homme d'esprit, disait-
on à la ronde.

On était en 1875.

Nos blessures étant déjà cicatrisées, nos passions
politiques un peu apaisées, Paris revenait au plaisir.
A dater de la fin d'octobre, on mettait un peu partout les fêtes à l'ordre du jour. Quelques Catons au
front sévère criaient bien un peu que nous retour-
nions sans doute trop vite au sybaritisme de l'empire; mais on laissait ces pères grondeurs sermon-
ner dans le désert. Que serait-ce que Paris sans ce
merveilleux mouvement d'élégance et de mondanéité
qui attire sans cesse dans ses murs toute l'aristo-
cratie du globe?

Au commencement de novembre, on donnait un
grand bal à l'ambassade ottomane. Étrange ano-
malie! La Sublime Porte, déjà chancelante, n'avait
plus aucune solidité. Deux sultans venaient d'être
tour à tour assassinés ou déposés; les aigles du Nord,
attirées par l'odeur des cadavres, accouraient à la
curée de l'empire turc et, pendant que ce drame se
passait à Constantinople, le pacha qui représentait
le croissant à Paris, faisant contre fortune bon cœur

afin d'obéir à de hautes exigences diplomatiques,
donnait un bal avec salons éclairés à *giorno*, guir-
landes de fleurs et sorbets. Au fait, pour un peuple,
quelle plus belle façon de bien mourir, suivant les
idées modernes ! Des fleurs ! de la musique ! des
femmes ! la fin de Sardanapale !

Il était convenu que Suzanne assisterait à ce bal,
où elle serait conduite par René, le colonel étant
retenu à l'hôtel par les derniers frissons d'une crise
rhumatismale.

A neuf heures et demie, la jeune femme, parée
comme une madone, sortait de son boudoir. Sa chambrière lui avait jeté sur les épaules une chaude pelisse de soie, doublée de duvet de cygne. A cinq pas
d'elle, distance respectueuse, René, en habit habillé, ganté de blanc, le claque sous le bras, attendait
qu'elle prît congé de son bienveillant mari pour la
suivre à peu près comme l'ombre suit le corps.

D'une voix brève et douce tout ensemble, Suzanne
prononça donc les paroles d'usage :

— Allons ! adieu, Monsieur ! Prenez votre lait de
poule et ne vous rougissez pas les yeux à la lueur de
la lampe.

— Adieu, Suzanne ; égayez-vous, mon enfant,
mais ne dansez pas jusqu'à la pleurésie, au moins !

Après ces compliments, imprégnés, hélas ! de prescriptions médicales, M. Du Treuil baisa galamment la main de sa femme, l'accompagna jusqu'au milieu de l'escalier et se pencha sur la rampe pour la voir descendre.

Ce soir-là, le colonel la dévorait des yeux, comme on dit.

— Je l'aime autant, murmura-t-il, que j'ai autrefois aimé mon régiment.

Quand la belle personne fut parvenue sur la dernière marche de l'escalier, elle leva la tête, rougit et, de ce ton de voix dont les femmes seules possèdent le secret, elle cria à son mari :

— Rentrez donc, Achille ! Vous savez bien que le docteur ne vous permet pas de vous exposer au grand air.

Le colonel sourit légèrement ; puis, s'adressant au jeune homme qui accompagnait sa femme :

— René, mon cher ami, dit-il, si Madame prend part à plus de trois quadrilles, vous avez carte blanche pour la ramener de force à l'hôtel : ne l'oubliez pas.

— Colonel, répondit l'élégant, je suis auprès de Madame pour obéir, et non pour commander.

— Allons, mon ami, rentrez, reprit Suzanne, et

croyez que je serai, pour le moins, aussi sage que
vous.

— Charmante ! murmura le vieux soldat tout attendri ; adieu ! adieu !

Et aussitôt, dans sa bonne humeur, il rentra en se
frottant les mains.

— Remettons-nous à lire la *Revue des Deux
Mondes*, dit-il en se roulant dans ses fourrures.

Assis au coin du feu, sur une chaise longue, il
parcourait des yeux un épisode de voyage à travers
l'Afrique centrale, mais il était bien visible que son
esprit était ailleurs, probablement à ce bal de l'ambassade auquel son âge et ses rhumatismes ne lui
donnaient pas le loisir d'assister. Mon Dieu, que Suzanne lui avait paru désirable, ce soir ! Et comme
René devait être fier de se présenter dans le monde
avec une si jolie Parisienne au bras ! Mais ces pensées, semblables à d'importuns papillons noirs, ne
firent que voltiger autour de sa tête. Il avait repris
la *Revue* à couverture orange et il en tournait les
feuillets pour voir où en est au juste la civilisation
des nègres au milieu desquels est mort Livingstone.

Une demi-heure ne s'était pas écoulée que le valet
de chambre lui apporta son lait de poule dans une
jolie petite tasse du Japon, sur un plateau d'argent.

— Monsieur désire-t-il se coucher? demanda ensuite le valet d'un air cérémonieux.

Le colonel tourna machinalement la tête et le regarda sans répondre.

— Je me faisais l'honneur de demander à Monsieur s'il désire se mettre au lit?

— Comme vous voudrez, Firmin.

— Je ferai observer à Monsieur que je ne suis absolument pour rien dans l'affaire; c'est une chose qui regarde spécialement Monsieur.

— Voilà un langage bien précieux pour un valet de chambre de vieux soldat, reprit le colonel, en ayant l'air de se laisser aller à une sorte de rêverie; mais, après tout, il faut ne pas l'oublier, Firmin a servi jadis dans le joli monde du théâtre et des beaux-esprits.

— Ce que Monsieur daigne dire là est d'une authenticité indéniable, reprit Firmin en se rengorgeant. Nous nous sommes frottés à ce qu'il y a de mieux aux alentours de l'Opéra, paroles et musique.

Rien de plus vrai. Avant d'être au service du colonel, Firmin, déjà décrassé par un chimiste de l'Académie des sciences, avait été attaché, sous le second empire, à la personne d'un des premiers sujets du corps de ballet, mademoiselle Pulchérie, danseuse

en vedette, et la même qui a mangé trois ou quatre
héritages provenant des plus anciennes familles de
France. Puisant donc à pleines mains dans l'avoir des
fils des Croisés, elle avait maison montée sur un très
beau pied, et Firmin remplissait chez elle les fonctions de majordome ou à peu près. Grâce à cet emploi, il avait pu voir de fort près les gens de sport et
les gens de coulisses, les beaux messieurs des clubs
élégants et les belles dames de la gomme ; plus, un
certain nombre de ces journalistes qu'on appelle re-
porters, et qui sont partout aux écoutes. Du langage
de chacun de ces éléments sociaux, le Jocrisse s'é-
tait fait une sorte de manuel philosophique des plus
bizarres et une grammaire qui ne ressemblait à rien
de connu. Parfois ce jargon était insupportable ; parfois il était plaisant.

Une sorte de familiarité, — très hautaine pourtant
de la part du maître, — s'était liée entre le colonel et
le domestique. A la longue, le valet avait été encou-
ragé à raconter sa vie à l'homme excellent qu'il servait. — Ah ! quelle vie ! Il y avait de quoi défrayer
à l'en croire, les plumes de paon de cent historiens !
De ce qu'il avait été placé sur le chemin des viveurs
de tous étages, à cause de mademoiselle Pulchérie,
la danseuse choyée, ce pauvre hère, prenant au

11

sérieux les hyperboles du principe d'égalité qui souf-
flent en ce moment sur le monde, avait cru qu'il
pouvait, à l'aide de certaines formules de politesse,
traiter les supériorités sociales sans aucune gêne,
ainsi que cela pourrait se faire de pair à
compagnon. Et puis il avait raconté son mariage,
car ce triste sire s'était marié avec mademoiselle
Pichrocoline, camériste de mademoiselle Pulchérie,
soubrette charmante, cossue, mais peu sûre, et il
avait été outrageusement trompé, un jour ses yeux
le lui avaient dit, par mademoiselle Pichrocoline, la
plus astucieuse et la plus dissimulée des filles du serpent.

Firmin, dans son langage à part, avait dit ses
peines de cœur au colonel, et, vu le grotesque de la
situation, le colonel avait ri, ce qui était un tort.
Firmin avait toujours gardé rancune de ce mouvement d'ironie qui offensait au plus haut
point la délicatesse de son amour-propre. Rampant
et persifleur, ainsi que le sont les reptiles, il s'était
promis de rendre au colonel blessure pour blessure,
et, ce jour-là, l'occasion paraissait propice ; Firmin
songea à exercer sa vengeance.

— Que madame était donc belle, ce soir ! se ha-
sarda-t-il à dire, et comme monsieur doit avoir de

gloire qu'un beau jeune homme la conduise ainsi dans une ambassade !

Ici, M. Du Treuil dressa la tête. Ce qu'il venait d'entendre l'avait blessé jusqu'au plus vif du cœur. Il y avait lieu de croire que, si tout autre qu'un porte-livrée se fût permis de prononcer de telles paroles, il lui eût cinglé la figure d'un coup de cravache ou peut-être cassé la tête d'un coup de pistolet. Mais le moyen de s'en prendre à un valet ! Est-ce qu'un homme à livrée est responsable de quoi que ce soit ? Aussi le colonel « rompit-il les chiens », comme on dit.

Après avoir détourné le sujet de la conversation, il donna ordre à son serviteur d'arranger son lit, et ajouta :

— Firmin, vous pouvez vous retirer. Je n'ai plus besoin de vous, ce soir. S'il me survenait quelque chose, je vous sonnerais.

Firmin obéit.

Aussitôt que le valet l'eût laissé seul, le colonel se passa la main sur le front. Quelle mouche le piquait ? Suzanne était la plus séduisante des danseuses ; René était regardé comme un jeune diplomate, qui, un jour, pourrait avoir la fortune de Buckingham. Tout cela étant donné, il aurait fallu ou ne pas per-

mettre qu'on allât à ce bal, ou, pour le moins, y
aller soi-même, ne fût-ce qu'en tiers. « Loin des
yeux, loin du cœur, » dit le proverbe italien. Bientôt le poison de la jalousie s'infusa dans les veines
du vieux soldat, en se mêlant au sang qui y coulait.
Il se regarda dans la glace de la chambre, en reprenant comme la suite d'un monologue toujours re-
commencé et toujours interrompu :

— Suis-je donc si vieux ? suis-je donc si laid ?

Obsédé par l'idée malsaine d'une tromperie dans
laquelle il serait amené à jouer le rôle de complice
à cause d'une trop grande complaisance, le vieillard se dit ensuite :

— Mais si j'allais les surprendre ? Pourquoi donc,
en effet, ne me présenterais-je pas tout à coup au
milieu de ce bal de l'ambassade ottomane ?

Courant à sa garde-robe militaire, il en sortit,
peu d'instants après, paré de pied en cap de son
brillant uniforme de colonel de hussards, et revint
fièrement se camper devant la glace. Le schako posé
sur l'oreille, la pelisse élégamment drapée autour du
bras gauche, un grand cordon moiré rouge attaché
au cou avec la croix d'honneur retombant sur la poitrine, le sabre au côté, les moustaches frisées, il était
le même qu'à Rezonville : il avait vingt ans de moins.

Il était ainsi en contemplation devant lui-même quand, appelé par une voix connue, il se retourna et se trouva vis-à-vis de son valet de chambre, qui le regardait d'un air stupéfait.

— Monsieur... monsieur..., balbutiait Firmin.

— Vous ai-je sonné ? Qui vous a permis d'entrer ? s'écria le vieux soldat honteux et dépité.

— Je demande pardon à monsieur... Je vois bien qu'il ne m'a pas entendu... C'est une lettre pour madame... Justine, la femme de chambre, est avec elle, et rentrera tard peut-être. J'ai cru devoir apporter cette lettre à monsieur.

— C'est bien ! Sortez !

Peu habitué à ce ton bref, le pauvre Firmin se dirigeait vers la porte, quand soudain Suzanne, en sortie de bal, parut dans la chambre, et, se laissant aller sur un siège :

— Ah ! fit-elle, comme soulagée par cette exclamation involontaire.

— Comment ! c'est vous, Suzanne ? Vous rentrez avant les trois quadrilles, ce me semble ?

— J'obéis à la consigne, monsieur.

— René vous a accompagnée... Pourquoi ne monte-t-il pas ?

— Mais, Monsieur...

— Quoi donc? Vous voilà défaite ! Qu'avez-vous ? Tenez, voici un billet à votre adresse que Firmin vient de m'apporter à l'instant. Cette écriture ne m'est pas inconnue.

— C'est de madame de Céran ! dit précipitamment la jeune femme après avoir lu les premières lignes de la missive.

— De madame de Céran ! répéta M. Du Treuil en la voyant pâlir et froisser le papier entre ses doigts.

Il y eut un silence de deux minutes.

— Eh ! mais, Monsieur, comme vous voilà fait, en grand costume, comme si vous étiez encore en acti- ité ! Est-ce que vous alliez à une soirée parée ou masquée ? Je vous dérange. Pardon !

— Nullement ! nullement ! J'essayais mon vieil uniforme parce que je dois, vous le savez, poser après-demain devant Carolus Duran, qui veut bien faire mon portrait. Mais c'est fini.

Et, tirant le cordon de la sonnette afin de se donner une contenance, il ajouta :

— J'ai besoin de repos.

— Grand merci, monsieur mon mari ; vous me chassez ! Bonsoir !

— Monsieur a sonné ? demanda Firmin, qui accourait à l'ordre.

— Serrez tout cela, dit le colonel.

Et, repoussant pêle-mêle pelisse et schako, sabre et cordon, il se jeta d'un bond dans son lit, en se disant dans ses moustaches :

— Pour un homme qu'on disait avoir été coulé en bronze, suis-je un assez sot animal !

II

Dormir, il ne le pouvait pas. Mais que faire? Dès que Firmin eut fini, et il n'en avait pas eu pour longtemps, il se jeta à bas du lit, en murmurant :

— Mais cela ne peut pourtant pas se passer comme ça. Il faut que je sache...

L'appartement du colonel était séparé de celui de sa femme par un petit couloir percé de trois petites portes vitrées, deux latérales, une au fond. Ces deux portes conduisaient l'une dans le boudoir de Suzanne, l'autre dans un petit cabinet de travail ou d'étude, la troisième dans le salon; mais nul domestique ne pénétrait dans ce couloir, uniquement affecté aux allées et venues du mari et de la femme.

— Qu'est-ce que cette lettre? se redisait à toute

minute le colonel. Un billet de madame de Céran!
Ne serait-ce pas plutôt... ?

Il n'osait achever, mais le charbon ardent du soup-
çon lui brûlait les lèvres.

Pas un œil de la maison ne le voyant, M. Du Treuil
s'élança dans le cabinet de travail, ouvrit la porte du
couloir avec précaution, et se dirigea, sur la pointe
du pied, vers l'appartement de sa femme. Était-ce
bien noble, ce qu'il faisait là? Il ne s'avouait pas encore que c'était de l'espionnage, et, cependant, il
savait bien que c'en était. Peu importait, après
tout; l'essentiel était de savoir. Suzanne, assise immobile près de la cheminée, devant une table à écrire,
tournait le dos à la porte d'où il dirigeait ses obser-
vations. La rêverie de la jeune femme était si profonde, que le colonel, enhardi par cette circonstance,
ayant posé la main sur la clef, entre-bâilla le battant
sans provoquer son attention. Sur la table se voyait
une lettre déployée, celle-là même, à ce qu'il lui
sembla du moins, dont la suscription l'avait déjà
frappé. Enfin, Suzanne s'arracha avec effort à ses
réflexions. Elle prit la lettre, la lut, la relut lentement.

— Symptôme grave! pensait l'observateur.

Cela fait, elle se pencha pour écrire, et elle

commença une page qui ne pouvait être qu'une réponse. Sous ses doigts, la plume courait avec rapidité. Ah ! qu'il eût voulu déchiffrer une seule de ces
lignes intéressantes, résultat d'une si longue méditation ! Un moment, près de céder à une curiosité
méfiante et jalouse, il allait surprendre sa femme au
milieu de cette correspondance mystérieuse, peut-
être coupable ; mais la voix de l'honneur le retint.

— Fi donc ! descendre à tant de bassesse ! Se faire
ainsi le mouchard de son alcôve ! Est-ce que c'était
d'un soldat ?

Il s'arrêta donc, mais en regardant toujours, muet,
pâle, tremblant, souffrant mille morts en l'espace
d'une seconde.

En ce moment, le frôlement d'une robe dans la
pièce voisine se fit entendre ; c'était Justine, la
femme de chambre, qui entrait dans le boudoir.

— Madame, dit-elle, une visite.

— Comment ! à cette heure ?

— C'est M. de Sandras qui vient voir...

Suzanne pâlit. Le contre-coup, quoique léger,
d'une forte commotion intérieure, fit trembler ses
lèvres. Elle consulta machinalement la pendule, vit
que l'aiguille ne marquait encore que onze heures,
et dit avec un calme étudié :

11.

— Eh bien, priez M. de Sandras d'attendre dans le salon, et que Firmin avertisse le colonel.

Une réception à une telle heure, c'était inusité; mais, au fond, cela n'était pas sans exemple, du moins pour un intime de la maison, pour René, une sorte de pupille. Ne pouvait-on pas avoir donné au jeune attaché d'ambassade une mission dont il viendrait annoncer la suite à l'hôtel? D'ailleurs, les grands d'aujourd'hui vivent surtout la nuit : il n'y a que les petites gens qui supposent que les préliminaires de minuit sont une heure indue. Justine, un instant indécise, sortit pourtant afin d'obéir aux ordres que venait de lui donner sa maîtresse.

Dès que la soubrette eut disparu, Suzanne déchira la lettre, celle qu'elle écrivait avant qu'on la dérangeât. Elle en éparpilla les morceaux dans le feu, eut l'air de s'assurer que la flamme les avait consumés, interrogea ensuite la glace d'un regard distrait et passa dans la chambre contiguë au couloir, sa propre chambre à elle-même.

— Non! non! murmurait-elle en se retirant.

N'oublions pas que le colonel était là, caché. L'occasion était belle pour satisfaire une curiosité si cruellement inquiète : M. Du Treuil en profita. Pousser le battant de la porte derrière laquelle il se tenait debout, s'élancer comme un loup ravisseur, se baisser sur le tapis, ramasser la première lettre qui s'y trouvait, regagner ensuite sa place, et, cette fois, avec l'astuce du renard, très doucement, très hypocritement, refermer la porte, tout cela demanda à peine une demi-minute.

Au reste, il dut s'estimer heureux d'avoir su mettre tant d'habileté et tant de diligence dans cette affaire, car Suzanne, qui ne pouvait pas non plus, il faut croire, demeurer en place, étant rentrée pour se remettre auprès du feu, ne se douta absolument de rien. Elle se rassit et fit entendre une petite toux étouffée qui devait être ou la suite de la fatigue du bal ou la conséquence d'un peu d'agitation. — Qu'y avait-il en elle ? un ennui ? un remords ? une lassitude ? un désir ? Cent yeux de lynx n'auraient pu réussir à entrevoir ce mouvement psychologique. Mais il y avait assurément quelque chose.

Il était évident que Justine venait d'introduire René dans le salon ; mais quelle posture tenait l'attaché d'ambassade ? Pourquoi donc, au retour du bal, n'était-il pas revenu à l'hôtel en même temps que la colonelle ? Pourquoi reparaissait-il si tard, une demi-heure après elle ? Les domestiques du Paris moderne voient tout, entendent tout, raisonnent et déraisonnent sur tout. Justine disait : « Il y a quelque affaire d'amour là-dessous. » Firmin disait : « Ça me rappelle mes aventures à l'Opéra, quand j'ai eu la sottise d'épouser la camériste de mademoiselle Pulchérie, première danseuse d'alors. » Le colonel ne disait rien, était toujours aux écoutes ; Suzanne, suivant toute apparence, ne savait que dire.

Justine revint auprès de sa maîtresse, et, ni trop haut, ni trop bas, lui dit :

— M. de Sandras est au salon.

— Bien. Mais le colonel ?

— Madame, Firmin revient de frapper à la porte de monsieur, qui n'a pas répondu. Ou monsieur dort, ou monsieur est sorti. Madame a-t-elle des ordres à donner ?

Ici, la colonelle se retourna vivement. — Ce qu'on lui apprenait était-il conforme à ce qu'elle désirait ? Bien fin, mille fois fin serait celui qui pourrait pénétrer la secrète pensée d'une femme, surtout celle d'une femme du grand monde. — Si René ne pouvait être reçu en ce moment par son mari, était-ce un bien ou un mal ? — Elle sourit et parut réfléchir un instant. Si M. Du Treuil était couché et endormi, s'il n'était pas visible, c'était tant mieux pour le succès de sa stratégie.

Elle s'adressa donc à la femme de chambre :

— Écoutez Justine, dit-elle, puisque Firmin n'obtient pas de réponse, il n'y a plus qu'à exprimer à M. de Sandras tous mes regrets de ne pas le recevoir.

Justine s'empressa d'obéir.

Après un chuchotement assez animé dans le salon, mais dont le colonel, qui commençait à en deviner le motif, ne put cependant distinguer un seul mot, l'attaché d'ambassade comprit sans doute qu'il ne fallait pas insister, et, en se retirant, dit à la cameriste qu'il renvoyait sa visite au lendemain.

— Bonsoir, monsieur René, dit Justine d'un petit air qui n'était peut-être pas exempt de moquerie.

— Mais qu'est-ce que tout cela signifie? se disait M. Du Treuil de plus en plus intrigué.

Presque au même instant, Suzanne, toute fiévreuse encore de la lutte qu'elle venait de soutenir, s'étant remise peu à peu, chercha sur la table la lettre de René, afin de mesurer sans doute plus tranquillement toute l'étendue du péril qu'elle avait évité. En se livrant à cette recherche, elle voulait achever de se convaincre qu'elle avait eu raison d'éconduire l'attaché d'ambassade. Mais cette lettre de René, où était-elle? Pour la relire, pour en bien comprendre le contenu, il fallait la retrouver.

— Un petit papier bleu, frappé d'armoiries en or, pensait-elle.

Elle la chercha de nouveau. Ne l'ayant pas rencontrée sous sa main, et ne la découvrant ni sur la cheminée, ni sur le tapis, ni nulle part, une anxiété cruelle se peignit d'abord sur sa figure.

— Se serait-elle perdue ? Et, si elle a été égarée, Dieu sait ce qui peut résulter du fait !

Pendant une minute, affolée d'une soudaine terreur, elle parut se demander à elle-même ce qu'elle en avait fait et comment elle avait pu l'égarer.

Suzanne se reconnaissait bien le droit de répondre par un refus à ce qu'un poursuivant croyait devoir lui demander. Elle savait qu'il lui appartenait de déchirer sa lettre ; mais, en femme délicate, ayant le cœur hautain, elle aurait considéré comme une faute de livrer cette missive à l'indiscrète curiosité de ses domestiques ou à l'aveugle colère de son mari. C'était ce point d'honneur qui, pour l'instant, préoccupait si vivement sa pensée.

Cependant, avisant dans l'âtre, parmi les cendres, les débris noircis de la lettre d'elle-même qu'elle avait jetée au feu, un sourire indéfinissable plissa ses lèvres.

— Folle que je suis, dit-elle. Je l'aurai, par mégarde, brûlée avec l'autre.

Sur cette constatation qu'elle tenait pour exacte, étant délivrée de tout souci à cet égard, la jeune femme se retira dans sa chambre, en emportant la lumière.

Lorsqu'elle eut refermé la porte, le colonel, quittant enfin son poste d'observation, rentra à son tour chez lui. Avant de prendre la peine de s'asseoir, il déplia le malencontreux billet.

Il ne s'y trouvait qu'un petit nombre de lignes, mais que de choses dans ce peu de mots !

« Comment ! madame, le colonel Du Treuil étant pour moi un second père, vous vous êtes offensée de me voir vous appeler ma sœur ! J'ai eu tort, sans doute, de vous faire entendre que je vous aime ; mais y a-t-il quelque chose de plus chaste que la tendresse dont je vous entoure ! Cependant, ce soir, à l'ambassade ottomane, après le premier quadrille, vous êtes partie ; vous avez redemandé votre voiture en refusant d'accepter mon bras ! Pour qui sait comprendre ce qui se passe désormais dans votre âme, il est clair que vous ne consentiriez déjà plus à m'accepter pour ami ! Il est évident que vous allez me mépriser.

» Vous, Suzanne, mépriser l'homme qui vous est

le plus dévoué au monde : est-ce donc possible? En tout cas, je ne pourrais vivre sous l'obsession d'une pareille pensée. Suzanne, faites-moi grâce. Je vais, dès demain, solliciter et sans doute obtenir un poste de quatrième ordre à Tanger ou à Tunis. Je m'arrangerai pour disparaître le plus tôt possible et sans éclat. Mais je ne partirai que lorsque, ce soir, chez vous-même, vous m'aurez dit de votre bouche que vous me pardonnez.

                              » R. DE S. »

On a déjà été à même de le voir, le colonel était un homme d'action doublé d'un philosophe. La lecture de ce billet ne lui causa ni surprise, ni irritation. Vingt minutes avant de tenir ce papier entre ses mains, il eût peut-être été capable de quelque acte d'emportement des plus répréhensibles ; mais tout le petit drame qui venait de se jouer sous ses yeux et dont il était lui-même un des principaux acteurs, avait pris une telle tournure et amené de telles lenteurs, que le sang-froid avait fini par lui revenir.

Ce billet, du reste, était entouré de mille circonstances atténuantes. S'il accusait, il accusait bien doucement. Il n'y avait pas eu d'incendie ; il n'y avait eu que le commencement d'un feu de paille, comme on dit dans le monde. A la vérité, la situation avait été critique pendant quelques instants. Si Suzanne eût envoyé une réponse quelle qu'elle fût, Suzanne était une femme perdue, et tout l'édifice de son bonheur domestique était renversé de fond en comble à tout jamais. Le dieu qui veille sur la fortune des maris n'avait pas permis que les choses allassent jusque-là, et il fallait l'en remercier.

C'est pourquoi le vieux soldat, après une seconde lecture, se frottant les mains d'aise, disait en ayant l'air de s'adresser à la cantonade :

— Tout bien considéré, il n'y a là dedans qu'un coupable ; et ce coupable, c'est moi.

Il se jeta alors dans son fauteuil, croisa la jambe gauche sur la jambe droite et se mit à analyser cette histoire.

— Évidemment, se disait-il, mari suranné que je suis, j'ai fait ce qu'il ne faut jamais faire. L'héroïsme est de mise en toute chose, excepté en amour. Un jeune homme ayant toujours la même jeune femme sous le bras ne peut manquer d'en devenir amoureux, surtout quand cette jeune femme est une des beautés qu'on remarque le plus. Où avais-je la tête quand j'ai concédé à René tant de privilèges, qui, en réalité, n'appartiennent qu'à moi ? Le pauvre garçon ! il en a

souffert. On a beaucoup rappelé dans le grand monde
le mot d'une comtesse espagnole aussi jolie que coquette : « Je voudrais bien voir qu'un homme de-
meurât seul près de moi, pendant cinq minutes,
sans me faire la cour! » Pardieu, celui-là serait un
niais, un rustre ou un monstre. Est-ce que René
n'était pas en droit d'appliquer ces paroles à ma
femme? Par bonheur, Suzanne est une nature d'élite :
Suzanne respecte au plus haut point le nom que je
lui ai donné, et, pour rien au monde, elle ne consentirait à attirer sur lui la plus légère souillure.
Tout cela ressort clairement de la lecture du billet.
Allons, tout est bien qui finit bien.

Quand il eut fini ce monologue, sa pensée, s'en-
roulant dans de nouveaux contours, le porta à se
dire qu'il ne fallait pas que le *statu quo* se prolongeât
plus longtemps. A la vérité, René s'engageait à
disparaître dans un exil volontaire, en allant occuper
un poste effacé dans le Maroc. Mais n'était-ce pas
une variété d'hyperbole? N'était-ce pas un jeu joué?
Les Werther d'à présent ne se sacrifient pas si volontiers! En songeant à cela, M. Du Treuil se frappe
le front, et dit :

— Non, cela ne saurait suffire à ma sécurité. Il faut
quelque chose de plus rapide et de plus énergique.

Et, en saisissant cette fois le cordon de la sonnette, il fit venir son valet de chambre.

— Firmin, lui dit-il, n'oubliez pas de venir m'habiller, demain matin, au petit jour.

— Monsieur sera obéi.

III

On se rappelle combien Firmin était raisonneur. Si M. Du Treuil s'était fait, durant une demi-heure, l'espion de sa femme, le valet de chambre, obéissant à de vieilles habitudes des divers mondes au milieu desquels il avait vécu jusqu'à ce jour, le valet, disons-nous, s'était fait l'espion de son maître. Rien de ce qui s'était passé depuis la rentrée de la colonelle n'avait échappé à cette curiosité de furet dont l'instinct était si fortement en lui. Tantôt caché en un coin, en ayant l'air de ranger des meubles, tantôt l'œil ou l'oreille aux serrures, marchant à pas de souris, reculant, s'avançant, jouant cette horrible comédie des Iago d'intérieur dans laquelle excellent les domestiques de nos jours, il avait tout vu, tout entendu, tout surpris, allant à tour de rôle du vieux

soldat, dont il avait eu à serrer la défroque si ridi-
culeusement dépliée, à la jeune femme, revenue du
bal, furieuse ou blessée, et au jeune diplomate, pâle,
agité, fiévreux et ne parlant, le pauvre garçon, que
par monosyllabes.

Habitué, au surplus, à nouer entre eux les divers
chaînons d'une intrigue, il n'avait pas mis grand
temps à construire un roman intime, et, ce roman,
il était à peu près le seul à en tenir tout le mouvement dans ses mains. Dieu sait si ce maître fourbe
en éprouvait de la joie! N'y avait-il pas dans toute
cette aventure, à ses yeux du moins, quelque chose
qui ressemblât, sinon à une vengeance, du moins à
une similitude de situation qui consolait ses vieilles
tristesses de Sganarelle des coulisses? Ah! l'infortune
du ménage va toujours du roi Amphitryon au mesquin Sosie! Et pourquoi donc Sosie perdrait-il une
occasion de s'égayer? Firmin, voyant les choses dans
leur ensemble, avait commencé par sourire. Cependant lorsqu'il entendit son maître lui recommander
de venir chez lui de fort bonne heure, à la pointe
du jour, il pensa que tout cela pouvait prendre une
tournure des plus graves.

— Ce vieux soldat n'entend pas la raillerie, pensa-
t-il. Suivant la coutume des gens de son métier, il

voudra, pour sûr, couper la gorge au petit jeune homme ? Eh bien, il aura tort. On parlera de l'affaire, et tout le monde le blâmera.

Ainsi pensait M. Firmin.

La nuit passée, le matin venu, au chant du coq (hélas ! le coq ne chante guère à Paris !), le valet de chambre, se conformant aux ordres qu'il avait reçus, se présenta de bonne heure afin de s'occuper de la toilette de son maître.

— Quel temps fait-il, Firmin ?

— Un assez beau temps, monsieur.

— Du brouillard ?

— Un peu, mais il se dissipe de cinq minutes en cinq minutes. Quand le ciel sera tout à fait *débarbouillé*, nous aurons un temps sec.

— Dans un quart d'heure, Firmin ?

— Dans dix minutes, monsieur.

— Allons, c'est pour le mieux. Un temps sec, voilà ce qu'il me faut pour ce que j'ai à faire.

Tandis qu'il prononçait ces paroles, Firmin, qui ne le quittait pas des yeux, le vit aller à un petit placard, fermant au verrou, à un mètre du parquet, dans lequel le vieux soldat serrait d'ordinaire certains objets précieux.

— Monsieur a-t-il donc besoin de quelque chose

que je puisse lui donner? demanda-t-il sur le ton
de la déférence la plus servile.

— Moi? non, Firmin. Ne vous dérangez pas.

Et comme il était entièrement habillé, il ajouta :

— Personne ne pourrait faire ce que je fais moi-
même en ce moment.

Puis, après avoir tâtonné :

— C'est une boîte de pistolets, tout récemment
arrivée de New-York.

— Diable, pensa Firmin pâlissant.

— Est-ce que je ne la trouverai pas... aujourd'hui
que j'en ai un si grand besoin?

— Fichtre de fichtre! murmura le valet de chambre.

Le colonel, une fois lancé, continua ses dires.

— Pistolets de choix de la maison James Lawton
et Cie, 343e rue, New-York, à côté de Vanderbilt-
House, une merveille!

— Une merveille pour tuer un séducteur, quelle
chance! pensa Firmin de plus en plus souriant. —
Eh bien, est-ce que, par hasard, monsieur ne trouverait pas ces... ce... qu'il cherche?

Et, mû par un certain sentiment d'égoïsme, de
compassion, de conservatisme, d'épouvante et de
stupeur, Firmin, ayant peur d'un dénouement san-
guinaire, se disait *in petto* :

— Mais qu'arrivera-t-il s'il tue M. René de San-
ras? Est-ce que son train de vie n'en sera pas né-
essairement troublé? Est-ce que cet hôtel des
hamps-Élysées gardera la même physionomie et le
ême personnel? Est-ce que ma position, à moi-
ême, n'en souffrira pas?

Firmin était desormais tout rempli de vagues in-
uiétudes.

Un beau jeune homme du monde tué comme une
hauviette, à l'aide d'une arme à feu de fabrique
méricaine, par un vieillard à barbe grise, à cause
e quelque folle déclaration d'amour!

Il se reprenait, et ajoutait :

— Hélas! je n'y pourrais rien.

— La voiture est-elle prête? demanda sèchement
1. Du Treuil.

—Il y a déjà cinq minutes que Baptiste est attelé,
épondit le valet de chambre.

Sans doute, c'était ce que Firmin avait répondu,
nais c'est le ton qui fait la chanson, et la chanson
l'était pas fort agréable. Cependant le colonel des-
endit, et, arrivé au perron, il s'élança dans la voi-
ure en disant au cocher :

— Rue de Berry, 12, chez M. de Sandras.

— Chez M. de Sandras! pensa Firmin plus mort

que vif! chez M. de Sandras! Quand je vous disais qu'il allait le tuer!

Firmin sortit. Il alla dans l'avenue Gabriel. Aussi loin que ses yeux purent distinguer à travers l'espace, en remontant du côté de l'Arc de Triomphe, puisque la rue de Berry est par là, le vieux valet regarda en soupirant.

— Allons, reprenait-il, M. René de Sandras est un homme mort. Il n'existera plus dans trois ou quatre heures d'ici.

— Ah çà, pourquoi Firmin suit-il ainsi la voiture des yeux? se demandait le colonel. Est-ce que ce drôle aurait compris quelque chose de ce qui se passe dans nos affaires? Si je pouvais supposer...

Mais cet aparté ne pouvait pas se prolonger. Ainsi que nous l'avons dit, M. Du Treuil donna d'abord ordre au cocher de le conduire chez M. René de Sandras.

La nuit non plus n'avait pas été bonne pour l'attaché d'ambassade. Désespéré, blessé du silence de Suzanne, il était rentré chez lui, la tête à l'envers, comme on dit. Pendant plus d'une heure, il s'était morfondu à gémir sur sa précipitation à écrire une lettre à la jeune femme, laquelle, pour sûr, ne lui en avait aucunement donné le droit. Mais cette lettre,

qu'était-elle devenue? Était-elle arrivée à son
adresse? Ne s'était-elle pas égarée en route, à travers les corridors de l'antichambre? Et si le hasard,
qui n'est pas toujours propice aux amoureux, avait
voulu qu'elle tombât entre les mains du colonel!... En
tout cas, pour un jeune homme qui avait été allaité
par la diplomatie, cette folle entreprise ne témoignait
guère d'un sujet qui eût le moindre avenir. Parlez,
si vous voulez; c'est déjà beaucoup de parler; mais
écrire, quand dix pattes de mouches peuvent causer
un scandale et amener un éclat! René ne comprenait
plus qu'il se fût livré à un tel excès, concevable au
plus chez un lycéen qui commence sa rhétorique. Et
voyez l'étrange contradiction des allures du grand
monde! Pour se faire pardonner d'avoir commis la
faute d'écrire à madame Du Treuil un billet de dix
lignes, il cherchait à faire une autre lettre, une plus
grande, une véritable, un plaidoyer en quatre pages.
Mais la situation dans laquelle il s'était placé était si
fausse, qu'il ne pouvait trouver une forme convenable de justification. N'ayant pas dormi de la nuit, il
s'était donc mis à son bureau, et il y méditait l'œuvre
dont il vient d'être question. Il en était à sa quinzième tentative d'épître, dont les quinze brouillons,
tour à tour noircis, raturés et déchirés, s'étaient

12

amassés en un monceau tout près de son coude. Il en était là quand le domestique qui le servait lui annonça la visite du colonel.

— Le colonel ! De si grand matin !

René ne put se défendre de pâlir. Est-ce que cette apparition ne ressemblait pas un peu à celle de la statue du Commandeur arrivant chez don Juan ? En moins d'une seconde, l'attaché d'ambassade improvisa toute une ténébreuse et dramatique aventure. Il se représenta la scène qui avait suivi l'envoi de sa missive. La malencontreuse lettre, cela n'était que trop certain, avait fini par tomber entre les mains du mari, et cet homme, justement courroucé, venait demander compte à René, son pupille, des suites de cet acte de trahison. Que faire ? Que répondre ? La pensée, mille fois plus rapide que l'action, a le privilège d'enserrer, en moins d'une minute, les dix ou douze péripéties d'un drame. René se représenta donc, en un instant, vingt scènes successives, et, à la fin, il entrevit, non sans un sentiment d'effroi, l'inévitable dénouement : un duel avec le noble vieillard trompé ou une tuerie à bout portant. Vu notre état social actuel, les choses ne pouvaient guère se passer autrement.

René s'attendait donc à être très vivement provo-

qué à première vue, ou peut-être à être mis en joue
par un revolver, en faveur duquel Paris entier eût
plaidé les circonstances atténuantes. Aussi l'étonnement du jeune homme fut-il de haute taille, quand il
vit que le colonel, souriant et amical comme de coutume, lui tendait la main, en disant :

— Mon enfant, suivez-moi ; ma voiture est en bas,
vous le savez. Nous allons ensemble chez le ministre
des affaires étrangères.

Qu'était-ce que ce coup de théâtre ? Pour sûr, et
la visite, et les paroles, et la démarche annoncée
étaient des choses bien imprévues. De la terreur,
suite de ses fautes, René passait à la surprise et
presque au contentement. Toutefois, comme il avait
toujours eu son franc parler avec le vieux soldat, il
lui demanda ce que tout cela voulait dire.

— Je sais, répondit M. Du Treuil, que la place qui
vous revient à Copenhague est vacante depuis hier
au soir. Je sais aussi que le ministre n'a rien à me
refuser. Voilà pourquoi je vous conduis chez lui de
si bon matin. Au reste, c'est la bonne heure, puisque
Son Excellence ne donne ses audiences que le matin.

La veille, avec toutes ces algarades, M. Du Treuil,
en lisant l'*Officiel*, y avait vu qu'un poste était vacant
en Danemark, et il s'était dit :

— Il faudra que je voie à demander cet emploi pour mon pupille.

Tout ce dont il avait été témoin chez lui, à la suite du bal, n'avait pu que corroborer son premier sentiment à cet égard. Au lieu de se jeter dans un esclandre qui n'aurait abouti qu'à gâter les choses, et à le rendre lui-même fort ridicule, il s'était dit :

— N'omettons rien pour faire obtenir le susdit poste à M. de Sandras. Premier point, ce sera la meilleure manière de l'éloigner de l'avenue Gabriel; second point, ce sera se prêter au développement de sa propre fortune. En somme, deux bons résultats pour un.

Peu importait au vieux soldat que le jeune diplomate ne comprît rien à cette manœuvre. Il suffisait au colonel qu'elle fût arrangée de manière à réussir.

— Son Excellence, monsieur le ministre des affaires étrangères est-elle visible? demanda le colonel à un heyduque. Il s'agit d'une affaire qui presse.

Grâce au ton impératif de M. Du Treuil, le garçon de service s'empressa d'introduire les nouveaux venus.

M. Z.., le ministre d'alors, étant en train de délayer du savon de Windsor au fond d'un godet en porcelaine de Sèvres, se faisait héroïquement la barbe lui-même.

Le colonel, qui le connaissait de vieille date, commença par lui présenter une très belle boîte de pistolets.

— Cela me vient de New-York en ligne droite, ajouta-t-il ; il paraît que c'est un chef-d'œuvre. Permettez-moi de vous en faire hommage.

L'Excellence était ravie du cadeau.

Il n'était plus difficile d'expliquer pour quel motif on venait à une telle heure.

— Pardieu, reprit le ministre, voyons d'abord le dossier de M. de Sandras.

Toutes les notes relatives à l'attaché d'ambassade étant excellentes, l'affaire allait comme sur des roulettes. Séance tenante, le ministre, arrêtant de faire sa barbe, prit une plume, la première venue, et signa sa nomination.

— Il faut vous arranger pour partir le plus tôt possible pour Copenhague, ajouta-t-il.

— Excellence, il partira demain matin, à la première heure, répondit le colonel en se confondant en remerciements.

— Demain matin, à la première heure, répéta René machinalement.

12.

Et, après trois ou quatre révérences, on prit congé pour remonter en voiture.

Chemin faisant, René de Sandras se demandait s'il dormait ou s'il était bien éveillé.

En effet, tout cela ne ressemblait pas mal, pour lui, à un rêve ou à un cauchemar.

Partir dès le lendemain matin pour le Nord, partir sans avoir revu Suzanne!

Ce ne fut que lorsqu'il eut traversé la frontière que René comprit le sens de toute cette aventure.

Quant à Suzanne, étonnée au plus haut point, mais ne voulant pas avoir l'air de l'être, elle n'apprit ce dénouement que trois jours après le départ du jeune homme.

— Il paraît qu'il a l'intention d'étudier pour devenir un vrai diplomate, lui dit le colonel d'un air distrait.

Suzanne sourit légèrement, et, pour détourner la conversation, parla de l'opéra nouveau.

Il faut être tout à la fois un homme habile et un homme de cœur pour se faire l'espion de sa femme.

XXI

LES MARIAGES SONT ÉCRITS DANS LE CIEL

I

Laissez-moi reproduire une historiette de ce XVIIIᵉ siècle, mine inépuisable d'anecdotes et de singularités ; c'est le mariage du fermier général Titon, râ conté d'après Beaumarchais.

M. Titon le fils, las des coquettes de Paris, conçoit le dessein d'aller chercher au hasard une femme en Province. En conséquence, il se rend à la poste et ordonne qu'on mette les chevaux à sa chaise.

— Quelle route, monsieur ? dit le postillon après avoir fait claquer son fouet.

— Celle que tu voudras, mon garçon.

— Mais encore...

— Va devant toi.

Le postillon mène M. Titon le fils à Saint-Denis ;
puis, à Saint-Denis, il lui demande :

— Où aller maintenant ?

— Du côté où il te plaira, cela m'est égal.

— Cependant...

— Eh bien, toujours tout droit.

A la troisième poste, même question et même réponse indifférente. La chaise roule toujours ; elle
roule pendant un jour et une nuit. M. Titon le fils
semble ne vouloir pas s'arrêter. Enfin l'on parvient
sur la frontière, dans une petite ville. Il descend, il
regarde à droite et à gauche et entre dans une
église au moment où l'on allait chanter le salut. Il
voit entrer une dame mise décemment et précédée
d'une belle jeune fille.

— Voilà ma femme ! dit-il en lui-même.

Après avoir attendu patiemment la fin du salut,
M. Titon le fils sort de l'église, monte l'escalier derrière la maman, et pénètre dans le salon.

— Madame, dit-il, je viens vous demander la
main de votre fille.

— Eh ! qui vous a conduit ici ?

— Le postillon, madame. Je suis fermier général ;
faites venir le directeur, il reconnaîtra bien vite ma
signature.

Le directeur vient, s'incline jusqu'à terre devant un des princes de la finance. — On soupe; après le souper, M. Titon le fils dit à la mère :

— J'ai cent mille livres de rente; j'en offre la moitié en donation à mademoiselle votre fille.

La dame ne vivait que d'un revenu médiocre; le saisissement lui coupa la parole.

— Acceptez-vous? continua le financier; ma chaise est à quelques pas, et je n'attends que votre décision pour retourner à Paris ou poursuivre mon chemin.

— Nous acceptons.

— C'est bien, dit M. Titon le fils.

Et, le surlendemin, les mêmes chevaux de poste ramenaient triomphalement à Paris la mère, la fille et le nouvel époux.

On fait généralement plus de façons aujourd'hui pour prendre femme. Les ménages en sont-ils plus heureux? Je crois que c'est la même chose.

Terrible et adorable proverbe de nos pères : *Les mariages sont écrits au ciel.*

II

Un jeune avocat d'avenir, Paul B..., s'en est allé, il y a un an, pour des affaires de famille, faire un tour dans la province. Le hasard l'a poussé à s'arrêter un moment dans l'Isère.

Là, il a vu de près une jeune fille, jolie, vive, spirituelle, enjouée et en tout fort aimable.

— Voulez-vous vous marier avec moi? lui a-t-il dit sans façon.

— Si mes parents disent : « Oui », je ne dirai pas « non », a répondu la belle enfant.

Dès le même jour, la chose était convenue.

Il fallait des pièces, des papiers d'état civil, des actes.

Or, il y a vingt ans à peu près que la fiancée, née dans une petite commune, que nous nommerons Villiers-le-Fleury, en était absente; ce fut donc là qu'on dut aller quérir les écritures qui sont indispensables quand on veut se marier.

Paul B... était là, accompagné de témoins.

— Stéphanie Z...! Stéphanie Z...! dit le secrétaire

de la mairie. Attendez donc. Voilà bien l'acte de naissance, mais...

Et le brave plumitif changea tout à coup de couleur.

— Mais quoi? demanda le jeune avocat.

— Mais, monsieur, c'est qu'après l'acte de naissance de cette personne, suit immédiatement...

— Quoi donc?

— Son acte de décès, rédigé en bonne forme.

— Allons, vous voulez rire, reprit Paul B...; elle est vivante et très vivante. Vous voulez rire?

— Les secrétaires de mairie ne rient jamais, Monsieur. Je ne puis donc délivrer à mademoiselle Stéphanie Z... aucun acte, puisqu'elle est morte.

— Morte sur le papier, mon cher. Par bonheur, il y a un remède : on la ressuscitera.

On a rectifié l'acte, en effet, grâce aux démarches du jeune avocat.

L'autre soir, à Paris, en présentant sa femme à ses amis, Paul B... leur a dit :

— Vous voyez en moi un homme plus heureux qu'Orphée. Je ramène de l'autre monde une Eurydice qui n'y retournera pas de sitôt.

XXI

LE MARIAGE DE CHARLET

Si vous voulez une preuve certaine que : *les ma-*
riages sont écrits dans le ciel, tenez, en voilà
une.

C'est le mariage de Charlet.

Charlet, le grand artiste d'il y a cinquante ans,
qui était aussi un homme de bien.

Charlet, qu'on pourrait appeler *Charlet des en-*
fants et *Charlet des batailles*, comme il venait
d'avoir trente ans, rencontra chez le père Latuille,
où il allait dîner un jour par semaine, une belle et
modeste jeune fille, triste, sereine et calme; et, quand
il eut bien compris le cœur, le courage et la rési-
gnation de cette enfant de la pauvreté et du travail,
il lui écrivit l'adorable lettre que voici :

« Quelqu'un s'occupe de vous; votre âme froissée

a touché la sienne ; il a pris part à votre peine, et vous pourriez un jour embellir sa vie. Comme vous, il n'a que sa mère, et, comme vous, il est sans fortune ; le peu de talent qu'il possède lui assure cependant une existence et un rang honorables. Les qualités qu'il a su reconnaître en vous sont la seule dot qui convienne à la fierté de son cœur. Consultez le vôtre, prenez conseil du temps ; il ne veut rien devoir qu'à l'entière liberté de votre choix. Si les sentiments qui l'animent peuvent être partagés par vous, confiez-les à votre bonne mère. Il n'a pas besoin de se nommer, il pense que vous l'aurez deviné. »

Huit jours après, Charlet passe, et, sur le seuil de cette humble maison, il voit sa fiancée qui ne l'attendait pas sitôt.

« Elle raccommodait des bas, disait-il ; je fus vivement ému. » Puis, comme il riait toujours parce qu'il s'appelait Charlet, il ajouta en souriant : « C'était vraiment la Providence qui m'avait conduit comme par la main à la seule femme qui me convînt, moi qui avais toujours porté des bas troués. »

Cependant, après avoir bien hésité et s'être fait prier, Dieu sait comme (un artiste ! un peintre !), la vieille mère avait fini par accorder sa fille à Charlet,

13

et, Dieu soit loué, ce brave homme avait trouvé dans sa femme un bon et sage conseiller qui lui rendait le courage à chaque instant, à chaque instant l'espérance.

Mais de quoi me mêlai-je, lecteur, je vous prie, en vous parlant du mariage de ce grand artiste?

Prendre femme d'une manière si simple, c'est le vieux jeu.

Il n'y a rien de plus démodé, hélas!

XXII

CONFÉRENCES POUR LES PETITES GENS

COMMENT ON SE MARIE EN AMÉRIQUE

Thomas Vireloque, appuyé sur son bâton d'érable, s'adressant à un auditoire de paysans, leur dit, mais avec le ton philosophique et gouailleur dont Gavarni a si bien donné une idée :

— Ah çà ! vous autres, est-ce que vous avez la prétention de vous entendre en fait de mariage ?

Dieu de Dieu ! vous me faites rire, vraiment, toutes les fois que l'un de vous soude son existence à celle d'une femme.

Dans ce cas-là, que faites-vous, je vous le demande ? Ce qu'ont fait avant vous vos grands-pères ; ce qu'ont fait après eux vos pères ; ce que feront après vous vos benêts de fils.

C'est-à-dire toujours la même chose.

Une frimousse de femme vous ayant donné dans
l'œil, vous la demandez pour le bon motif; on vous
l'accorde, avec ou sans dot, mais immanquablement
avec la beauté du diable.

Quand les accordailles sont faites, vous passez, la
musette en tête, d'abord chez M. le maire, qui est
un homme écharpé, et, ensuite, chez M. le curé, qui
est le premier des paroissiens.

Sur ce, on prononce quelques paroles de grimoire,
et voilà la chose faite.

Eh bien, ouvrez-moi, mes chers enfants, tout ce
que vous avez d'oreilles.

Je vais vous apprendre par le menu comment s'y
prend un galant homme en Amérique lorsque l'envie
bizarre lui arrive de cesser d'être garçon.

Les États-Unis d'Amérique, qu'est-ce que c'est?
Un très grand et un très beau pays, où la liberté
n'est pas un vain mot, mais la plus réelle des vé-
rités.

Dans cette contrée-là, on ne se pique pas de se
modeler toujours sur ceux qui nous ont précédés dans
la vie.

On ne cherche pas non plus à ressembler le plus
possible à son voisin, ce qui est, vous le savez, le
travers des Français. En telle sorte que nous avons

l'air d'être trente-six millions d'individus. et que,
tout bien compté, nous ne sommes souvent qu'un
seul.

En Amérique, dans l'immense république des
États-Unis, on a le droit d'être original tout à son
aise, et, très généralement, on use de ce droit-là tout
le long de l'année.

Je suis bien sûr que ce que je vous dis là vous pa·
raît insolite et même fort drôle, mais que voulez-vous,
mes chers enfants! c'est comme ça.

Mais ne nous embrouillons pas dans les feux de
file, s'il vous plaît !

En commençant, j'en étais au chapitre du mariage.
Eh bien, donc, c'est de la manière de se marier dans
cette contrée lointaine que j'ai à vous parler.

Ah! ça ne ressemble en rien à nos mesquines petites manières, je vous en fiche mon billet.

Exemple : Il y a aux environs de la ville de Boston
un galant homme qu'on appelle le colonel Jérusalem
Freeze, un yankee pur sang.

Ce colonel n'est pas que colonel. Il est, en outre,
banquier, veuf d'une première épouse, ancien éditeur, patroneur de littérature, de beaux-arts, grand
éleveur de beaux chevaux.

Bref, un original fieffé, je le répète.

Ce gaillard vient donc de se marier dans les con-
ditions que je vais dire.

Ayant vu, aux courses de Trenton, un magnifique
cheval, il eut la fantaisie de l'acheter; mais la propriétaire, une charmante veuve du nom de mistress
Clara Bedgy, refusa de le vendre.

Le colonel résolut alors de prendre tout à la fois
le cheval et la dame.

Après de longs pourparlers, le mariage fut décidé,
résolu, affiché.

Deux jours auparavant, le colonel Jérusalem Freeze
remplit une voiture de toute sorte de fleurs et
alla les déposer sur la tombe de sa première
femme.

Le lendemain, il se rendit, avec sa fiancée, au cimetière où reposaient les restes du premier époux
de cette dame, et il y déposa également un amas de
fleurs.

Les deux défunts sont-ils contents? On ne sait
pas, mais, encore une fois, vous le voyez, c'est de
l'originalité, cela; bien plus, c'est du progrès.

Quand vous marierez-vous dans cette gamme-là?
Peut-être quand les poules auront des dents, c'est-à-
dire jamais. N'importe; j'ai voulu vous donner cette
leçon pour valoir ce que besoin sera.

Et maintenant tournons-nous à chacun les talons et allons chacun à nos affaires.

Ayant dit, Thomas Vireloque s'en alla plus loin faire quelque nouvelle conférence.

XXIII

ÉLIXIR DE TROMPERIE

Fabien Delmart est jaloux comme le Bengale tout entier. Autour de lui, les intimes murmurent en disant : « Ah! dame, ce n'est pas sans raison. » Céline, sa femme, est une de ces Parisiennes qui aiment beaucoup les grands airs. Elle sort en toute saison et ne rentre que quand il lui plaît.

Tout récemment, Fabien a attendu Céline toute une après-midi. Dieu sait combien il a maugréé! Il avait voulu se mettre au piano, afin de tuer le temps. Aussitôt qu'il avait fait trois notes, la silhouette de sa femme lui trottait dans la tête. Il la voyait sous vingt formes diverses, toujours croquant la pomme verte de l'arbre de la science du bien et du mal avec quelque petit-fils du serpent.

— Où est-elle? Que fait-elle?

Il cherchait à lire un roman. C'était tomber de
fièvre en chaud mal. Est-ce que les romans parlent
d'autre chose que d'amour? Est-ce qu'ils ne roulent
pas tous sur des œuvres de trahison? Au second
feuillet, ses yeux se brouillaient. Là où l'héroïne se
nommait Diane ou Hersilie, il lisait Céline, et il re-
jetait le volume avec colère, en s'écriant :

— Voilà pourtant comme elle me trompe !

Fou de fureur sourde, il allait d'un album de photographies à un carnet de dépense, d'un tiroir rempli de bibelots à une *Revue* grave, ce qui aurait dû l'en-
dormir. Point du tout, un jaloux a cela de commun
avec le coq, qu'il est toujours sur ses ergots et toujours éveillé. Il se rongeait les poings. Il allait se
casser la tête contre le mur, quand un léger frou-
frou de soie se fit entendre ; c'était Céline qui rentrait.

— Ah ! la voilà donc enfin ! dit-il avec un soupir
dans lequel il entrait à dose égale du contentement
et de la rage.

Elle n'avait pas remisé son ombrelle en son coin,
que Fabien, se croisant les bras sur la poitrine, s'éri-
geait en juge pour lui faire subir un interrogatoire.

— D'où venez-vous ?

— De chez madame d'Hervieu, la meilleure de mes
amies.

13.

— Bien sûr?

— Cette bonne Lélia était malade.

— De quoi?

— D'une bronchite. C'est une maladie qui court.

— Je n'en crois rien.

— Lélia était fort gravement atteinte. Elle est hors d'affaire à l'heure qu'il est ; mais je ne pouvais décemment la laisser sans être rassurée sur son état.

En ce moment, on sonne ; c'est une visite. Ce grand dadais de Sorbières, si grand bavard, est introduit, salue et jase.

— A propos, vous savez, cette pauvre madame d'Hervieu est morte hier au soir.

Puis il salue derechef et s'en va.

Il s'en va en répétant :

— Pauvre madame d'Hervieu!... pauvre Lélia!

On voit d'ici la tête du jaloux et la tête de la femme.

— Qu'est-ce que cela signifie, Madame? s'écria Fabien. Vous me la disiez hors d'affaire ; vous prétendiez avoir passé la journée d'aujourd'hui à son chevet et elle est morte hier au soir!

— Eh bien, mon ami, vous sachant impressionnable, je n'ai pas voulu vous apprendre sans quelque ménagement la mort de cette pauvre amie.

J'ai assisté à son enterrement. Voilà la vérité.

Ici, Fabien Delmart se dit *in petto* que, après tout, ce que lui a dit sa Céline est possible, et la querelle est apaisée, le lien rompu raccommodé ; mais voilà que, le lendemain matin, le journal de la première heure apporte au mari cet entrefilet inattendu :

« Madame Lélia d'Hervieu dont un *canard* sinistre avait annoncé la mort, est hors de tout danger. Elle a fait, hier au soir, le tour du lac, en calèche découverte. »

Nouvelle tête de Fabien.

Cette fois, il n'y avait plus moyen de réparer les pots cassés.

— Madame, il y a du rébus dans tout cela. Je vois que vous me trompez. Nous allons nous séparer.

Et, en effet, il a fait une enquête, et il a découvert assez de grosses choses pour se croire en droit d'introduire au tribunal civil une demande en séparation de corps.

XXIV

CEUX QUI DEMANDENT LE DIVORCE

« M. Alfred Naquet, député de Vaucluse, vient, pour la troisième fois, de reproduire sa proposition relative au rétablissement du divorce. Il l'appuie de nombreuses pétitions. »

(TOUS LES JOURNAUX.)

— Fanchette !

— Voilà, madame.

— N'est-il venu personne pendant mon absence ?

— Si fait bién, Madame.

— Qui ça ?

— Un petit monsieur à moustaches.

— (*Bas.*) Ça doit être lui. (*Haut.*) Et ce petit monsieur à moustaches n'avait-il rien de particulier ?

— Pardon, Madame.

— Mais quoi donc ?

— Une petite machine en cuir verni sous le bras.

— Bon! une serviette d'avocat. Qu'est-ce qu'il a chanté?

— Il a demandé après Monsieur.

— Juste! Je m'y attendais. Comment s'y est-il pris?

— Il a dit comme ça, dit-il : « Est-ce que M. de Chamoré n'est pas chez lui? — Non, que j'ai répondu. — Voilà qui est contrariant, a-t-il répondu. — Pourquoi ça, monsieur? — Parce que j'avais un papier à lui faire signer. »

— Un papier? Voilà bien l'affaire... Et toi, Fanchette, as-tu ajouté quelque chose?

— J'ai dit comme ça : « Ce papier, monsieur, laissez-le, je ne le mangerai pas. Aussitôt que monsieur rentrera, on le fera signer à monsieur. »

— Bien joué, Fanchette! Ce papier, j'en aurais fait des cendres ou des papillotes, moi.

— Ah! mon Dieu, Madame, c'est donc bien terrible?

— C'est affreux, Fanchette!

— Est-ce que ça serait encore pour faire renchérir les vivres?

— Bien pis que cela; c'est pour casser le mariage.

— Dame ! si c'est pour casser le mariage, ça n'es
peut-être pas toujours mauvais.

— Revenons au petit monsieur à moustaches, Fan
chette. Comment s'est-il retiré ?

— Il a replacé sa machinette en cuir verni sous so
bras, en riant; puis il a dit : « C'est bon : je repince
rai votre maître au cercle. »

— Au cercle ! C'est là qu'ils vont toujours quan
ils ont des coups à faire. Il ne faut pas que mon
sieur soit repincé. Il ne faut pas qu'il signe ce maudi
papier.

— Mais qu'est-ce que c'est donc que ce chiffon-là
madame?

— Tu n'y comprendrais rien ; on y demande l
rétablissement du divorce.

— Le divorce ! qu'est-ce que c'est que cette bête
là ?

— Je te l'ai déjà dit, Fanchette : l'art de casser l
mariage.

— Ah ! madame m'en dira tant !

Fanchette se tut pour aller à sa cuisine; ma
dame était devenue rêveuse. Madame se retira a
fond du petit salon bleu, la tête en l'air. Un momen
elle voulut reprendre sa tapisserie, une paire de pan

toufles qu'elle brodait pour un petit cousin, excellent
valseur. Mais cette silhouette de la pétition l'ayant
troublée au delà du possible, elle jeta la broderie au
fond d'une corbeille à ouvrage et chercha à feuille-
ter un livre à couverture jaune qui se trouvait là. Par
hasard, ce volume était le dernier roman des deux
frères Edmond et Jules de Goncourt, un conte gris,
réaliste, ennuyeux comme la pluie. Le livre fut jeté à
son tour.

— Si je faisais un peu de musique pour me distraire ?

Elle essaya d'un morceau de Schubert : *le Roi des
Aulnes,* chef-d'œuvre de sentiment. Elle s'aperçut
que les notes qui sortaient de ses doigts ne manquaient
pas d'analogie avec le bruit du chaudron, quand on le
cogne. Dans cette situation, il y a un mot tout trouvé,
une vieille ânerie : « Ce sont les nerfs, » dit-on. Oui,
ce sont les nerfs, si vous voulez. Le fait est que c'était
la pétition du divorce.

Il paraît que cette même scène s'est reproduite sur
mille points de Paris à la fois, le même jour. Il y a
eu comme un concert de petites tempêtes domesti-
ues. Le divorce ! Et pourquoi donc, je vous prie,

réclamer le divorce en 1881, à l'entrée de l'hiver, au moment où l'on vient de rouvrir les Italiens, où l'on s'apprête à organiser les soirées et les bals?

Je vais vous expliquer.

Cette pétition est une réaction; bien mieux, un raffinement de vengeance maritale. Tout cet été, au Wauxhall et à la salle de la Redoute, les femmes ont demandé à s'affranchir. On en a vu qui voulaient être investies de droits politiques. Les femmes soldates! les femmes électeures! les femmes jurées! c'était la mode de crier contre la servitude du mariage. Elles disaient : « Nous voulons déployer nos ailes et jouir de la liberté ! »

Là-dessus quelques bons drilles, riant sous cape, se sont réunis, et une fois à table, un soir, entre le madère et le cigare, ils se sont mis à dire :

— Amusons-nous un peu avec la contre-partie de cette grande question de l'affranchissement des femmes.

De là cette pétition.

— Ah! vous poussez des cris d'aigle, Mesdames! Eh bien, nous allons revenir à l'ancienne loi. Ah! vous êtes esclaves! Eh bien, redevenez libres. Ah! nous vous opprimions! Eh bien, nous ne travaillerons plus pour vous. Nous avions le tracas des affaires, les soucis de la lutte, l'amertume de la défaite ; vous n'a-viez qu'à garder la maison et à être jolies. L'homme se battait du matin au soir contre toutes les difficul-tés de la vie ; il avait à écraser sous ses pieds mille serpents, sans compter les crapauds. La femme fai-sait sa toilette, allait au bois et minaudait avec les Arthurs. Renversons tout cela. Chacun vivra à sa guise.

Voilà ce qu'ont dit ceux qui ont rédigé la requête à la Chambre. Sont-ce des farceurs ? Sont-ce des phi-losophes ? Je crois aux farceurs. Au fond, ils seraient désespérés qu'on leur accordât ce qu'ils demandent ; mais ça les amuse de donner un peu la chair de poule à mesdames leurs moitiés.

D'ailleurs, vu la crainte du divorce, ils sont choyés, caressés, soignés, et ne sont plus autre chose. C'est comme un retour de la lune de miel.

— Cher ami, comme tu as chaud ! Attends, je vais te faire donner de la flanelle fraîche. — Tu tousses un peu ? Brigitte ! Brigitte ! un lait de poule pour monsieur. — Ce soir, à dîner, nous avons des per-dreaux des Ardennes. Excellente chose, n'est-ce pas, Alfred, avec deux verres de pomard ? — Allons, monsieur, vous avez les pieds mouillés : voulez-vous bien vite les approcher des chenets ?

Et mille autres détails qu'on ne peut pas dire;
mais tout bas :

— N'est-ce pas, bibi, cette pétition du divorce
sera rejetée ?

Nos coquins prennent alors un bel air de Barbe-
Bleue et répondent négligemment :

— On ne sait pas encore.

Un des types les plus curieux qu'ait tout à coup
suscités cette question du divorce est celui du bellâ-
tre, adoré de sa jeune femme, mais qui met à profit
la situation pour se faire traiter de plus en plus
comme un coq-en-pâte. Il n'a eu besoin de dire qu'un
mot, et ce mot le voici :

— Eh ! eh ! ma chère, le rétablissement du divorce
aurait du bon.

Qu'a vu là dedans Corinne N***, sa femme ? — Une
manace ou un simple avertissement ? — Ce qu'il y
a de sûr, c'est qu'elle n'a pu se défendre de pâlir. —
Le divorce rétabli, où cela pouvait-il la mener, grands
dieux ? Cette âme naïve trouve que son mari est le
tome second d'Antinoüs, et elle s'imagine très sérieusement que toutes les autres femmes ne demande-
raient qu'à le lui prendre. Voyez, dès lors, le mouvement d'effroi qu'une telle appréhension fait naître

dans son esprit. Une fois la loi nouvelle promulguée, qu'arriverait-il sans faute ? c'est qu'on le lui volerait à son nez et à sa barbe, s'il voulait bien, du moins.

Voilà sur quoi se fonde notre gaillard pour avoir dans son ménage des exigences de sybarite. Chez lui donc, c'est le monde renversé ; notre joli cœur est la femme qu'on dorlote et elle, Corine N***, est le manœuvre, pardon, le martyr qui doit tout endurer. On n'a pas idée de ce rôle joué très sérieusement en présence d'enfants, de cousins, d'amis et de domestiques. S'il fait de la pluie ou du vent : fermez les fenêtres, monsieur pourrait s'enrhumer; si l'on sert, à table des œufs à la coque : ne les faites pas cuire de façon qu'ils soient durs, il les jetterait par la fenêtre. Qu'ils ne soient pas trop liquides non plus, il s'en irait déjeuner au restaurant. Il faut soigner son lit comme un sacristain de cathédrale fait pour un maître-autel.

Ces jours-ci, il y avait un grand dîner chez les Mingasson, et le mari et la femme y étaient invités. Au dessert, on se mit, suivant l'usage, à parler des grosses questions qui sont à l'ordre du jour. Naturellement la proposition de M. Alfred Naquet fut mise sur le tapis. Tout le monde y mit son mot. Quand ce fut au tour de notre Greluchon à parler, une dose incroyable de fatuité lui monta tout à coup au front.

Le divorce ! Mon Dieu, quant à lui, il n'est pas pour, il n'est pas contre ; il n'a pas voulu se donner la peine de se faire une opinion là-dessus.

— Ma femme en mourrait, a-t-il dit en se rengorgeant avec des airs de paon, qui ont fait sourire tout ceux qui étaient là.

Au fait, cette affaire redoutable du divorce est réellement un sujet d'épouvante pour les femmes qui sont vraiment femmes.

XXV

NE FAITES PAS TROP D'ENFANTS

Tout le monde se rappelle le cri d'effroi poussé par M. Léonce de Lavergne à propos de la dépopulation de notre pays. « La France s'en va! faites des enfants! » disait ce sage. On lui a ri au nez. La théorie de l'Anglais Malthus l'emporte. Déjà, en 1848, un dialectitien célèbre avait combattu la doctrine de cet étranger, si opposée au mot de l'Écriture : « Croissez et multipliez. Votre Anglais est un impie ! votre Anglais est un sacrilège, coupable du crime de lèse-humanité ! » Et beaucoup d'autres belles apostrophes ! Mais à quoi bon ? Paris et la France n'en sont pas moins *malthusiens* ; c'est à qui professera tout haut la doctrine déjà en vigueur chez les aristocrates de l'autre côté du détroit : « Il vaut mieux ne pas faire d'enfants que d'en faire qui soient exposés à mourir de faim. »

A bien prendre les choses, cette théorie a été
émise une première fois, à Paris, et par qui? Par l
chef de la nation, par le roi Louis-Philippe d'Orléans

Ce prince très prolifique avait de bonne heure
ainsi qu'on le sait, une nombreuse et brillante lignée

Cinq garçons et trois filles. Total : huit enfants.

En août 1830, très peu de temps après son introni
sation, il rêvait à l'avenir de sa race.

Ce jour-là, donc, il laissait dormir le roi consti
tutionnel pour ne tenir éveillé que le père de fa
mille.

Il était riche pour le temps, on le sait ; mais, comm
il avait été forcé autrefois de donner des leçons d
géographie pour vivre, il redoutait toujours quelqu
trahison de la destinée.

En réfléchissant à sa fortune présente, en pensar
à ses enfants, en faisant des chiffres pour les efface
et en les effaçant pour les refaire, il se disait :

— J'ai huit enfants, tous très valides. Si, plu
tard, après le mariage, Dieu en envoie autant
chacun d'eux, cela fera soixante-quatre. Qu'est-ce qu
ce sera qu'une fortune de 200,000,000 de francs par
tagés, suivant le vœu du Code civil, entre soixante
quatre princes et princesses? Mais, si ces soixant
petits-fils et petites-filles ont de même huit enfants, —

t il n'y a rien d'impossible à cela, — ces portées for-
meront un total formidable de cinq cent douze Al-
tesses. Pour le coup, la fortune de la maison serait
miettée à l'infini, de telle façon que mes petits-
neveux seraient forcés d'apprendre un état manuel
pour vivre. Il y aurait des descendants d'Henri IV
conduits à se faire savetiers dans des échoppes. On
verrait des rejetons de Louis XIV balayer les rues
pour se gagner un morceau de pain !

La légende rapporte que Louis-Philippe fut tellement pris d'épouvante, qu'il en eut la fièvre toute une
nuit.

S'il eût pu prévoir qu'en février 1852, Louis-Na-
poléon Bonaparte, président de la République, con-
fisquerait ses biens et ceux des siens, il serait mort
vingt ans avant la fin de ses jours.

Heureusement la Providence, dont la fonction di-
vine est de penser à tout, tenait en réserve plus d'un
expédient propre à déjouer les calculs, c'est-à-dire
les terreurs du roi. Ces moyens de salut ont consisté
tour à tour dans l'intervention de la mort, dans l'in-
fécondité des brus et dans l'avènement d'une grande
révolution politique et sociale. En éclatant comme un
coup de tonnerre, le 24 février rompit le cours des
prospérités royales. La dynastie s'arrêta tout à coup

dans son épanouissement. Ç'a donc été un malheu
heureux. Mais l'hypothèse malthusienne n'en a pa
moins toute sa force. Si les princes de la famille d'Or
léans subsistent, chacun avec sa personnalité, il
sont obligés d'être humbles, d'avoir une vie modeste
réglée, presque précaire. Tel baron hébreu le
prime de beaucoup. Tel industriel suisse les égale
Mais ce n'est rien. Sous peine de verser dans l
bourgeoisie ou même dans le prolétariat, il leur es
défendu d'avoir beaucoup d'enfants. Lorsque la mai
de fer de Louis Bonaparte les a dépouillés par le
décrets de 1852, certains casuistes disaient : « L'au
teur du 2 décembre est le ministre de la Justice cé
leste; il frappe les petits-fils de Philippe-Égalité, e
ce n'est pas sans raison que toute l'Église de Franc
a chanté un *Te Deum* en son honneur. » Mais, nou
qui ne nous piquons point de mysticisme, nous voyon
dans la situation des princes les conséquences du ma
riage moderne, se manifestant pour eux comme pou
des millions d'autres. Réfléchissez avec un peu d
sang-froid et vous verrez que, si les prévisions d
Louis-Philippe d'Orléans ne se sont pas réalisées d
point en point pour ses fils, il est fort possibl
qu'elles se produisent pour ses arrière-petits
fils. Toute une vieille forme de société s'en va

pièce à pièce, pour faire place à un ordre nouveau.
Grandes et petites choses, le passé d'hier se dissout
à vue d'œil, sous nos regards, comme un morceau de
sucre dans un verre d'eau.

— Faites des enfants, dit M. Léonce de Lavergne.

— J'ai eu le tort de faire trop enfants, disait le
roi Louis-Philippe.

Lequel est dans le vrai?

XXVI

I

UN DRAME DE LA VIE RÉELLE

Une scène des plus émouvantes s'est passée, en mai 1869, dans une des églises de Paris.

A midi sonnant, de nombreuses voitures s'arrêtaient devant le portail ; les marchepieds étaient aussitôt abaissés, et, de la première voiture, attelée de chevaux blancs, descendaient deux jeunes époux qui venaient demander à Dieu la consécration de leur union.

Au moment où le marié, suivi d'un nombreux cortège de parents et d'amis, allait entrer dans l'église, une jeune femme d'une mise très convenable, qui se tenait à l'intérieur près de la grande porte, s'avança brusquement vers lui. Étendant les deux bras, elle lui présenta une charmante petite fille de sept à huit mois et s'écria d'une voix stridente :

— Cette enfant est à vous, mais vous n'êtes pas digne de l'élever ; je la garde. Quant à ceci, je vous le rends ; je n'ai que faire du portrait de celui qui m'a trahie !

Et elle lui jeta deux photographies en morceaux.

Les parents des deux époux étaient intervenus aussitôt pour faire cesser une telle scène. On entoura la jeune femme et son enfant ; on essaya de la calmer et de l'emmener. En se retirant, elle s'écria, en regardant sa petite fille, qu'elle tenait dans ses bras :

— Ton père m'abandonne ; mais lui, ce jour lui portera malheur ; il sera maudit de Dieu et le ciel ne t'abandonnera pas !

Qu'on juge de l'émotion de la jeune mariée en présence d'un tel spectacle ! Soutenue par ses parents, elle fut immédiatement conduite à la sacristie. La messe dut être retardée. Enfin, lorsque le calme eut succédé dans les esprits à ces impressions si vives et si pénibles, la mariée se rendit à l'autel, où elle reçut de son jeune époux l'anneau nuptial, ce gage d'une éternelle fidélité.

Parmi les invités, généralement en habit noir et en gants blancs, on disait :

— Dame, c'est ce qui arrive tous les jours.

II

UNE MODE NOUVELLE AU FAUBOURG SAINT-GERMAIN.

Mademoiselle Marie d'H*** n'a apporté à son mari,
le jour de ses noces, que quinze mille livres de rente,
une bagatelle. Le comte D***, au contraire, a mis trois
millions sur le contrat. Les petites gens ne com-
prennent pas. Eh bien, c'est, pour ainsi dire, une
règle dans le monde aristocratique de ne pas dépas-
ser un certain taux pour les dots, quel que soit, —
comme c'est le cas de mademoiselle d'H***, — le
chiffre de la fortune à espérer. Presque toujours les
dots ne se donnent qu'en rente, et quinze à vingt-
cinq mille francs sont le taux consacré. On estime
qu'un jeune ménage a tout à fait profit à ne pas être
à la tête d'un état de maison trop considérable, et
qu'il faut réserver les capitaux pour l'établissement
des enfants à venir et les grandes situations à soutenir
dans la suite.

Ces petites dots pour les jeunes mariées du monde
aristocratique sont, d'ailleurs, une copie des mœurs
anglaises; en second lieu, elles sont la suite des
durs enseignements fournis par les révolutions de-

puis 89 jusqu'à nos jours. Tout grand seigneur d'aujourd'hui est dans la nécessité d'avoir recours à l'esprit de prévoyance, car il n'y a plus ni charges à la cour, ni majorats.

Pour avoir une excuse à son avarice, le vieux marquis d'Aligre disait, un jour, en 1847, dans les couloirs de la Chambre des pairs :

— Trois duchesses, femmes d'émigrés, ont dù, hors de France, se faire laveuses de vaisselle pour vivre.

Et le fait est vrai. Lisez l'*Histoire de la Révolution française*, de Louis Blanc; on y trouve les noms, les dates et les lieux.

14.

XXVII

HISTOIRE D'UN ENLÈVEMENT

Un enlèvement, la belle affaire! Cent pièces de théâtre, cinq cents romans, mille caricatures racontent, après Homère, le ravissement d'Hélène par Pâris. Rien n'eût été plus facile que de brocher sur ce thème cent lignes bien saisissantes. Il nous a semblé qu'il y avait mieux à faire. Ce livre devant être surtout une série de renseignements sur l'état actuel du mariage en France, nous avons voulu, en fait de rapt, n'avoir recours qu'à la vérité. Nous nous sommes inspiré d'un fait réel. On va voir, au reste, qu'il se trouve dans ce récit plus de romanesque et d'imprévu que dans la fiction la plus savante.

Un ancien chef de la police de sûreté sous Louis-Philippe et sous Napoléon III, M. Canler, a publié des *Mémoires* dont la lecture est nécessairement des plus attachantes. De ce travail bien connu, nous détachons l'extrait suivant, qui, en peu de lignes, renferme tout ce qui constitue d'ordinaire un roman. — Ce fragment est, en outre, une chose des plus morales. On y voit jusqu'où un égarement du cœur peut conduire une femme trop confiante. — Nos lectrices nous sauront certainement gré de les mettre à même de lire ces pages étranges.

Il est donc bien entendu que c'est M. Canler qui parle.

« Un riche propriétaire, habitant l'un des départements voisins de la capitale, vint à Paris déclarer au préfet de police que sa femme, jeune et charmante brune de vingt ans, était partie en compagnie d'un sieur V***, son séducteur, emportant cent cinquante mille francs, tant en valeurs qu'en bijoux.

» Je fus chargé de trouver les deux fugitifs, à la recherche desquels on me lançait sans indications, sans renseignements, me donnant pour toute instruction ce mot de l'Évangile : « Cherche, et tu trouveras. » Je me rendis tout d'abord à la poste aux chevaux, où j'appris avec la plus grande satisfaction que, la veille, un monsieur et une dame avaient demandé des chevaux pour dix heures du soir, que la chaise dans laquelle ils voyageaient leur appartenait, que la caisse

de cette chaise était peinte en vert, et qu'enfin les
deux voyageurs avaient manifesté l'intention de se
rendre en Angleterre. Muni de ces renseignements
et des signalements qu'on m'avait donnés, je retour-
nai à la Préfecture faire part de ma découverte, et,
deux heures après, étendu sur les coussins d'une
excellente chaise de poste, je traversais le faubourg
Saint-Denis au triple galop de mes chevaux.

» J'avais pris un passe-port pour l'Angleterre et
j'étais porteur d'un mandat d'amener décerné par un
juge d'instruction contre les deux voyageurs. En mesure de ce côté, je m'appliquai, à chaque relais, à
suivre la piste des amants; or rien n'était plus simple
avec le système que j'employais : lorsque j'arrivais à
un relais, et pendant le temps qu'on changeait mes
chevaux, je m'informais avec soin, auprès des postillons et des valets d'écurie, du signalement des personnes qui étaient passées depuis la veille, et,
appuyant toujours ma demande d'un argument irré-
sistible, les pièces de cinq francs, je recueillais ainsi,
de poste en poste, des preuves certaines de leur passage. Je ne les avais en quelque sorte pas perdus de
vue, et, en forçant un peu la main à mon postillon,
j'étais sûr de les rattraper avant leur embarquement.

» Mais, dans le chef-lieu du département de la

Somme, j'appris d'un garçon palefrenier que, le matin même, un monsieur et une jeune dame arrivés dans une chaise de poste étaient partis pour Arras après avoir déjeuné et pris un peu de repos ; et, à peine sortis de la ville d'Amiens, ils avaient dit au postillon de tourner bride et de les conduire sur la route de Metz, désirant, disaient-ils, visiter l'Allemagne.

» A Châlons-sur-Marne, je retrouvai leur trace ; on les avait vus, mais ils ne s'étaient pas arrêtés. Je les suivis pas à pas, prodiguant les pièces de cinq francs aux postillons qui les avaient conduits et obtenant ainsi de bouche en bouche les renseignements les plus précis. A Metz, je sus qu'ils étaient arrivés la veille au soir, qu'ils y avaient couché et qu'ils en étaient partis le matin à neuf heures ; mais j'appris en même temps, qu'au lieu de se diriger sur l'Allemagne, comme ils en avaient manifesté l'intention, mes voyageurs étaient en route pour la Suisse.

» Le temps pressait, je désirais les arrêter en France ; je triplai alors le pourboire du postillon, et les chevaux triplèrent de vitesse. Je regagnai si bien le temps perdu, que bientôt je fus sur les pas des fugitifs. Enfin, je les rejoignis dans un petit village, à quelques pas de la frontière : il était temps !

» La poste aux chevaux était située dans la première maison du village. Qu'on juge de ma joie lorsque j'aperçus, dans la cour de l'hôtellerie, la chaise
de poste à la caisse verte après laquelle je courais
depuis si longtemps. Je me fis conduire chez le maire,
seule autorité dont je pusse invoquer l'intervention ;
je le trouvai une fourche à la main, en train de ranger
du foin dans son grenier.

» Ce magistrat municipal était un gros homme,
court, replet, à la face réjouie, et dont le nez légèrement couperosé annonçait un faible assez prononcé
pour les joies de Bacchus ; du reste, pieds nus dans
de gros sabots, vêtu d'une blouse rapiécée et coiffé
d'un bonnet de coton bleu. Je lui exposai l'objet de
ma visite, et, après lui avoir exhibé les pièces justi-
ficatives de ma mission, je le priai de vouloir bien
me prêter son concours. Alors se passa une scène un
peu bouffonne : ce brave homme, honteux de recevoir dans un tel accoutrement un *monsieur* qui venait
de Paris en chaise de poste, ignorant complètement
la modestie hiérarchique de mon titre d'inspecteur
principal de police, et croyant peut-être avoir affaire
à quelque haut fonctionnaire, se confondait en salu-
tations, en excuses, m'assurant que je me passerais
parfaitement de lui, et, en définitive, qu'il ne com-

prenait pas ce que je réclamais de son ministère.

» Enfin, après bien des explications, je parvins à lui faire comprendre tant bien que mal que sa présence était nécessaire pour légitimer mon opération; et, le brave homme m'ayant prié de l'attendre un moment, reparut bientôt, emmailloté dans une grande redingote et ceint de l'écharpe officielle, tenant d'une main un rouleau de papier, de l'autre une plume et une écritoire. Nous nous dirigeâmes vers la poste, et, chemin faisant, ayant rencontré un gendarme avec son brigadier, le maire les engagea à se joindre à nous.

» En arrivant à l'auberge, je trouvai la chaise de poste toujours à la même place; nos deux amoureux étaient à déjeuner. On m'indiqua leur chambre, où je me rendis avec le maire et les deux gendarmes.

» Monsieur V***? demandai-je en entrant.

» — C'est moi, monsieur! me répondit le don Juan fugitif.

» — Vous êtes voyageur, vous devez avoir quelques papiers, un passeport, quelque chose qui justifie de votre individualité?

» V*** me regarda en fronçant les sourcils, la jeune femme jeta sur moi un regard timide et effrayé; mais il n'y avait pas à éluder la question, et la présence

des deux tricornes qui ornaient les deux côtés de la
porte donnait à mes paroles une puissance irrésis-
tible. V*** céda et me présenta un passeport parfaitement en règle.

» — C'est très bien, lui dis-je après y avoir jeté
les yeux; mais, madame?...

» — Madame est ma femme, répondit orgueilleu-
sement V***, et elle n'a pas besoin de passeport pour
voyager avec moi.

» — Vous en êtes sûr?

» — Certainement, monsieur, et je ne comprends
pas...

» — Comment! madame D*** n'a pas besoin de
passe-port pour voyager avec M. V***?

» En s'entendant ainsi nommer, la jeune dame jeta
un cri et perdit connaissance; je m'élançai alors vers
le ravisseur, et, posant la main sur son épaule, je
lui dis : « Au nom de la loi, monsieur, vous êtes
mon prisonnier. »

» V*** se laissa tomber sur une chaise; il voyait
bien que la partie était perdue pour lui. Je fis alors
appeler l'hôtesse, et, pendant qu'elle prodiguait ses
soins à l'amante éplorée, sous le regard paternel du
brigadier de gendarmerie, je descendis dans la cour
avec le maire, V*** et son gardien galonné, pour faire

la visite de la chaise de poste. Pendant que j'entrais dans la voiture par une des portières, V*** s'élançait par l'autre et se jetait précipitamment sur un coussin ; je le repoussai aussitôt en dehors, et je trouvai, sous ce coussin, une paire de pistolets de poche, vrai joujou de grande dame, mais joujou meurtrier, dont il avait peut-être l'intention de se servir contre moi. Nous trouvâmes, dans la caisse, les bijoux et la plus grande partie des valeurs ; la différence manquant sur la somme enlevée avait servi à l'achat de la chaise de poste, aux frais de voyage et à quelques autres dépenses.

» Lorsqu'il fallut dresser procès-verbal de la saisie, ce fut bien une autre histoire. M. le maire, dépouillant toute vergogne, m'avoua très naïvement qu'il n'avait de sa vie dressé procès-verbal de quoi que ce fût, et qu'il ignorait complètement comment il devait s'y prendre. J'en fus quitte pour le lui dicter ; après quoi, remettant V*** entre les mains des deux gendarmes, pour qu'il fût conduit à Paris de brigade en brigade, je montai avec madame D*** dans la chaise de poste ; puis, nous partîmes pour la capitale, où je réintégrai ma jolie prisonnière dans le domicile conjugal.

» Alors le mari envoya deux cent cinquante francs

15

à V***, afin qu'il pût revenir en poste ; et, à l'arrivée du séducteur, M. D***, voulant éviter tout scandale, retira sa plainte et appela V*** en duel ; mais, par un contraste assez fréquent dans les turpitudes du cœur humain, ce Lovelace qui, près des femmes, affectait des sentiments assez nobles et assez généreux pour s'en faire aimer, refusa l'appel du mari, et, quelques mois après, il fit parvenir à madame D*** une lettre dans laquelle il lui proposait d'empoisonner son mari et se chargeait de lui fournir le poison nécessaire pour accomplir ce crime abominable.

» Effrayée d'une telle monstruosité, l'épouse repentante alla, en pleurant, se jeter dans les bras de son mari et lui remit la lettre qu'elle venait de recevoir. Rassuré sur les sentiments de sa femme, M. D*** pardonna. Quant à la proposition criminelle dont il avait la preuve, il se borna, sans porter plainte, à donner connaissance à la police de la lettre et des circonstances qui l'avaient accompagnée, et, tout en prévenant le mal autant que possible, il empêcha que son nom fût accolé, par des débats publics, à celui d'un misérable indigne de faire partie de la société. »

XXVIII

MIDI A QUATORZE HEURES

Ce soir-là, Tristan écrivit ce qui suit à Maxime :

« — Au secours, ami ! — Je meurs, — oui, je
meurs d'ennui. — J'ai aperçu une ride à mon cœur.
Hélas ! tu me l'avais bien dit : « Vieillir vite, c'est
» ce qui arrive d'ordinaire, quand on se marie. » Je
reconnais que tu agissais en homme sensé, le jour où
tu te mettais en travers de mon bonheur. — « Ah !
» prends garde d'être heureux, Tristan, me disais-tu :
» la chose est terrible ! » — Ces belles paroles ont été
emportées par le vent. Comme les idoles dont parle
l'Écriture, j'avais des oreilles pour ne pas entendre.
J'ai voulu absolument être heureux. Je me suis donc
marié avec celle dont je disais : « Voilà la femme de
» mes rêves. » — Maxime, tu n'as que trop raison : le

bonheur est redoutable. J'ai maintenant la robe du
Centaure sur les os.

» Figure-toi qu'en t'écrivant ces choses-là, je la
regarde. Il n'y a pas de créature plus charmante. Une
belle tête fort noblement portée sur un cou de cygne.
Les cheveux sont de ce blond vénitien qui tire sur le
roux, de ce blond adorable que n'aiment pas les imbéciles et dont les artistes sont fous. L'œil est grand
et bleu. Tout l'azur du ciel paraît s'y être condensé.
N'est-ce pas assez pour qu'on aime une femme ? Elle
se nomme Marguerite, beau nom à serrer dans un
écrin, nom poétisé par Goëthe. Elle danse comme un
sylphe, elle chante comme un rossignol plaintif qui
gémit sur la ramure des arbres depuis les premiers
temps de la Fable. — Oui, tout ce que tu voudras ; mais
il y a, dans le coin de la bouche, je ne sais quel signe
de simplicité qui me désespère. Et, avec tout cela,
vois donc ! cette autre Titania est d'un réalisme qui
me met hors de moi cent fois en une heure. Que de
croix n'ai-je pas déjà portées ! Et tu n'étais pas auprès
de moi pour me prêter tes épaules fraternelles, ô
Simon le Cyrénéen !

» Il y a trois jours, je lisais je ne sais quel fragment de saint Augustin, où le père de l'Église d'Hip-
pone vante les douceurs de la solitude. Tout à coup

ma porte s'ouvre ; Marguerite se présente, tournant
de mon côté ses deux grands yeux pleins d'azur et de
lumière. De cette voix de fauvette qui ne devrait que
moduler les *Lieder* de Schubert, elle me dit :
— *N'avez-vous pas de honte, Tristan, de salir
ainsi votre pantalon neuf ?* C'est que le livre était
maculé de poussière et qu'il en résultait un peu de
souillure sur mon vêtement. — *Allons, secouez donc
ces grains de poudre*, ajouta-t-elle : *ça vous donne
l'air d'un balayeur.* — L'aspic de Cléopâtre, sifflant
dans mes oreilles, ne m'eût pas affligé autant que l'a
fait cette interjection. — J'ai fermé le livre, j'ai pris
ma canne, je suis sorti. Je courais à travers champs
comme un insensé. Et elle, à mon retour : — *Quelle
mouche vous a piqué, mon ami ?* — Elle ne comprenait pas, elle ne comprendra jamais.

   » Hier, au tournant du parc, à côté de ce fourré
où il y a des trembles, des myrtes et quatre ou cinq
rosiers de haute taille, et où j'ai toujours eu le projet
de faire mettre une Érygone en bronze enlaçant une
panthère dans des liens de pampre, je trouve un jar-
dinier, la bêche à la main, en train de retourner la
terre. Il arrachait mes doux arbustes, il offensait mes
myrtes ! Un moment, suffoqué par la colère, je fus
tenté de lui sauter au collet. « — Qu'est-ce que ça

» veut dire, Jean ? — Monsieur, c'est par ordre de
» madame. — De quel ordre voulez-vous parler ? —
» Oui, monsieur, madame a su que la salade se plai-
» rait par ici, et elle m'a recommandé d'approprier
» le terrain à la salade : nous y aurons bientôt, s'il
» plaît à Dieu, la plus belle romaine du pays. » — Je
suis demeuré muet sur place, mon ami. Je me trompe,
j'ai crié à cet animal : « — Monsieur Jean, madame
» a raison. Déplantez tout, saccagez tout, les arbres,
» les charmilles, les fleurs, et semez une demi-lieue
» de romaine pendant que vous y êtes. Ceux qui
» aiment tant la romaine ne devraient manger que de
» cette verdure pendant toute leur vie. » — Et je
suis parti, Maxime, le cœur gros, le front en sueur,
en me disant : « — Il faudra que je déserte cette
» maison ! »

» Hélas ! ce n'est pas la maison qui m'opprime,
mais tout ceux qui l'habitent ; c'est surtout,… pardieu ! je ne puis pas répéter ce nom. Et dire qu'une
si belle tête peut être plus vide qu'un grelot ! Mais le
Sort a de ces ironies-là. Si Marguerite avait eu pour
deux onces d'idéal et de poésie dans la boîte osseuse,
ç'eût été une femme plus grande, peut-être, que Sé-
miramis. Mais une fenêtre s'ouvre ; c'est elle qui
m'appelle. « — *Qu'y a-t-il encore ? — Écoutez,*

répond-elle, : *il a plu, il y a deux heures. Tous les sentiers sont encore humides. Prenez garde aux rhumes. Nous n'avons plus de looch et il faut un jour entier avant d'en faire venir de la ville.* » Nous n'avons plus de looch, Maxime ! Comment n'y aurait-il pas de rides à mon cœur ?

» Tout ce que je viens de dire n'est rien encore ; car, enfin, il y avait un cri du cœur qui dominait tout, quand elle disait : « Prenez garde aux rhumes ! » Mais l'aurait-elle dit de même, s'il y eût eu encore du looch à la maison ?

» Dans la soirée qui suivit cette scène, la lune s'était levée majestueuse et argentée, ainsi que l'était la face de la reine de Saba. Un léger souffle du Nord chassait les nuages qui paraissaient gêner la marche de la souveraine des nuits. Ce que je dis là n'est pas conforme, je le sais, aux lois de l'astronomie ; mais je parle de la lune comme en parlent les paysans. J'ai toujours raffolé du spectacle que présente une belle nuit illuminée par l'astre lamartinien. Cela se passait après souper.

» Elle était assise près de moi, dans l'encoignure de la fenêtre. Je l'attirai à moi, sur mes genoux, et me mis à l'embrasser, mais immodérément, sur la tête, sur les yeux, sur ses longs cheveux d'or en fusion.

— Ah ! Marguerite, le beau clair de lune ! disais-je.
— En voilà pour un mois, répondit-elle. *— Vois-tu*
repris-je, *vois-tu là-haut, dans les profondeurs de
l'éther, du côté de la Voie Lactée, cette étoile solitaire ? Elle ressemble au diamant de ta bague ? C'est
là que je voudrais aller vivre et rêver avec toi.* —
Mais elle, se dégageant de mes bras avec la prestesse
de l'anguille qui échappe à la main du pêcheur :
*— Quelles sornettes nous contez-vous donc, ce soir,
monsieur ? Voilà un joli château en briques; res-
tons-y et songeons à faire une dot pour notre fille,
car, mon très cher ami, notre premier enfant sera
une fille, je l'ai décidé.*

» Les bras m'en tombaient. Comprends-tu cela,
Maxime ? Une jeune femme blonde, non, rousse, non,
dorée; une jeune femme ayant de grands yeux bleus,
qui n'entend rien aux étoiles ! — Quelques instants
après, voyant que j'étais décidément fâché de sa réponse, elle se rapprocha et me tendit ce beau front
qu'on dirait sculpté dans de l'ivoire vierge par un
ciseau grec. Mais ce fut à mon tour de repousser ses
caresses. — *Allez,* lui dis-je, *allez, ma chère, travailler à la layette de notre premier enfant !* —
Elle pleurait ! — Oui, Maxime, je voyais, à travers
les rayons blancs et doux de la lune, une larme se

suspendre comme une perle d'opale à ses longs cils.
— Était-ce bien une larme? — Ah! si j'étais sûr de
la larme! Si je croyais qu'elle sût pleurer à la suite
d'une émotion calme, par une soirée d'été, je me
mettrais à deux genoux devant elle, et il n'existerait
pas de femme plus entourée de blandices et de prévenances! Mais point : ce n'est pas une larme ; ce
n'est qu'un reflet des rideaux de dentelle sur sa pau-
pière. En voici la preuve. Elle a sonné. Une femme
de service est accourue, et elle a dit à cette suivante :
*Recommandez à Fanchette de faire mariner le
chevreuil pour demain.* — Ami, on ne pense pas à
faire mariner du chevreuil quand on comprend la
volupté des larmes.

» Ce clair de lune dure toujours. Je m'enivre de
tout ce qu'il me fait voir, et pourtant mille piqûres
d'épingle me font saigner le cœur. — Pourquoi Marguerite est-elle ma femme? Pourquoi n'est-elle pas
plutôt celle de mon cousin Gervais, le parfait notaire? Ils se comprendraient, ils s'aimeraient, ils
feraient des enfants, ils songeraient de bonne heure
à la dot de leur progéniture, et ils ne penseraient
jamais à émigrer follement dans une étoile. Pour
sûr, le clair de lune ne les ferait pas pleurer. —
Mais, mon ami, un proverbe de nos pères disait que

1.

les mariages sont écrits dans le ciel. Que les positivistes s'arrangent comme ils voudront : il faut bien que cela soit. Est-ce que, elle et moi, si cruellement accouplés, nous n'en sommes pas une millième preuve ? La pauvre enfant pouvait rencontrer sur son chemin vingt maris plus sortables que moi, pauvre hère, rêveur, utopiste, poète, être inutile, bourreau d'argent ; c'est moi pourtant qu'elle s'est obstinée à choisir. Ce qu'il y a de plus inconcevable, c'est que, si la chose était à refaire, elle la referait. Sais-tu pourquoi ? Elle a laissé échapper son secret : — *Tristan joue bien de la petite flûte.*

» Eh ! mon Dieu, ami ! sur la foi de feu Victor Cousin mon maître, je croyais être du bois dont on fait les philosophes dans les sociétés modernes. — On me l'avait donné à entendre en Sorbonne ; on prétendait que j'étais de première force sur la question de séparer le *moi* du *non-moi.* Trois camarades s'écriaient : « Il y a du Solon dans la peau de ce garçon-là. » — Mais ma blonde Marguerite ne prise qu'un mérite, elle n'est fière que d'une qualité : je joue bien de la petite flûte ! — Ah ! Maxime, disons de ce monde tout ce que nous voudrons ; mais, je t'en supplie, ne prétendons jamais entre nous qu'il s'y trouve rien de sérieux.

» La lune se couche. Je vais en faire autant. — Adieu. — Tu n'es pas marié, toi. — Chien libre et maigre, ne prends point de collier d'or ; ne te marie pas. — C'est la moralité de cette lettre.

» TRISTAN S***. »

XXIX

LE PÈRE AUX ÉCUS

PROVERBE EN ACTION

Un soir d'hiver, que je causais au coin du feu avec mon grand-père, l'excellent vieillard me dit :

— Pour cette fois, mon enfant, je ne te conterai pas d'histoire. Tu commences à être un grand garçon. Les fables ne sont plus de ton âge. Ce qu'il te faut maintenant, c'est la science des proverbes, c'est-à-dire ce qui apprend le mieux à connaître le bon et le mauvais côté de la vie.

— Eh bien, lui répondis-je, parle, mon grand-papa, dis-moi un proverbe : je t'écoute.

L'excellent vieillard puisa dans sa tabatière d'argent un peu de poudre sternutatoire, l'introduisit dans ses narines, posa la jambe droite sur la jambe gauche, et ajouta :

— Il s'agit de choses sérieuses, je t'en préviens, mon enfant.

— Les choses sérieuses ne m'ennuient jamais quand elles passent par ta bouche, grand-papa.

Cette flatterie enfantine le fit sourire.

— Nous disions donc, reprit-il, qu'il est temps de t'enseigner des proverbes. Eh bien, grave profondément dans ta mémoire celui que voici : « Il ne faut pas se déshabiller avant d'avoir préparé son lit. »

— Mais, objectai-je, cher grand-papa, je ne comprends pas très bien. Qu'est-ce que cela signifie ? Dis-le moi.

— C'est juste, mon enfant. Cela a besoin de commentaire. Entre nous, cela veut dire qu'un homme de sens ne doit pas se dépouiller de son bien avant d'être descendu dans la tombe.

Évidemment cette explication rendait le proverbe plus clair, mais elle lui donnait aussi une tournure excessivement mélancolique. Les enfants s'attristent toujours, et avec raison, lorsqu'on leur parle de la mort.

Mon grand-père le comprit ; aussi s'empressa-t-il d'ajouter :

— Je t'avais prévenu que cette causerie roulerait sur des choses sérieuses. Cependant je vais te rendre le proverbe plus sensible, non par un conte ni par une fable, mais par une histoire vraie et qui s'est presque passée sous mes yeux. C'est un de mes souvenirs de jeunesse.

Il est bon de vous apprendre que le vieillard me contait cela il y a fort longtemps, sous le règne de Charles X. Comme il avait quatre-vingts ans à cette époque-là, il avait donc vécu sous l'ancien régime, du temps du roi Louis XV. Il avait vu de beaux jours et des temps d'orage. Il avait connu en grand nombre des fous, des sages, des savants, des sots, des méchants, des soldats, des comédiens, des poètes, des millionnaires et des mendiants. C'est même cette particularité qui rendait sa conversation si intéressante.

— Écoute, reprit-il, cette histoire, et transmets-la à ton tour à tes petits-fils, si tu en as un jour. Il se trouve au fond une moralité excellente, à l'usage de toutes les familles, sans exception.

Pour la seconde fois, je me préparai à écouter, et le bonhomme procéda à son récit.

— Ceci, dit-il, est la véritable histoire du « Père aux écus ».

Figure-toi, mon enfant, qu'on désignait sous ce nom, il y a soixante ans environ, un vieux et véné-

ble orfèvre du département de la Côte-d'Or. Ce
était pas que M. Guylaurier fût énormément riche;
ais de ce qu'il avait fait son tour de France en
emportant qu'un petit écu de six livres dans une
ourse de cuir et de ce qu'il était revenu au pays,
près trente ans d'absence, avec trois cent mille francs
 peu près, on lui donnait le sobriquet en question,
fin d'en faire un exemple.

M. Guylaurier était, d'ailleurs, un homme recom-
mandable sous tous les rapports.

Resté veuf avec une jolie fille de dix-neuf ans qui
était toute sa joie, il ne cherchait qu'à la bien marier
avant de quitter ce bas monde. Soir et matin, il réci-
ait à genoux une prière, très courte, mais très tou-
chante.

— Mon Dieu, envoyez-moi, je vous prie, un bon
mari pour ma fille.

Geneviève, je te l'ai déjà fait remarquer, était jeune
et jolie. Selon toutes les apparences, sa dot devait
être cossue. Dieu ne pouvait manquer de lui envoyer
un bon mari.

Il s'en présenta dix ou douze, mais M. Guylaurier
n'en choisit qu'un, et c'était naturellement celui que
Geneviève aimait le plus. Au demeurant, un bon
garçon, qui savait beaucoup de petites choses, un

peu de danse, un peu de peinture, un peu de musique, un peu de littérature, un peu de mécanique,
mais qui ne savait pas d'état.

Mais cela ne tirait pas à conséquence, puisque la
fiancée était riche pour deux.

Après la cérémonie nuptiale, M. Guylaurier prit à
part ses deux enfants et leur dit :

— Vous pensez bien, mes bons amis, que je n'ai
rien de plus cher au monde que vous-mêmes. Me voilà
vieux. A quoi bon garder devers moi une fortune dont
je ne saurais jouir ? Un notaire est là, dans la chambre
voisine, avec son papier timbré et sa plume neuve
toute taillée. Sans plus tarder, je vais vous faire donation de tout ce que je possède. Je ne veux pas me
réserver un sou. Seulement, vous me prendrez avec
vous, et je suis sûr d'avance que vous ne me laisserez
manquer de rien.

Pour toute réponse, Geneviève et son mari sau-
tèrent au cou de M. Guylaurier et l'embrassèrent en
lui prodiguant mille compliments plus affectueux les
uns que les autres.

Le notaire dressa l'acte, M. Guylaurier le signa, et
le jeune ménage fut riche comme s'il avait été pa-
tronné par quelque bonne fée.

Pendant six mois, les choses allèrent bien. Les deux

enfants étaient remplis de prévenances pour le vieillard
qui leur avait si libéralement donné sa fortune. On avait
bien soin de ne le laisser manquer de rien ; on s'em-
pressait de satisfaire jusqu'à ses moindres fantaisies.

Il allait se promener en voiture quand il voulait ;
il disposait de la maison de son gendre comme de la
sienne propre.

Vers le neuvième mois, il y eut tout à coup un
léger refroidissement.

On commençait à trouver, mais tout bas, que
M. Guylaurier était bien un peu sans gêne ; on se disait, entre mari et femme, qu'il ne ménageait pas assez
les chevaux de l'écurie et qu'il ne mettait plus d'eau
dans son vin.

Vers le dixième mois, la domestique qui le servait
faisait observer qu'il brûlait trop de bougies.

Vers la fin de l'année, on était unanime à faire
mauvaise mine à ses amis et à donner de temps en
temps, à la dérobée, des coups de pied à son chien.

M. Guylaurier vit tout cela, il en souffrit, mais il
ne dit rien d'abord.

Dans la candeur de son âme, il espérait que cet
état de choses changerait.

Au treizième mois, comme il voulait faire cadeau
d'une pièce de vin à de pauvres gens qui se ma-

riaient, on lui dit que tout ce qui se trouvait dans le cellier était à sa disposition pour son propre usage, mais qu'on verrait d'un mauvais œil qu'il donnât aux autres le bien de sa famille.

M. Guylaurier soupira amèrement, et dit, en se parlant à lui-même :

— Décidément, j'ai fait une sottise.

Comme c'était un homme de ressource, il ajouta presque au même moment :

— Sans doute tout cela est triste, mais il y a remède à ce mal.

Dès le lendemain de ce jour mémorable, il avait adopté un nouveau plan de conduite.

Il s'était retiré dans sa chambre en recommandant expressément qu'on ne vînt pas le déranger.

— J'ai une affaire grave à combiner avec mes intérêts, dit-il.

Il fit pousser son fauteuil près d'une table, s'y assit, agita un ressort, ouvrit un tiroir et y prit un gros sac, solidement attaché par des ficelles.

C'étaient des louis d'or.

Toute la matinée il en comptait, à plusieurs reprises, les espèces, qu'il faisait sonner assez haut pour être entendu de Geneviève et de son mari.

On l'appela pour prendre le repas de la famille.

— Excusez-moi auprès de mes enfants, dit-il, je
'ai pas faim, ce matin, et, d'ailleurs, je suis trop
ccupé pour songer à me mettre à table.

En même temps il comptait toujours ses louis d'or
t de plus belle.

Geneviève et son mari, la serviette sous le menton,
ccoururent précipitamment à ce bruit.

— Mais, mon cher papa, lui demanda sa fille, d'où
)eut donc provenir une si grosse somme, après la
lonation entière que vous nous avez faite, à mon ma-
·iage, de tous vos biens et de tout votre argent?

— Ma chère fille, répondit M. Guylaurier, cela ré-
,ulte d'une rentrée de fonds sur laquelle je ne comp-
ais plus. Il y a trente mille francs en or, je crois. Je
ne propose de vous en faire une nouvelle donation :
l ne s'agit que de la présence du notaire.

Le notaire est appelé; M. Guylaurier, encore vert,
;ain, d'esprit et de corps, fait son testament dans la
plénitude de sa volonté, comme on devrait toujours
le faire.

« Je, soussigné, déclare par ces présentes que mon
intention est qu'à ma mort, tout ce qui se trouvera
dans un grand coffre d'ébène placé dans ma
chambre appartienne à ma fille et à mon gendre. »

Il prend une plume et signe.

Geneviève et son mari sont aux anges.

Mais à peine sont-ils sortis, que le vieillard remplit le coffre d'ébène de cailloux et de sable, et qu'il met l'or en lieu sûr pour ses amis.

Cependant tout change pour lui dans la maison.

Il n'éprouve plus que des attentions délicates et les soins empressés de la part de ses enfants, qui craignent, s'ils le négligent, que le testament ne soit changé et la donation anéantie,

Au bout de trois ans, M. Guylaurier mourut.

Le lendemain de son décès, dans la soirée, en conformité du testament, on courut à la cassette.

On n'y trouva que les cailloux et le sable déposés, avec un billet contenant ces mots : « Pierres et sable pour commencer une loge de fou à ceux qui donnent leur bien avant leur mort. »

Mon grand-père termina là son recit et ajouta :

Ce proverbe a une variante, c'est celle-ci : « Sachez garder toujours une poire pour la soif. »

XXX

UN GENDRE

Ah ! sans aucun doute, il y a d'insupportables belles-mères ; il y en a beaucoup même, à ce qu'on dit ; mais il existe aussi de bien vilains gendres.

Tenez, jugez-en par un échantillon à nous connu.

Le récit qui va suivre date de 1849.

Les lecteurs de romans n'ont peut-être pas oublié l'épisode si dramatique de madame de Carin et de Henriette Baré, dans ce livre si varié des *Mémoires du Diable*. — Voici donc un fait contemporain plus réel, et qui justifierait au besoin l'imagination de Frédéric Soulié.

Dans une maison de santé que nous pourrions désigner, une vieille mère de famille, que nous pourrions nommer, avait été séquestrée depuis plusieurs années, sous prétexte de folie. Mais il ne s'agissait, en

réalité, que d'une séquestration d'héritage par un f[
vilain gendre, que les générosités de la bonne viei[
envers quelques amis avaient fini par inquiéter.

En 1849, la recluse tombe gravement malade.
fille, madame ***, que jusqu'alors elle avait refusé
voir, obtient enfin de pénétrer auprès d'elle.

Voici la scène qui se passa :

— Ma mère, dit en s'agenouillant aux pieds du
de la malade madame *** émue, et, disons-le, repe[
tante, je suis votre fille. Ne me reconnaissez-vous pa[

— Vous, ma fille? répliqua la prétendue folle
la regardant froidement ; vous vous trompez, Madam[
je n'ai jamais eu qu'une fille, et je l'ai perdue depu[
quatre ans.

— Mais c'est moi, ma mère! moi, votre fille He[
riette...

— Comment pouvez-vous vous dire ma fille, r[
prit la vieille femme du même ton, vous qui êtes rich[
libre, heureuse, qui habitez de beaux appartement[
tandis que je suis ici, moi, abandonnée, dépouillé[
renfermée dans une maison de fous?

— Oh! ma mère!... ma mère!...

— Moi, votre mère, Madame? Mais est-ce qu[
cela se peut? Voyez donc! est-ce que, si j'étais voti[
mère, vous me laisseriez vêtue de pauvre ling[

coiffée d'un pauvre bonnet, lorsque vous portez de belles robes, de beaux chapeaux, de belles dentelles, que vous avez des bijoux aux oreilles, au cou, aux bras?...

Et, joignant le geste à ces paroles, sa main touchant du doigt chaque objet qu'elle nommait.

— Ma mère, reprit madame *** fondant en larmes, oh! je vous en conjure, regardez-moi, reconnaissez-moi!

— Oui, je vous reconnais, lui répondit enfin la vieille malade d'une voix profonde et avec un regard, cette fois, bien naturel ; oui, je vous reconnais et je vous pardonne tout le mal que vous m'avez fait !

.   .   .   .

Huit jours après, M. ***, ce vilain gendre, héritait, et il avait la *douleur* de faire part à ses parents et amis de la *perte* qu'il venait d'éprouver dans la personne de... etc., etc.

Priez Dieu pour le repos de... sa conscience!

XXXI

CHEZ L'AVOCAT

Encore une scène de nos jours, c'est-à-dire après six ou sept ans.

Il est grandement question de *Chez l'Avocat*, très vive, très alerte comédie de M. P. Ferrier. Le monde comme il faut et le monde des lettres se sont également occupés de cette nouveauté qui sort un peu des habitudes du Théâtre-Français.

Un court extrait fera comprendre en quoi consiste en partie cet ouvrage.

Voici la situation :

Avant d'entrer dans le cabinet de l'avocat Ducanois, qui, selon l'auteur, est, pour les séparations de corps, le Nélaton des cas désespérés, M. Charveron se rappelle — et indique au public — dans quelles circonstances caniculaires s'est fait, il y a six mois, son mariage.

J'étais heureux! j'avais vingt-sept printemps tout juste, —
Un physique... agréable, — une santé robuste, —
    Une inaltérable gaîté,
    Et pas mal de foin dans mes bottes,
    Pour faire souper des cocottes!
    — Qui m'ont joliment regretté!
    ... Un jour fatal!... un jour d'été,
Le macadam brûlait sous les pieds, et l'asphalte
    Fondait sur le coup de midi,
J'avise contre un mur une affiche — et fais halte
    Devant son prospectus maudit!...
« Le Tréport! — Bains de mer! — Casino! — brise fraîche —
« Climat salubre, — air vif! — hôtels à tous les prix!
    « Excursions! bateaux de pêche!... »
Tout ce luxe de puffs où les niais sont pris!
    — Et cet Éden qui m'allèche
    A quatre heures de Paris!...
Le soir même, j'étais à la gare du Havre,
    Pressé de partir!... Insensé!...
    Hélas!... après un mois passé,
Des amis, du Tréport, ramenaient mon cadavre :
    — J'étais bel et bien... fiancé!
Et voilà cependant comme un malheur arrive!
    En flânant, j'avais laissé
    Tomber mon cœur sur la rive :
    Un ange est venu, qui l'a ramassé!
    . . . . Car, étrange!
Et comme on sent le sort malin qui me guettait!
    Il faut l'avouer, c'était
    Véritablement un ange!
    — Du moins elle en avait l'air...
Au physique, le ciel! moralement, l'enfer!...
    Cristi! si j'étais la Justice,
Si j'étais de Thémis la balance et le fer,
    J'enverrais au dernier supplice
La mère qui conduit sa fille aux bains de mer!

                        16

Sur ces plages abominables
(Je ne sais comment ni pourquoi),
Les esprits les plus raisonnablcs
Perdent moitié de leur sang-froid.
Est-ce le soleil qui flamboie?
Le sable doré qui poudroie ?
Le flux qui le vient balayer?
Le chant sonore de la vague
Qui met dans l'âme — avec le vague —
Le désir de se marier?...
Est-ce l'air salé qu'on respire ?
Les romances au piano ?

Chez l'Avocat a été joué dans la maison de Molière, sa vraie patrie. Il y a obtenu un franc succès. Beaucoup de situations piquantes ont été applaudies. Si la mode était de *bisser* les vers qu'on ne chante pas, pour sûr ceux que nous venons de citer eussent été *bissés*. J'étais, ce soir-là, dans la salle. J'ai assisté au succès. On faisait voir au parterre de quelle façon se bâclent à présent presque tous les mariages et les conséquences déplorables qui en résultent. Par conséquent, la matière était tenue pour vraie au premier chef.

Après la pièce, j'allais des couloirs au foyer, afin de prendre langue. Tout le monde était d'accord. — « Peut-être n'est-ce pas d'une gamme bien élevée ; mais, comme c'est bien là ce qui se passe tous les jours sur les côtes normandes ! — Non, ce n'est pas

de la haute comédie, mais c'est de l'exactitude
quelque chose comme de la photographie. » — Et,
une voix disait tout haut : « Ce sont les belles-
mères qui ne seront pas contentes de cette pièce-là.
J'en ai reconnu plusieurs dans les loges. Ah ! mes
enfants ! quel nez elles faisaient, les belles-mères ! »

En ce moment passait près de nous un petit
homme à mine de chafouin, l'œil émerillonné, le sourire amer, toujours amer. Je le reconnus pour l'avoir
souvent vu en plus d'une rencontre. C'était M. Léon
Duval, un des défenseurs jurés de la Comédie-Fran-
çaise, l'avocat le plus lettré qu'il y ait jamais eu dans
l'antre de la chicane. Très spirituel, très mordant,
impitoyable même, il était spécial dans ces affaires
de la séparation de corps. Toute la collection de la
Gazette des Tribunaux pourrait attester que ce
Patru de la petite bourgeoisie était le plus habile à
distiller le venin du sarcasme, surtout sur les mères.
Sentait-il qu'on le *visait?* Je ne sais pas. Tout ce
que je puis dire, c'est que la voix de tout à l'heure
s'écria, en ayant l'air de s'adresser à la cantonade :

— Eh bien, mon vieux, tu es *pincé.*

XXXII

L'ENFANT DU MYSTÈRE

Après trois ans de mariage, ils n'avaient pu réussir à avoir d'enfant. — Très grande tristesse chez la mère; mélancolie presque constante chez la femme. — A quoi lui servait-il d'être belle, titrée, riche, si son hôtel devait être désert? — Un garçon! — Une fille! — Pourquoi le sort qui en envoie tant aux pauvres gens, des uns et des autres, en refuse-t-il si souvent à ceux qu'on appelle les heureux du monde? — Berthe n'y comprenait rien. Que de fois, en pleurant des larmes amères, n'avait-elle pas mordu avec dépit son mouchoir de dentelle, brodé de ses beaux chiffres entrelacés, celui de son mari et le sien propre! Mais dame, aussi, tout n'était pas de sa faute. Il fallait bien que le vicomte Gontran de Beaupertuis y fût pour quelque chose.

— Ma chère, lui dit-il un soir, Dieu m'est témoin
que je n'ai rien négligé pour avoir de quoi nous re-
planter par bouture. Je vous aime périodiquement,
dans le sens propre du mot, autant qu'un gentilhomme peut aimer son épousée. J'en appellerais, au
besoin, à vos souvenirs d'hier. D'un autre côté, permettez-moi cette indiscrétion, j'ai fait mes preuves
depuis longtemps, à la ville et à la campagne. En
comptant bien, j'ai parsemé le pays de mon portrait
vivant, réduit et tiré à sept exemplaires. Rien de plus
notoire que ce fait. Si ce qui m'est arrivé avec des
paysannes ou avec des grues du pays Bréda ne m'arrive pas avec vous, en conscience, ce n'est pas à
moi qu'on doit s'en prendre, vous en conviendrez.

En entendant cette sortie du vicomte, Berthe,
touchée au cœur par le sentiment de l'orgueil blessé,
ne put trouver un mot pour répondre. Elle rougit, elle
pâlit, elle trembla. Une larme semblable à une perle
de honte et de colère se suspendit à ses beaux cils.
Ce n'était pas à Gontran que la société avait le droit
de s'en prendre si, depuis trois années, il n'arrivait
ni garçon ni fille. Une jeune femme élevée aux
Oiseaux est facile à convaincre, quand celui qui lui
parle a l'habitude de parler en maître à côté d'elle.
Elle ne doute plus lorsque le reproche qu'on lui

16.

adresse est répété, et c'était la troisième fois qu'elle était admise à écouter celui-là.

Au fait, que penser, puisqu'en temps de chasse, Gontran, se conduisant comme les patriarches de la Bible, couchait avec des vachères et les rendait fécondes? Bien mieux, cet Abraham avait, un jour, choisi une Agar dans le pays Bréda, et, à la fin du neuvième mois, il en avait eu un dauphin de la main gauche.

— Il faut donc que cela vienne réellement de moi reprenait-elle lorsqu'elle se trouva seule.

Et elle éclata en sanglots.

Voltaire a fait un bien joli conte : *Comment l'esprit vient aux filles.* A Paris, l'esprit vient aux jeunes femmes tout à coup, par hasard, et au moment où elles le cherchent le moins. Or, en se repliant sur elle-même, c'est-à-dire en faisant de la psychologie expérimentale, Berthe sentit vibrer tour à tour les sept cordes du cœur, celle de l'orgueil offensé, ainsi que nous l'avons déjà dit, celle de la tristesse qui cherche à se résigner, celle du dépit qui siffle comme un aspic, celle du désespoir qui s'endort, celle du désir qui se réveille en sursaut, celle de la révolte qui se hasarde, celle de la curiosité, héritage de la grand'mère du genre humain, celle de la moquerie, qui est le signe de l'indépendance.

— Eh bien, cela est-il bien vrai, ce qu'il m'a dit?
Il s'est reproduit à la campagne et à la ville! Pardieu, où en sont les certificats? J'ai vu ces vigne-
ronnes qu'il assure avoir rendues mères. De pauvres
créatures, maigres, jaunes, sèches, affamées, presque
réduites à la condition des chèvres qu'elles gardent. A
la vérité, chacune d'elles avait un enfant sur son sein
désséché. Sont-ce de petits Gontrans, ces crève-de-
faim? Il le dit, mais ne se peut-il pas qu'il se flatte? A
présent que je réfléchis un peu plus mûrement, je vois
que le vicomte est le plus présomptueux des clubmen.
Quant à la cocotte du pays Bréda, en mettrait-il
la main au feu? Si petite cruche que je sois, je
n'ignore point que, toutes les fois qu'elles ont un enfant, surtout un fils, ces dames savent lui attribuer
trente-six pères.

Partant de là comme un logicien d'un syllogisme,
Berthe, déjà rebelle, courut à son cabinet de toilette,
afin de s'y mieux voir. Quatre glaces de Commentry
multipliaient dès lors son image de façon à ne rien
cacher à ses yeux du fort et du faible qu'il pouvait y
avoir en elle. Pour la première fois, elle s'avoua
qu'elle était de bonne race, et bien faite. Jolie, elle
ne se contentait plus d'être jolie ; elle se voyait belle.
Mais c'était là que son étonnement prenait sa source.

— Comment donc se faisait-il qu'un tel moule ne
fût pas réjoui par les épanouissements de la mater-
nité? A son tour, Berthe se dit :

— Gontran en a menti : ça ne vient pas de moi.

S'il eût encore été là, certes elle aurait senti se délier sa langue et n'aurait rien tu de ce qu'elle pensait à son égard. Mais, après le monologue si blessant
de tout à l'heure, il était sorti et très probablement
pour aller au Tattersall, où il y avait, ce jour-là, une
vente de chiens. Autrefois, ces fugues chagrinaient
Berthe; à présent, vingt minutes de méditation venaient de la transformer. Peu importait que cet amateur de science cynégétique courût à des bassets ou
à une danseuse. En un instant, la vicomtesse s'était
fait une nouvelle règle de conduite. Ah! celui-là
a dit vrai qui a écrit un vers où il fait voir que
l'amour-propre offensé ne pardonne jamais. Gon
tran ne comptait plus pour Berthe.

— Non seulement je suis sûre que cela ne vient
pas de moi, reprit-elle, mais encore je le lui ferai
voir !

Une femme qui menace son mari ! H. de Balzac
compare le fait à celui d'un commerçant de la rue du
Sentier qui signe un billet à ordre. Paris s'écroulera,
si l'on veut, mais le billet sera payé ! — On était en

avril. Une teinte de lapis-lazuli s'étendait sur le ciel. Berthe sonna sa chambrière.

— Dites qu'on attelle et donnez-moi une pelisse. Je sors.

Où allait Berthe? Disons-le sans lantiponner; elle allait chez le docteur R***. Ce docteur R*** n'est pas seulement un des plus savants médecins du jour; il a rang de confesseur pour les femmes du monde. Il passe donc, non sans raison, pour l'homme de Paris qui sait le plus de secrets. On ajoute, tout bas, qu'il s'entend mieux qu'un autre à donner des conseils dans les cas graves.

Paris, le 17 mai 1875.

« Cet été, madame ira aux eaux de Plombières, pour une saison. »

« Dr. R*** »

Telle était l'ordonnance.

— M'accompagnez-vous, Gontran?

— Impossible, ma chère belle.

— La raison?

— Juin est la saison des courses. Il y en a deux à Paris, d'autres au Mans, d'autres à Caen. Si j'y manquais, je serais perdu de réputation, vous le pensez bien. Allez seule à Plombières. Ce sera assez de Bérénice, — votre femme de chambre, pour être près de vous.

— Soit, puisque vous le voulez ainsi, Gontran.

Juin venu, la comtesse partit, n'ayant pour toute suite que sa chambrière. — En général, ce qu'on appelle une saison ne dure que vingt et un jours. — Au 1er juillet, Berthe revenait, mais elle revenait rayonnante de contentement et de santé, la joue rose, l'œil brillant, la tête altière.

— A la bonne heure, lui dit Gontran au retour, je vois avec plaisir que vous n'avez plus la figure embarbouillée de mélancolie.

A huit jours de là, un peu avant l'heure du déjeuner, elle faisait de ses deux beaux bras blancs un collier à son mari :

— Gontran !

— Berthe !

— Tu ne sais pas ?

— Non. Parle !

— Il me semble avoir d'heureux pressentiments.

— A la bonne heure !

— Ou je me trompe fort, ou tu auras un fils dans neuf mois d'ici.

— Je le disais bien : je m'entends à en avoir.

— Ah ! mon ami, c'est aux eaux de Plombières que nous devrons celui-là.

XXXIII

I

Tout ce qui mène la vie à grandes guides a connu la maison de joaillerie Pontonnier. Il n'y en a pas eu de plus florissante depuis la fin du règne de Louis-Philippe jusqu'au milieu du second empire. Sous Napoléon III, cette maison était parvenue à primer toutes les autres.

Le chef de la maison n'était pas précisément un aigle. Si la poudre n'eût point existé à l'époque où il venait au monde, il est supposable que ce n'est pas par lui qu'elle eût été inventée ; mais, au bout du compte, c'était un homme fort habile quand il s'agissait de faire payer à sa clientèle un bouton de diamant cinq fois plus cher qu'il n'avait coûté, et il y a beaucoup de grands esprits qui n'eussent pas été capables d'en faire autant.

A côté de lui, ce prototype des négociants de Paris avait pour épouse une jeune femme assez jolie et qui, au point de vue intellectuel et moral, était tout l'opposé de son mari. On sait, du reste, que les unions ne sont réellement bien formées que par la loi des contrastes. Autant le joaillier était un homme renfermé dans l'étroit horizon de son commerce, autant sa moitié était une créature d'élite, une véritable Parisienne, corps de papillon et figure d'ange, demandant à vivre dans l'éther, ouvrant son cœur à l'amour et ses ailes à toutes les jouissances de la civilisation. S'il fallait au négociant beaucoup de commandes à livrer, par contre, il fallait à madame Atala Pontonnier des concerts, des promenades, le théâtre, des fleurs. Elle raffolait des romans nouveaux, surtout de ceux qui donnent le frisson. Elle garnissait son boudoir de tableaux de genre, et son piano, toujours en mouvement, ressemblait à une volière d'oisillons jaseurs.

— Atala est une tête folle, disait le joaillier. Elle porte sur les épaules une tête de liège. Il lui serait impossible de dire la différence qui existe entre une broche de trois mille francs et un porte-bonheur de mille louis.

On sait combien sont aisément irritées les Parisiennes de cette trempe. En même temps que l'air de la grande ville les étiole, la prose de la vie commune les émacie et les use vite. Rebutée dans ses goûts, madame Pontonnier se regarda un jour comme la plus malheureuse des femmes, et, pour ne pas se tromper, elle s'attacha à le devenir, en effet. Vivre côte à côte d'un mari bourru qui ne parlait que de chiffres, de lucre et de placements à faire, n'était-ce pas une intolérable tyrannie? Un matin, à la fin de l'hiver 1860, une fièvre de consomption la prit et l'emporta. M. Eustache Pontonnier se trouva veuf en un rien de temps.

Rendons-lui justice : dans le premier moment, il éprouva ou il eut l'air d'éprouver quelque chagrin. Peut-être les pleurs qu'il versa n'étaient-ils arrachés de ses yeux que par la perte de ses habitudes. En effet, le matin, en se levant, il ne retrouvait plus pour le contredire la femme qui avait poétisé malgré lui sa maison pendant dix-huit ans de suite, et l'isolement le rendait un peu mélancolique. Il se lamenta donc, mais fort peu de temps. En contem-

17

plant ses registres, puisqu'il était homme d'ordre, il y trouva bientôt de quoi se consoler : c'était la colonne de ses bénéfices. Depuis qu'il s'occupait de vendre des brillants, il avait mis de côté, en trois pour cent et en obligations de chemins de fer, un million tout rond.

M. Eustache Pontonnier, avait sans doute les goûts les plus modestes. Il aurait donc pu se contenter de ce mince pécule ; mais, comme il lui fallait quelqu'un autour de lui, il avait fait venir de province chez lui le jeune Horace Pontonnier, son neveu, lequel, suivant toute apparence, serait un jour son héritier. Assez beau garçon, très dégourdi, l'enfant fut mis au lycée Louis-le-Grand, où l'on devait lui apprendre tout ce qu'on enseigne aujourd'hui aux fils de famille, quand on veut en faire des hommes inutiles.

A quinze ans, c'est-à-dire quand on le nourrissait le plus de grec, de latin et d'autres sornettes pompeuses, Horace s'annonçait comme un gandin du plus bel avenir.

Loin de déplaire au joaillier, ces façons étaient, au contraire, tout à fait de son goût, attendu qu'elles lui rappelaient la belle clientèle qu'il avait sans cesse sous les yeux. De là à voir dans Horace un sujet de la plus haute distinction, il n'y avait qu'un pas. L'oncle

en arrivait donc à ne vivre que pour son neveu. Et
que ne rêvait-il pas pour lui! Vu ses relations quoti-
diennes avec les gens de cour, il aurait grandement
moyen de le caser, lorsque, ses classes finies, le
drôle sortirait du lycée.

— Horace, lui dit-il un jour, tu me bottes. Eh bien,
écoute, je me suis gagné un million pour mes vieux
jours : il faut maintenant que j'en gagne un aussi pour
toi.

— Brave homme d'oncle, répondit l'apprenti gandin en lui serrant la main, que vous êtes donc beau
dans ce rôle-là! Vous me rappelez par vos paroles
la rondeur de l'illustre Grassot du Palais-Royal, parole
d'honneur!

— Un million pour toi, voilà donc qui est convenu,
riposta l'oncle.

11

M. Eustache Pontonnier se mit à l'œuvre et vendit
des diamants avec autant d'entrain qu'à ses débuts dans
le commerce. On le vit donc redoubler d'efforts,
vendre, acheter, expédier, trafiquer. Il mettait les

billets de mille sur les billets de mille. Cela dura cinq
ans.

— Horace, la poule aux œufs d'or a encore pondu
sous mon toit, dit-il un jour à son neveu. J'ai ton million. Es-tu content?

— Cher oncle, vous dire que je suis content ne serait pas le mot propre. Je suis aux anges. Si je pouvais vous poser sur la tête une couronne de perles et
de pierres précieuses, croyez bien que je ne me dis-
penserais pas de le faire.

En ce moment, Horace Pontonnier avait vingt ans,
et il sortait de la Sorbonne avec ce lourd parchemin
qu'on décerne chaque année à vingt mille *fruits secs*
sur toute l'étendue du territoire français. Mais que
d'aptitudes d'homme du monde il avait! La Gomme
naissait; il était une des fleurs de la Gomme. Un
million, dont on s'apprêtait à lui donner le revenu en
attendant la nue propriété, il y avait de quoi le lancer
dans le monde du jour. Pour commencer, son oncle
avait obtenu de le faire inviter aux chasses de Compiègne. Jugez de leur allégresse et de leur orgueil à
tous deux !

Mais il n'y a ici-bas qu'heur et malheur. Le septième
jour des chasses en forêt, au moment où l'on courait le
daim, Horace, encore novice, ayant fait une fausse

manœuvre, devint sans s'en douter le point de mire d'une des grandes dames qui chassaient. Celle-là, un peu hallucinée, l'avait pris sans doute pour le gibier, et elle venait de lui lâcher dans la cuisse gauche toute la charge d'une carabine Remington, cinq chevrotines aiguës qui, faisant balle, entamèrent profondément l'os et rendirent l'amputation du membre indispensable.

— Si l'on veut conserver la vie au blessé, dit le docteur Nélaton, il faudra qu'il se résigne à ne plus marcher qu'avec une jambe de bois.

— Une jambe de bois à mon neveu! s'écriait le joaillier au désespoir.

— Question de vie ou de mort, monsieur.

Il fallut bien en passer par là. Au bout de six mois, Horace Pontonnier était guéri et invalide. On ne le voyait plus s'avancer sur le boulevard qu'à l'aide d'une jambe de poirier faite au tour par un tourneur de la rue du Pas-de-la-Mule. Lui-même avait fini par en prendre assez gaillardement son parti, mais c'était l'oncle qui faisait la moue! Du matin au soir, on entendait le négociant s'écrier :

— Que faire d'un neveu qui a une jambe de bois?

— La belle affaire! ripostait Horace ; eh bien, j'irai en voiture au lieu d'aller à pied.

— Tout ce que tu voudras, mais voilà mes illusions perdues.

M. Eustache Pontonnier disait vrai. Il avait compté sur le brio d'Horace pour redorer ses vieux jours. La jambe de bois brisait ses projets. L'âge venait. Avec lui, les infirmités et le chagrin qu'il amène. Il fut mélancolique. Il perdit le sommeil, l'appétit, l'envie de s'enrichir encore. Il dépérissait.

On fit venir un médecin.

— Monsieur, vous n'êtes plus jeune. Vous avez le malheur de posséder un neveu qui a une jambe de bois. Le commerce n'est plus votre fait. Vendez votre fonds. Si vous tenez à prolonger vos jours, achetez un joli cottage, un château, et allez à la campagne.

— A la campagne, répondit M. Eustache Pontonnier du ton machinal d'un automate. Eh bien, allons à la campagne.

III

Qui ne sait la toquade favorite du commerçant de Paris? Du jour où il a fait fortune, cet honorable citoyen aspire à la campagne. M. Eustache Pontonnier,

émigrant au delà de Versailles, dans les environs de
Jouy en Josas, y vit une fort belle construction couverte en ardoise. C'était un ancien prieuré de béné-
dictins auquel les gens du pays donnèrent le nom de
château. Un écriteau apprenait au passant que la propriété était à vendre.

— Combien ça? demanda héroïquement l'ancien
joaillier.

— Trois cent mille francs, monsieur, répondit le
concierge.

Comme M. Eustache Pontonnier oncle venait de
liquider et de vendre son fonds, il pouvait précisément disposer de cette somme. Payer un château
tout meublé et l'habiter en possédant en outre 50,000
livres de rente pour lui et 50,000 francs pour son
neveu, la chose allait toute seule. Ce fut marché
fait. On paya chez le notaire en espèces sonnantes.
Et l'ancien bijoutier dit à son Horace :

— Quoique tu aies une jambe de bois, nous pouvons être heureux dans cette maison.

Heureux! Qui peut se flatter de l'être? qui l'a été
dans le passé? qui l'est dans le présent? qui le sera
dans l'avenir? Heureux ! parce qu'on est riche? Ironie
des ironies! Néanmoins, M. Eustache Pontonnier
croyait que l'argent est le bonheur et qu'il n'est pas de

bonheur sans cela. Mais il fut vite détrompé. Cette propriété des anciens moines, ce château, son parc, son bois, ses prés, ses cours d'eau, sa faisanderie, tout cela était de nature à contenter Abdolonyme, roi de Sidon, qui cultivait des roses, ou Dioclétien, empereur de Rome, retiré à Salone, où il arrosait des laitues; mais un joaillier de Paris a cent fois plus d'exigence. — Infortuné et heureux bourgeois de Paris!

M. Eustache Pontonnier était rongé par le ver solitaire de l'ennui. Il ne marchait qu'à l'aide d'une canne de jonc, il ne mangeait qu'à l'aide d'excitants, il ne dormait qu'à l'aide de narcotiques. Il se sentait vieillir, il s'emportait.

— Mais à quoi donc me serviront mes deux millions? A rien, puisqu'ils ne me réjouissent pas.

Un farceur lui dit une fois :

— Voulez-vous rajeunir?

— Si je le veux? Eh! je ne veux que ça, monsieur!

— Eh bien, mariez-vous avec une jeune personne, rose, fraîche, blanche, bien endentée, ayant de beaux cheveux, et vous verrez!

— Bon! mais où la prendre?

— Partout. La première fleur des champs ou la première vachère venue.

Il y en avait une dans le village voisin : c'était Jeanneton.

Jeanneton gardait les oies. Mais quelle merveille ! quels yeux ! quelles dents ! quels cheveux ! quelle poitrine ! Tout le tremblement de la beauté physique. Oui, mais elle était opaque, mal peignée, mal vêtue, trop naïve, embarrassée, inélégante, bête comme la volaille qu'elle gardait.

— Tout ce que vous voudrez ; mais, si vous savez vous en servir, elle vous rendra la santé, disait-on.

— Au fait, ça se peut. Je vais voir à épouser Jeanneton, dit M. Eustache Pontonnier oncle.

V

Ce propos fut rapporté le soir même au neveu.

— Ah ! ah ! s'écria Horace, cette Jeanneton est un beau brin de fille. Je m'y connais, quoique j'aie une jambe de bois. Elle est taillée en chair blanche et rose, comme la Vénus de Milo est taillée en marbre. Décrassée, couverte de soie, bien peignée, assaisonnée de diamants, stylée par un professeur de grammaire, elle serait vite changée en duchesse. Ce

17.

serait une mère Gigogne qui donnerait au vénérable
joaillier, mon oncle, une nombreuse postérité. Étant le
seul héritier du bonhomme, voilà ce que je ne dois
point permettre. Il ne faut donc pas que cette déli-
cieuse Jeanneton soit ma tante : au contraire !

On conviendra que ce raisonnement était irrépro-
chable au point de vue des règles de la logique.
Néanmoins, il péchait par la base, puisque le marchand de diamants était son supérieur à tous les
points de vue et que le susdit oncle, de plus en plus
faible d'esprit, était absolument acquis a l'idée
d'épouser la gardeuse d'oies, afin de faire d'elle une
cause de rajeunissement. — Cette Jeanneton ! elle
l'avait ensorcelé !

Effectivement, M. Eustache Pontonnier, rompant
tout à coup en visière avec les préjugés sociaux, avait
pris la villageoise à part et lui avait dit :

— Jeanneton, tu me plais. Je t'épouse. Je ferai
de toi une châtelaine. Dès le jour de nos noces, tu
auras cent mille francs de revenu. On t'entourera
de domestiques et de voitures. Autant il y a de jours
dans l'année, autant tu auras de belles robes. A tout
cela ajoute ce qui reste dans mon fonds de magasin
en fait de joaillerie. D'où il résulte que tu brilleras
comme un soleil. Par-dessus tout, mon enfant, tu

auras l'estime du monde. Voyons, acceptes-tu d'être ma femme? Veux-tu, oui ou non?

— Je veux bien, monsieur, répondit-elle avec ce gros rire rustique dont les théâtres de genre ont tant tiré parti toutes les fois qu'ils ont mis des paysans en scène.

A dater du dimanche suivant, les bans du mariage furent affichés à l'église de la paroisse.

— Voilà un vieux fou, ce Pontonnier, disaient les jeunes gens en chœur.

— Voilà la plus heureuse des gardeuses d'oies, disaient les femmes.

— Mais, demandaient ceux qui veulent tout savoir, ce mariage se fera-t-il?

— Il se fera, puisqu'il est affiché et que personne n'y met empêchement.

Ces beaux arrangements, on le devine, ne faisaient pas du tout l'affaire d'Horace Pontonnier. Aussitôt 'oncle marié, et très légalement marié, avec une robuste fille de dix-huit ans, épanouie comme une rose des haies au mois de mai, qu'arriverait-il dans la famille? Le neveu ne pouvait s'empêcher de frémir à cette seule conjecture. Ce qu'il arriverait? Eh! pardieu, c'est qu'il serait destitué de toute fortune par les nouveaux ayants droit, infiniment plus rappro-

chés que lui-même. Déjà le fameux million qui cen-
sément avait été gagné pour lui s'englobait dans l'ap-
port social de l'oncle. Si le nouveau nid s'implantait
au petit château de Jouy en Josas, il y viendrait pour
sûr des enfants, et dès lors il ne serait plus question
de lui-même. Ce serait tout au plus si l'on consentait
à le regarder comme un ancien serviteur du château
ou comme un parent pauvre.

—- Déshérité, sans fortune, sans état et avec une
jambe de bois par-dessus le marché, quel avenir serait
le mien! Ne serais-je pas condamné à aller mendier
pour vivre?

Ce monologue était bientôt suivi d'un autre aparté,
sous forme de conclusion.

— Tout bien considéré, il ne faut pas que le mariage projeté se fasse, et il ne se fera pas.

Horace était, au fond, un garçon énergique. Était-
il en outre un homme ingénieux? Voilà ce que les
événements qui vont suivre auront peut-être à nous
révéler. En attendant il est juste de reconnaître que
la situation était toute hérissée de difficultés.

Horace tourna et retourna cent fois dans tous les
sens cette question, plus malaisée à délier que le
fameux nœud gordien, si connu dans l'histoire.
Fallait-il qu'il ameutât les anciens amis et même

l'ancienne clientèle du joaillier, pour faire dire à ce dernier qu'il allait se jeter dans une mésalliance et que, par conséquent, il était sur le point de commettre une bévue? Le procédé ne réussirait pas, M. Eustache Pontonnier étant de ceux que l'obstacle excite au lieu de les rompre. Devait-il, par un raffinement de diplomatie scélérate, se mettre lui-même en campagne pour conter fleurette à la bergère et pour la rendre ainsi indigne d'épouser son oncle? Son jeu, tout cousu de fil blanc, serait vite mis à jour, et il en serait finalement pour sa confusion.

— Allons, cherchons d'autres expédients, se dit Horace Pontonnier.

Et, en même temps, il se précipita, tête première, dans un abîme de réflexions.

Au bout de dix minutes, il avait la cervelle en feu, le front brûlant; son pouls marquait cent dix-huit pulsations à la minute, et tout le monde sait qu'on est en danger de mort à cent vingt. Mais après tant d'efforts, il avait enfin le cœur joyeux d'un homme qui vient de résoudre un grand problème. A l'instar d'Archimède, qui, à Syracuse, au sortir du bain, en chemise, s'écriait : *Euréka !* il s'en allait, à travers les cours du château :

— Dieu soit loué! j'ai trouvé mon moyen! Le mariage n'aura pas lieu, et l'oncle sera le premier à féliciter son neveu de ce qui lui sera arrivé.

De quoi s'agissait-il donc? Que voulait donc dire Horace Pontonnier en lançant à la cantonade ces paroles énigmatiques?

Lecteur, c'est ce que la suite de ce récit va vous apprendre.

V

Cependant, l'ancien joaillier buvait du lait, comme on dit sur les boulevards.

En d'autres termes, il savourait déjà son bonheur de futur mari.

— Jeanneton, toutes les formalités sont accomplies.

— Oui, Monsieur.

— Nos bans sont publiés à la mairie et à l'église.

— Oui, Monsieur.

— Nous nous marierons dans quinze jours.

— Oui, Monsieur.

— Jeanneton, es-tu contente?

En guise de réponse, elle montra ses deux joues,

qui venaient de s'empourprer d'un rouge vif, comparable à celui de la pomme d'api.

Mon Dieu, oui, le cœur de Jeanneton battait un roulement *allegretto*, et son imagination, aussi enflammée que son cœur, semait ses nuits de rêves pleins d'une ambitieuse ivresse. Mais qu'il y a loin de la coupe aux lèvres! mais que souvent, quand l'homme propose, c'est le diable d'enfer qui dispose!

En effet, l'esprit malin résolut de troubler le bonheur de cette fille d'Ève.

Nous n'avons pas oublié que M. Eustache Pontonnier habitait le petit château du Prieuré, aux environs de Jouy en Josas. Une nuit, — nuit d'horreur! — toute une armée de diablotins, cachés dans les planchers, dans les plafonds, dans les placards, dans les boiseries, en un mot partout, se mirent à frapper de légers coups d'abord ; puis *crescendo* des coups plus forts ; puis, enfin, ils firent un vacarme à faire trembler la résidence sur ses fondements. Après les coups vinrent les danses. Toute la batterie de cuisine se mit à exécuter une ronde véritablement infernale. C'était un effroyable concert de la casserole avec les pincettes, de la poêle à frire avec le gril, de la marmite avec le chaudron.

Jeanneton, qui habitait une chambre de l'aile

gauche, croyait entendre sonner sa dernière heure.

Dans la chambre de M. Eustache Pontonnier, le désordre était plus terrifiant encore. A l'heure fatidique de minuit, l'ancien joaillier fut réveillé par de profonds soupirs, suivis d'amers sanglots. De légères feuilles de papier semblaient voltiger en l'air et descendre sur son lit. Les livres de son ancien commerce furent éparpillés avec fracas par tout l'appartement. Une sorte d'orage, paraissant venir du dehors, s'avançait en grossissant à chaque seconde. Une grêle invisible brisa les carreaux de la fenêtre. Bientôt deux monstres noirs, d'une forme étrange, se mirent à bondir en poussant d'horribles miaulements, à grimper contre les murailles, en renversant les chaises et en lançant par les yeux des jets de flamme, pour disparaître enfin par la cheminée.

Qu'on imagine ce que devait ressentir l'ancien négociant, le plus paisible des hommes. Plus mort que vif, il n'avait pas la force de se lever sur son séant, ni de pousser un cri.

Quand ces scènes effrayantes eurent pris fin, M. Eustache Pontonnier, baigné de sueur, chercha le cordon de sa sonnette et appela à son aide.

Ce ne fut pas son valet de chambre, ce fut Horace Pontonnier, son neveu qui accourut tout effaré.

— Quelle algarade, cher· oncle! lui dit le surve-
nant. Mais qu'est-ce que ces apparitions signifient ?
Comment! vous avez donc fait l'acquisition d'un château ensorcelé?

— Il faut croire, mon pauvre garçon ; mais qu'est-
ce que tous ces diables peuvent bien me vouloir ?
Qu'ai-je fait à leur chef?

— Quelque chose de grave, sans doute; car le
diable, si noir qu'il soit, n'est pas homme à se déranger sans motif.

. Cependant, l'ancien joaillier se leva et s'habilla
tant bien que mal.

Au moment où il mettait ses bretelles, Horace se
baissa pour ramasser un papier qui était sur le
parquet. C'était une espèce de message à liséré noir.

— Grands dieux ! s'écria-t-il, voilà l'explication de
ce mystère. Une lettre de l'enfer !

— Tu crois, neveu ?

— J'en suis sûr, cher oncle.

Et Horace, faisant sauter d'un coup de pouce une
enveloppe soufrée, déplia un papier sur lequel se
lisaient ces mots en caractères bizarres :

Eustache Pontonnier!

*Atala et le diable ne veulent pas que tu te
maries avec Jeanneton.*

En guise de signature, il y avait un long coup de griffe.

L'ex-négociant n'avait pu se défendre de pâlir.

— Eh bien, cher oncle, que dites-vous de ça? demanda alors Horace Pontonnier.

— Je dis, neveu, que le diable n'a pas le droit de m'empêcher de faire ce que je veux, et que, autant pour le cœur que pour l'hygiène, j'épouserai ma jolie fiancée.

— Faites, cher oncle, mais ce sera à vos risques et périls.

— Eh bien, nous verrons.

Dès ce jour-là, M. Eustache Pontonnier prit de minutieuses précautions pour que les scènes de la nuit ne se reproduisissent pas, mais tout fut inutile. Les coups furent plus nombreux et plus forts, les hurlements plus déchirants, plus terribles. A minuit, l'ancien joaillier s'était levé, armé d'un sabre de garde national; mais il n'avait percé que le vide, pendant qu'un monstre invisible, de ses griffes acérées, lui déchirait les épaules et disparaissait en laissant une épouvantable odeur de phosphore.

Trois nuits consécutives donnèrent lieu aux mêmes phénomènes. Les domestiques, éperdus de terreur, refusèrent de rester sous un toit évidemment maudit.

Jeanneton elle-même fut frappée de l'idée que c'était madame Atala Pontonnier, la première femme du négociant, qui, courroucée de voir une rivale prendre sa place, revenait de l'autre monde pour se venger. Elle commença à avoir peur de la lutte qu'elle aurait à engager avec les revenants. Néanmoins elle tenait encore bon lorsque, le quatrième jour, deux fantômes blancs descendirent du plafond, éteignirent la lampe qui brûlait à côté de son lit, la lièrent dans ses draps et l'emportèrent évanouie jusqu'à la grille du château.

C'en fut assez; Jeanneton, s'estimant heureuse d'en être quitte à si bon compte, dit adieu à ses beaux rêves d'or, ainsi qu'au château. Elle envoya dès le lendemain au maître de céans un petit grimoire écrit par le maître d'école du village. Il y était exprimé que, comme elle tenait à sa peau de gardeuse d'oies, elle renonçait à devenir la femme du millionnaire.

— Voyez-vous la petite pécore! s'écria M. Eustache Pontonnier, raisonnablement indigné. Et moi qui voulais la métamorphoser en duchesse! N'importe, je vois qu'elle ne m'aimait pas. Il n'y a décidément ici-bas, pour avoir de l'affection à mon endroit, que mon neveu Horace.

Il avait la fièvre; sa tête brûlait; ses dents claquaient. Pourtant il se sentit assez de force pour écrire un testament olographe, par lequel Horace était reconnu pour son unique héritier et son légataire universel.

Le lendemain, la fièvre se compliqua d'une pleurésie; le surlendemain, d'une fluxion de poitrine; le troisième surlendemain, l'ancien joaillier, expirant, s'en allait rejoindre sa première femme dans l'autre monde.

On croit peut-être que cette aventure finit là? — Eh bien, pas du tout.

Quand l'oncle fut enterré avec toute la pompe et tous les regrets qu'il méritait, le neveu reparut, mais en vrai maître du château. Son premier soin fut de rappeler Jeanneton.

— Écoute bien, joli petit museau, lui dit-il. Tout ce qui vient de se passer n'est, au fond, que la suite d'un truc sterling imaginé par moi pour avoir deux choses fort enviables : la fortune de l'oncle et toi-même. Telle que te voilà, tu es une jolie fille; mais, quand tu seras décrassée, ornée, instruite et traînée par quatre chevaux, tu seras une petite femme dont ton gredin de mari se léchera les doigts. Ainsi, après ta transformation, je t'épouserai, et tu seras ce que tu devais être : la châtelaine de cet endroit.

En effet, c'est ainsi que les choses se sont passées.

Horace Pontonnier a fait de Jeanneton une merveille, et il en a aussi fait sa femme. Très certainement, un sévère moraliste ne manquera pas de
réprouver les moyens qu'il a employés pour arriver
à ses fins. Mais que voulez-vous! Horace Pontonnier
se sera rappelé le proverbe : « Tout est bien, qui
finit bien. »

XXXIV

LE PARDON

Madame de C***, une femme du monde, demandait
à George Sand quel était celui de ses romans que
l'illustre conteur aimait le mieux; George Sand
s'empressa de répondre :

— C'est *Jacques*.

Jacques, roman par lettres, l'un des premiers-
nés, roule sur un thème qui passait pour fort téméraire au moment de son apparition. Un vieux soldat
des guerres de la République et de l'Empire, encore
vert pourtant, s'est marié, sous la Restauration, à une
jeune fille qui l'admire encore plus qu'elle ne l'aime.
Le baromètre demeure au beau fixe pendant les premières années. A la longue, la jeune femme sent son
cœur parler pour un autre, et elle se laisse aller à

cette tendresse fournie par le hasard. La jeunesse a
attiré la jeunesse ; Jacques s'aperçoit du tout. Il laisse
s'échapper une larme de ses yeux ridés ; il pardonne
et se tue, afin de ne pas gêner le développement de
cet amour.

Je viens de dire que, vers 1833, où parut ce livre,
on l'accusait d'être un acte de témérité. Il s'y trouvait, en effet, beaucoup d'audace ; mais il y avait, en
outre, l'analyse d'un sentiment de générosité deux
fois chevaleresque. Évidemment George Sand a fait
de son vieux mari un être surhumain, quelque chose
comme un héros de la liberté conjugale. C'est ce qui
fit dire à la critique du temps que le romancier
cherchait à poétiser l'adultère.

George Sand n'avait fait que retracer à grands
traits, dans un style d'une beauté incomparable, un
fait qui s'était passé sous ses yeux. Mais, si l'on veut
considérer *Jacques* en dehors de la fable, on devra
encore convenir que c'est une étude psychologique
des plus savantes qui aient jamais été faites sur les
mouvements de l'âme humaine. En feuilletant une à
une ces pages, dans lesquelles le cœur d'un vieillard
meurtri par les luttes de la vie est si bien disséqué,
on y voit dominer l'idée du pardon, la théorie de
l'indulgence. Quand on se reporte ensuite à ce que

l'auteur dit de son passage au couvent dans l'*Histoire de ma vie*, on n'éprouve plus aucun étonnement. La plume qui a écrit *Jacques* était encore
toute mouillée des devoirs de l'écolière chrétienne.
Il y a comme un souffle évangélique tout autour du
personnage principal : Jacques pardonne à la manière de Celui qui fut crucifié sur le Golgotha.

En agitant ce thème du pardon seulement au point
de vue de nos mœurs, *Jacques* est-il vrai ou est-il
faux? Ce sera l'un ou l'autre, suivant que le hasard
vous aura conduit dans telle ou telle zone du monde.
Femme ou homme, en thèse générale, l'amour conjugal, toujours doublé d'amour-propre, ne se flatte
pas d'exercer la clémence. Tout au contraire, il est
vindicatif jusqu'à la férocité, jusqu'à la barbarie,
jusqu'à la sauvagerie même; et il se trouve toujours
quelqu'un pour applaudir à cette vengeance. Dans le
temps même où paraissait *Jacques*, l'école roman-
tique tenait le haut du pavé en librairie et au théâtre. Presque toute la poétique de ce temps-là pivote
sur la vengeance à propos d'amour outragé ou dé-
daigné. Les maîtres eux-mêmes, s'autorisant de
l'exemple de Shakspeare, ont fréquemment employé
ce ressort dans leurs œuvres de cette époque. — La
vengeance! ces deux mots, prononcés d'une certaine

manière, avec certains gestes, ont été pour beaucoup dans les succès de Frédérick et de Bocage et
dans les bouquets qu'on jetait à madame Dorval. On
voit donc que, si le thème de *Jacques* n'était pas tout
à fait une nouveauté, c'était, du moins, une très vive
opposition, un contraste bizarre et qui touchait à
l'originalité.

Il n'en est pas moins certain que le pardon entre
époux, après la faute, est un événement des plus
rares. Encore une fois, chez nous, la vanité française
se mêlant à tout avec excès, on ne sait point pardonner. Pourtant, chez les gens d'en haut, là où l'on
se flatte de n'être ni un Othello, ni un Sganarelle, on
a imaginé une sorte de compromis. Pardonner nettement, fi donc! ce serait une faiblesse; on se contente d'oublier. — Ah! quelle dose d'hypocrisie se
trouve dans notre langage usuel !

A défaut du pardon, laissez venir l'oubli,

a dit un poète. — Et puis il y a des analystes de
date récente qui ont cru observer une nouvelle manifestation de ce phénomène moral, ceux-là disent:
« L'homme ne pardonne pas, et il oublie; la femme
pardonne et n'oublie pas. » Charmant marivaudage
de mots qui nous ramène, au bout du compte, à la

formule des paysans : « C'est blanc bonnet et bonnet blanc. »

Dieu merci, dans le monde parisien, *Jacques* a plus d'un pendant. Ce que nous en disons, vous le comprenez bien, ce n'est pas pour excuser les coups de canif donnés dans le contrat; ce n'est pas non plus afin de conseiller le suicide au mari. Non, nous ne voulons que promener au milieu des ténèbres de l'enfer social la lanterne sourde de l'observateur et nous disons ce que nous y apercevons. Il est donc des esprits élevés et des cœurs généreux qui pardonnent; il y en a de l'un et de l'autre sexe, mais l'espèce n'est pas commune. Un sur cent mille, si vous voulez.

Je sais là-dessus un trait d'une grandeur cornélienne.

Madame de S*** — ne cherchez pas : j'ai changé exprès l'initiale — a été une des plus belles femmes du règne de Louis-Philippe. Elle aimait grandement son mari, lequel occupait de hautes fonctions. Quant à lui, tout entier à ce qu'il supposait être la grosse affaire de sa vie, il s'occupait d'abord de son emploi et ne songeait à la belle personne que d'une façon secondaire. On fit un voyage aux Pyrénées et la dame y herborisa, pendant plusieurs rencontres, avec un jeune auditeur au Conseil d'État. Au retour, quand on fut rentré dans Paris, le roman eut naturellement des suites. On s'écrivit de part et d'autre.

Deux ans après, madame de S*** était mourante. On savait qu'elle ne passerait pas la nuit. Une seule personne se tenait à son chevet, refoulant ses larmes le plus possible : c'était le mari.

Vers minuit, vingt minutes à peu près avant d'exhaler le dernier souffle, madame de S***, se soulevant sur son séant, l'interpella.

— Mon ami, rendez-moi un service.

— Lequel ?

— Tenez, prenez cette petite clef d'argent que j'ai là, autour du cou, suspendue à un ruban bleu.

— Après ?

— Ouvrez le tiroir de ce petit meuble en citronnier.

— C'est fait.

— Il s'y trouve un paquet cacheté. Ce sont des lettres. Jetez-les au feu.

Ces lettres, M. de S*** les brûla, en effet, sans chercher même à voir l'écriture.

La malade lui tendit la main.

— Merci ! dit-elle. A présent, je puis mourir.

XXXV

DOS A DOS

A qui s'en prendre si le mariage est dans l'état de délabrement où nous le voyons aujourd'hui? Se trouvera-t-il quelqu'un pour dire : — « C'est la faute à Rousseau; c'est la faute à Voltaire? » — Non, c'est la faute à tout le monde.

Voilà ce qu'il faut avoir la loyauté de reconnaître.

Hamlet, le chevaleresque devancier d'Alceste, s'écrie à un certain moment :

« L'homme ne me séduit pas, ni la femme non plus. »

Ce même mot, un peu varié, était souvent répété par le président de B***, un magistrat bien connu des Parisiens de notre temps. Durant sa longue carrière,

il avait eu à voir défiler devant lui des griefs de
toute étendue et de toute couleur. C'est pourquoi il
avait l'habitude de dire que, maritalement parlant, la
femme ne valait pas mieux que l'homme et que
l'homme n'était pas pire que la femme.

— Je les renvoie toujours dos à dos, ajoutait-il.

UN MARI OFFENSÉ PEUT TOURNER AUSSI A LA GASCONNADE

Voici à ce sujet une jolie légende, vraie, ou fausse,
mais qui, au bout du compte, peut être vraie comme
tant d'autres.

_En ce temps-là, un officier revenant de Versailles,
trouva sa femme attablée avec un galant; il n'y avait
plus qu'une cerise sur une assiette.

L'époux offensé dégaine; la femme se lamente.

— Ne craignez rien, madame, riposte le nouveau
venu; je ne veux tuer ni vous ni votre amant; seulement, je tiens à ce qu'il mange cette cerise comme
je vais vous dire.

En parlant ainsi, il prend la cerise, la pose au bout
de son épée et la fourre de force dans la bouche du
séducteur.

18

Ce dernier fait la grimace, puis il finit par manger.

— Voilà qui est bien, reprend l'officier; vous avez mangé la cerise, mais n'y revenez plus. Une autre fois, je vous ferais manger la queue.

Et, tout en se retirant, il lui montrait sa colichemarde.

Sganarelle, se changeant à l'occasion en capitaine Fracasse, quel charmant sujet de comédie!

GASCONNADE DE MARIAGE AU PREMIER CHEF] ENTRE CÉSARS.

Un jour, Napoléon Ier, prenant décidément sa dynastie au sérieux, répudia Joséphine Beauharnais, qui ne pouvait lui faire d'enfants, et épousa Marie-Louise, archiduchesse d'Autriche. Il était formellement convenu entre le beau-père et le gendre que le mariage serait un signal de paix. Le bon contrat qu'ils signaient là! Vous savez qu'ils devaient se battre l'un l'autre avec plus d'acharnement que jamais.

Au reste, pour caractériser ce double mouvement de hâblerie, Martainville, l'homme du *Pied de mouton*, improvisa une chanson satirique dont le couplet suivant courut tout Paris et obtint un immense succès de fou-rire :

> Nous voyons d'ces mariages-là
> Bien souvent à la Courtille ;
> L'matin, on rosse le papa,
> Et, l'soir, on épous' la fille.

Un peu plus tard, après la déchéance du mari, exigée par 500 000 hommes en armes, on parlait de ce mariage étrange et qui devait si mal tourner, l'intervention du comte de Neyperg comprise ; M. de Cobentzel, ce petit diplomate qui avait tant d'acuité dans l'esprit, croyant voir qu'on se moquait du kayser, son maître, saisit la balle au bond et s'écria vivement :

— Ah ! permettez, messieurs ! Dans toute cette affaire, le plus *roulé* des deux empereurs n'a pas été l'empereur d'Autriche !

Mot profond et vrai, tout à fait conforme à l'histoire.

A ajouter à la piquante série de Gavarni : *Les maris me font toujours rire.*

Un certain mardi gras, le maire d'un village

de la Champagne fait faire une. publication au son
du tambour.

« Celui qui sera maître dans son ménage pendant
la journée pourra venir chez moi réclamer un sac
de blé. »

Un paysan se présente.

— Ah! ah! Guillaume, il paraît que vous menez
ça rondement ?

— Soyez tranquille, monsieur le maire, je....
(*Le geste était encore plus expressif que la parole.*)

— Mais pourquoi n'avez-vous pas apporté un sac
plus grand?

— Oh! monsieur le maire, cette coquine n'a jamais voulu que j'en prenne un autre.

*
* *

Un magistrat de nos amis, feu M. Théophile Du-
chapt, conseiller à la cour de Bourges, a résumé dans
un quatrain toute *la Comédie Humaine* d'Honoré
de Balzac.

LES ÉPOUX MODÈLES

Messieurs les escargots et mesdames leurs femmes
Font toujours bon ménage, et, par cette raison,
Peut-être, que jamais ces messieurs et ces dames
N'habitent la même maison.

Emprunté à M. Alfred Naquet :

« Vers 1840, — je n'ai pas la date précise, — le fils d'un maréchal de l'empire, M. M..., se mariait avec mademoiselle de M... Le mariage eut lieu à six heures du soir, sur la demande du fiancé, et l'on se rendit ensuite à l'hôtel du beau-père, où le dîner de noces était préparé et où se trouvait l'appartement des nouveaux mariés.

» Au cours du dîner, le mari fut appelé au dehors, et, là, il se trouva aux prises avec une maîtresse qu'il n'avait pas prévenue de son mariage et qui menaçait de faire du scandale s'il ne s'engageait pas à venir la nuit chez elle, et à ne jamais appartenir à sa femme légitime.

» M. M... consentit et tint parole. Le mariage, comme dit l'Église, ne fut jamais consommé.

» La jeune femme gardait le silence pour ne point attrister sa famille. Au bout de deux ans, cependant, son père découvrit ce qui ce passait, et il la décida à plaider en séparation contre son mari. Elle plaida et gagna son procès. La conduite du mari à son égard fut considérée comme une injure grave, injure grave qui, le divorce existant, aurait motivé le divorce ; qui, le divorce n'existant pas, motivait une séparation de corps et de biens. »

« Dix années se passèrent encore. Mademoiselle de M..., la pseudo-madame M., avait à peine trente ans. Elle jugea qu'il était triste d'être à jamais privée des joies de la famille, et, sans que son mari y fît opposition, elle plaida en nullité de mariage.

» Pour réussir plus sûrement, elle s'adressa d'abord à Rome. La congrégation du concile déclara son mariage nul. Armée de cette décision, elle s'adressa au tribunal civil de la Seine, qui déclara son mariage valable.

» Libre de par l'Église, elle se trouva ainsi enchaînée de par la loi civile, tandis que, si le divorce eût existé, elle aurait été libre des deux côtés et aurait pu, sans commettre le moindre péché ni la moindre infraction à la loi de son pays, user de cette liberté reconquise. »

(Article du *Voltaire*, 25 mai 1880.)

Extrait d'une brochure anonyme (E. Dentu, éditeur, mars 1880), sous ce titre : LE DIVORCE, *Réponse à MM. Naquet et Dumas fils.*

« Dans ces dernières années, les tribunaux ont été appelés à se prononcer sur un cas singulier qui a rapport à notre sujet. Une jeune fille contracta un mariage avec un monsieur qu'elle croyait orné de toutes les qualités de l'homme honnête. Les renseignements exigés par la famille n'avaient produit que de bons résultats. Cependant, après la célébration du mariage, il fut reconnu que l'époux n'était qu'un forçat libéré. On engagea sa famille à porter sa plainte à la barre des tribunaux. Une de nos premières gloires du barreau (Jules Favre) plaida l'affaire, mais le jugement fut rendu en faveur du mari, par cette raison que, la substance du mariage n'ayant pas été détruite, le mariage ne cessait pas d'être valide. Or, dans ce cas, l'Église, reconnaissant l'erreur sur la personne morale, *aurait pu déclarer cette alliance nulle en s'appuyant sur ce principe : à savoir, que l'erreur de la qualité était devenue une erreur sur la personne, et que, par suite, ce qui n'était qu'un accident avait été transformé en substance. »*

Claude-Henri, comte de Saint-Simon, de la famille du célèbre duc qui nous a laissé 40 volumes de *Mémoires*, a été sans doute un très beau génie. Ce n'est pas sans raison qu'il figure au premier rang des utopistes de ce siècle. Beaucoup de ses conceptions, en économie politique, en finance et en industrie, sont déjà entrées dans la pratique; mais, en ce qui concernait les liens sociaux qui unissent l'homme à la femme, il a été le plus bizarre des fantaisistes. Sous le Directoire, après de longs voyages en Angleterre, en Italie et en Allemagne, il revint en France et eut l'envie de s'y marier. Il épousa alors une femme d'une très haute distinction d'esprit, madame de B***, morte il y a peu d'années, et qui, grâce à un pseudonyme, a laissé un nom dans les lettres.(Romans, Contes et Nouvelles). Mais pourquoi ce Prométhée se mariait-il? Par amour? — Il était au-dessus des faiblesses du cœur. — Par

convenance sociale? — Il se moquait du monde
moderne, puisqu'il venait pour le transformer. Pourquoi donc épousait-il? Lisez ses œuvres; il dit son
motif. Il s'enchaînait afin d'user du mariage comme
d'un moyen d'étude. » Car pour améliorer l'organi-
sation du système scientifique, il ne suffit pas de
bien connaître la situation du savoir humain, il
faut encore saisir l'effet que la culture de la science
produit sur ceux qui s'y livrent; il faut apprécier
l'influence que cette occupation exerce sur leurs passions, sur leur esprit, sur l'ensemble de leur moral et sur ses différentes parties. »

Cette étude le ruina. Bals, dîners et soirées dévo-
rèrent en douze mois toute sa fortune. Seulement
il était satisfait, il avait atteint son but; cette perte,
il l'avait prévue et voulue. Il se mit alors à écrire
et à développer ses idées. Il avait déjà, en 1803,
publié ses *Lettres d'un habitant de Genève à ses
contemporains,* dont la pensée dominante est que la
direction de la société doit appartenir aux plus
capables. Il fit paraître, en 1807, son *Introduction
aux travaux scientifiques du dix-neuvième siècle,*
où il pose sa loi de perfectibilité indéfinie de l'esprit
humain. Mais, pour lui, le mariage avait été un procédé d'enquête. — Amoureux, que dites-vous de ça.

19

Les biographes parlent beaucoup des idées de
Claude-Henri de Saint-Simon. Quelques-uns même
se sont plu à faire de ce rêveur un demi-dieu. Pas
un pourtant ne raconte le début de son mariage; c'est
une particularité qui vaut cependant la peine d'être
rapportée. Quand son union avec mademoiselle de B***
fut prononcée, on était à l'époque où l'art de diriger
les aérostats était dans toute sa ferveur. Montgolfier
avait de nombreux disciples. C'était donc à qui orga-
niserait des voyages aériens. Saint-Simon voulut à
toute force passer la première nuit de ses noces dans
un ballon lancé en plein air; c'est, en effet, ce qui
eut lieu. Qu'on imagine, si cela se peut, la terreur que
dut éprouver la jeune épouse quand son mari lui fit
part de ce caprice. Mais celui qui prétendait briser
un jour l'autorité despotique de l'époux n'entendait
pas qu'on lui résistât. Il fallut céder. La nouvelle
comtesse obéit, mais, bien entendu, en tremblant de
de tous ses membres. Au signal donné, le couple y
ayant pris place, l'aérostat partit comme une flèche.
Que s'est-il passé dès lors dans l'éther? Nous devons
garder sur ce point un silence discret.

Un détail seulement.

A soixante ans de distance, longtemps après la
mort de son mari, quand madame de B*** racontait

cet épisode de sa vie, il y avait tout à coup un temps d'arrêt. La vieille femme était impuissante à maîtriser son émotion.

Plus tard, il y eut séparation entre les époux. — Madame de B***, quoique très bonne catholique, cherchait pour elle une analogie dans l'histoire du paganisme. Nous l'avons donc vue se comparer à Sémélé, éblouie par la foudre et brûlée par les tonnerres de Zeus. « N'épousez pas un *dieu* », disait-elle à une jeune fille qui était assise près d'elle.

Pour en revenir au comte de Saint-Simon, ce petit-fils d'aristocrates si attachés à l'Église, il mettait sa gloire à réduire en capilotade le mariage chrétien. Après soixante ans de révolutions, d'affaires, de changements en tout genre, on ne comprendrait guère tout ce qu'il y avait de témérité de la part de ce novateur à émettre les théories que lui-même et son école, remplie de disciples si distingués, ont répandues dans le monde. Mais la Restauration, tout à fait ultramontaine, ne pouvait s'empêcher de pousser des cris d'effroi et d'horreur. —Bornons-nous à reproduire ici, à titre de renseignements, ce qui concerne l'amour dans la société rêvée par Saint-Simon. Le P. Enfantin, Bazard, Olinde Rodrigues et Michel Chevalier, venant après leur maître, stipulaient, avant tout, pour l'émancipation de la femme. Tous les journaux et presque toutes les pièces de théâtre du temps ne tarissaient pas sur l'étonnement qu'une telle doctrine faisait naître dans les esprits. Imaginez ce que devaient penser les Parisiens de 1825 et de 1832 en lisant les articles de *la Loi nouvelle* : « La femme est l'égale de l'homme. Elle doit posséder les mêmes droits. Rien ne s'oppose à ce qu'elle devienne artiste, savant, magistrat, prêtre. La religion nouvelle émancipera la femme, que le christianisme a tenue dans la subalternité. La chair doit être réhabilitée. Les plaisirs des sens sont choses saintes. Il ne faut pas que l'homme soit tiré à droite par la chair, à gauche par l'esprit, l'antagonisme catholique entre l'âme et le corps doit disparaître L'homme et la femme se réuniront et se quitteront librement. »

Est-il besoin de dire que l'école saint-simonienne est celle qui a le plus marqué? On lui a dû un collège des plus brillants : des ingénieurs tels que le P. Enfantin, Fournel, Stéphane Flachat, des théosophes tels que Pierre Leroux et Jean Reynaud, des publicistes tels que Michel Chevalier, Émile Barrault et Adolphe Guéroult, un voyageur tel que Lambert-bey, un poète tel que Charles Duveyrier, un musicien tel que Félicien David, un botaniste tel que le docteur Yvan,

un colonisateur tel que Paulin Talabot, et vingt autres
hommes hors de ligne. Mais la femme libre n'appa
raîtra pas de sitôt, en Occident du moins.

*   *
*

Un philosophe de nos jours, M. Paul Janet, songeant à ce qu'est devenue la famille à Paris depuis
l'avénement de Napoléon III, a écrit une belle page
qu'on nous saura gré de reproduire dans ce livre aux
allures frivoles.

Voici donc ce que dit ce penseur :

« Que la femme soit la maîtresse et non la servante
de la maison, qu'elle ne soit pas seulement la ménagère de l'homme, mais encore sa compagne d'esprit.
L'homme fatigué, importuné, rentre au logis pour y
chercher le délassement. Il ne lui faut pas seulement
un intérieur bien réglé, ni même un intérieur orné.
La femme ne doit pas oublier qu'elle est la joie, le
charme, la récréation de la famille. Le grand principe de la politique domestique est de faire paraître
que son intérieur soit au mari plus agréable que celui
des autres. L'agrément est donc en quelque sorte
un des devoirs de la femme. »

La Fontaine a dit : « Hâtez-vous lentement. » —
Charles III d'Espagne répétait, tous les matins, à son
premier valet de chambre : « Pepe, habillez-moi doucement : je suis très pressé. » Tom, un de nos amis,
disait à madame C*** : « Mariez-moi vite, afin que
je n'y voie pas ; car, si j'y voyais, je ne voudrais plus
me marier. »

Il n'y a pas fort longtemps qu'est mort le comte de
Châteauvillars. Paris sait que ce gentilhomme était
un excentrique dont les extravagances ont lutté, un
moment, avec celles du fameux M. de Saint-Cricq.
M. de Châteauvillars a été l'un des premiers à vouloir qu'on lût à l'audience et qu'on publiât dans les
journaux sa correspondance avec sa femme. En 1833
et années suivantes, étant encore jeune, il menait
belle vie ; il donnait sa santé, son argent, ses soins
à des impures. Sachant la chose, la comtesse sa

femme demanda à être séparée par les tribunaux. Il
y eut donc procès. M. de Châteauvillars n'hésita pas
à ouvrir les rideaux les plus secrets de son intérieur
et à livrer à la curiosité publique des billets tels que
ceux-ci :

« Château de Brézu, de ma petite chambre d'hiver.

» Toi, mon bien-aimé ! voilà toute mon existence,
toutes mes espérances ; tous mes désirs sont concen-
trés en toi, et les tendres assurances d'affection con-
tenues dans ta lettre ont rempli mon âme de la plus
douce ivresse. A mon retour de Paris, en entrant
dans ma jolie petite chambre, où, grâce à tes soins
prévenants, j'ai trouvé bon feu et tout prêt pour dîner,
j'ai senti bien vivement le besoin de ta présence ; on
aime à devoir tout son bien-être à celui qu'on aime ;
mais on désire aussi lui en témoigner toute sa recon-
naissance. En voyant ce joli petit lit blanc (où il y a
tout de même place pour deux), ces rideaux blancs,
j'ai pensé à notre roman de chaumière, et alors j'ai
dit comme toi : « Qu'avons-nous besoin d'un monde
» qui ne songe guère à nous? »

Et cet autre :

« Je t'aime, mon Alfred, plus tendrement tous les
jours. Tu m'écriras encore, n'est-ce pas? pour me
dire quel jour tu reviendras, afin que je puisse

compter les heures. Adieu, mon bien-aimé. »

Pour sauver Phrynée, un avocat d'Athènes, Hypéride, lui arrachait sa tunique, et, tirant de sa beauté un argument victorieux, la montrait nue aux vieillards de l'Aréopage. Pour gagner son procès, M. de Châteauvillars a fait de même. Mais pardon, Paris n'est pas Athènes, où la perfection de la forme physique était la suprême loi. D'ailleurs au Palais de Justice, celle qui se trouvait en cause n'était pas une courtisane ; c'était une femme, jeune et pure ; ce n'étaient pas ses épaules et sa gorge qu'on montrait à un tribunal affolé de beautés plastiques ; c'étaient les pensées les plus intimes et les plus pudiques d'une jeune Française, récemment épousée, qu'on dévoilait et qui étaient recueillies par des journalistes railleurs.

Incroyable M. de Châteauvillars, un des inventeurs du canotage en Seine ! Après cet éclat organisé par ses soins, après tant de scandale, et pour continuer ce rôle d'Hypéride, le voilà un jour, qui monte en chaise de poste, qui va au-devant de sa femme à la promenade, qui l'enlève, moitié de gré, moitié de force, et qui part avec elle pour l'Allemagne !

— Mais, disait-elle, à quoi bon avoir fait tant de bruit ?

Le bruit, c'est le grand travers, c'est la folie du XIXᵉ siècle.

Je le répète : c'est à ce comte qu'on doit cet usage d'exhiber à l'audience des lettres qui sont le registre du cœur et les archives du foyer. — Ah ! comme ces singes, mâtinés de tigres, qu'on nomme des avocats, se sont autorisés de ce précédent pour bien faire leur métier de trouble-ménages ! Quel parti ils savent tirer des lettres d'amour, même les plus chastes ! et combien il est triste d'avoir à dire à ceux qui se marient : « Prenez garde : n'écrivez pas tout ce que vous pensez, ou brûlez ce que vous avez écrit ! »

J'y reviens. MM. les avocats se croient tout permis. En fait de procès relatif aux séparations de corps, rien ne les arrête. « Maître Z***, dit-on, un moment ! Ne lisez pas toutes les lettres qui sont au dossier. — Par exemple ! n'est-ce pas notre droit ? — Maître Z***, il n'y a pas que le mari et la femme dans la cause : il y a aussi les parents, ceux qui portent le même nom ! — Il faut tout dire, il est bon que la vérité entière se fasse jour. — Mais, Maître Z***, vous désho-

19.

norez les enfants; vous tuez leur avenir! » Peu importe: il s'agit d'avoir bataille gagnée pour le client et
de faire beaucoup de bruit pour l'avocat. — Un avocat
qui n'a pas le rayonnement de vingt scandales n'a
pas de succès. Et ces messieurs se mettent parfois à
bêcher les journalistes !

Ah! les lettres intimes, écrites dans une heure
d'abandon, quelles armes cela devient dans une
mêlée, devant la justice ! Le public d'aujourd'hui
s'en montre de plus en plus friand. Plus il s'y trouve
de secrets, plus la foule applaudit. Quand la brouille
entre époux va jusqu'au scandale, on applaudit;
quand le scandale arrive jusqu'au crime, — et cela
se voit, — on pousse des hourras de contentement.

Un avocat célèbre, très habile dans ces sortes de
joûtes, recevait de Madame ***, sa cliente, une liasse
de lettres de son mari, contre lequel elle plaidait. En
les remettant au robin, elle tremblait. Elle avouait
se faire violence. Ces missives, presque toutes écrites
sur papier rose, étaient toutes datées de la lune de
miel.

— Madame, dit l'avocat, laissez faire, j'y mettrai
du vinaigre et même un peu d'arsenic.

Il a tenu parole.

On n'entend parler de tous côtés que de procès en séparation, et, hier, on annonçait, chez la comtesse de B..., que deux jeunes époux, qui comptent à peine quelques mois de mariage, en étaient déjà réduits à cette triste extrémité.

— Ce n'est pas étonnant, dit la bonne baronne de F..., ils avaient mutuellement trop de défauts pour les mettre en commun.

— C'est pourtant un grand bien, reprit la comtesse de B...

— Pourquoi cela ?

— Parce que, s'ils ne s'étaient pas mariés ensemble, au lieu d'un mauvais ménage, ils en auraient fait deux.

Un mari qui, comme Sganarelle et tant d'autres, se permettait de battre sa femme, vient d'être condamné à huit jours de prison par la sixième chambre de la police correctionnelle.

Cette cause mérite de fixer l'attention des époux
peu délicats qui pensent qu'en ménage, comme dans
la politique allemande, la force prime le droit.

Ce mari, si peu galant, avait donné un soufflet à
sa moitié. M^e Ch. P..., son avocat, avait pourtant
exhibé un argument propre à arrêter la sévérité des
juges.

— Messieurs, avait-il dit, veuillez, s'il vous plaît,
vous rappeler un article de la Coutume de Beauvoisis,
lequel dit en propres termes : *Il est permis de
battre sa femme, à condition de ne pas l'assommer.*

C'est en janvier 1878 qu'Alphonse XII, roi d'Espagne, un enfant, s'est marié avec Mercédès de
Montpensier, sa cousine, une autre enfant. Au bout
d'un an, un coup de faux de la Mort devait les séparer.
Or, en passant, puisque l'occasion y pousse, voyez
une légende, à propos de ce mariage d'un roi d'Espagne avec une princesse française.

Cela se passait il y a bien longtemps, à une époque
où une autre race que celle des Bourbons occupait
le trône des Castilles.

Le jeune roi s'en allait à Tolosa afin d'y recevoir sa fiancée. Tout à coup il fut arrêté en rase campagne, au milieu du chemin, par un groupe de *ricos hombres.*

Ces fiers Cantabres, se conformant à l'usage du temps et du pays, ne craignaient point de parler avec une entière liberté à leur roi, qu'ils ne considéraient du reste, que comme le premier d'entre eux.

LE PEUPLE. — D'où viens-tu ?

LE ROI. — De Valladolid.

LE PEUPLE. — Qui es-tu ?

LE ROI. — Je suis le roi, votre seigneur.

LE PEUPLE. — Où vas-tu ?

LE ROI. — A la frontière de France.

LE PEUPLE. — Pour quoi faire ?

LE ROI. — Pour y chercher une princesse.

LE PEUPLE. — Pour quoi faire ?

LE ROI. — Pour en faire une reine.

LE PEUPLE. — L'aimes-tu ?

LE ROI. — Oui, je l'aime.

LE PEUPLE. — Il ne suffit pas qu'elle soit de ton goût ; il faut, en outre, qu'elle plaise à ton peuple.

LE ROI. — Elle est de très haute naissance.

LE PEUPLE. — Ce n'est pas assez.

LE ROI. — Elle est brave.

LE PEUPLE. — Ce n'est pas assez.

LE ROI. — Elle est de grande taille.

LE PEUPLE. — Ce n'est pas assez.

LE ROI. — Elle est belle.

LE PEUPLE. — Ce n'est pas assez.

LE ROI. — Elle chante comme un rossignol.

LE PEUPLE. — Ce n'est pas assez.

LE ROI. — Elle danse comme une Sévillaise.

LE PEUPLE. — Ce n'est pas assez.

LE ROI. — Que faut-il donc de plus ?

LE PEUPLE. — Qu'elle soit sourde, pour qu'elle n'entende pas tous les mensonges qui se disent à ta cour.

Est-ce un fait historique ? Je ne sais pas. C'est une chanson, et cette chanson, fort jolie, n'est peut-être qu'une fable. En tout cas, il nous a paru opportun de ressusciter cette légende à une époque où le bonheur des rois est si peu de chose.

Il y a un joli mot, bien profond comme aphorisme mondain, au troisième acte d'une pièce de MM. Meilhac et Halévy, qui s'appelle *la Petite Mère*. Leur héros, un jeune paysan aisé, né sous la protection de la muse Euterpe, répond assez froidement aux avances que grandes et petites dames font à son génie naissant. Lui n'aime que ses symphonies et sa *petite mère*. La femme de son protecteur, une certaine baronne Daoulas, a jeté une demi-douzaine de mouchoirs sans résultat à la tête du grand artiste en herbe, et lui, dont les coquetteries de la dame ne font pas fondre le glaçon qu'il loge sous la mamelle gauche, prévoit avec terreur le moment où il se verra forcé de se montrer définitivement ingrat envers l'excellent Daoulas. Sa *petite mère* lui fait observer ce qu'une telle conduite aurait de malhonnête.

« — Certainement, répond-il; par malheur, en ce monde, il n'y a pas que l'honnêteté : *il y a les convenances...* »

Des convenances qui consistent à tromper l'homme dont on serre la main, à la table duquel on s'assied en hôte et en ami; — des convenances qui sont le comble de l'inconvenance, et, pis que cela, qui sont le contraire de l'honneur et de l'honnêteté; des convenances auxquelles on s'astreint, par convenance, voilà le commencement de bien des fautes qui dégénèrent parfois en liaisons. On invoque toujours les convenances, dans le monde; mais c'est toujours une trahison ou un naufrage.

Jadis, quand Joseph résistait aux séductions de madame Putiphar, il foulait aux pieds la loi des convenances; c'est pourquoi, depuis quatre mille ans, on se moque en chœur de lui et de son manteau.

A Paris, les *convenances* font dix fois plus de ... Sganarelles que les romans.

* * *

Pourquoi ne pas le dire franchement, puisque le fait est vrai? c'est quelquefois du bonheur que d'être *gasconné* en matière d'amour.

Par exemple, un événement tout récent, un fait qui vaut son pesant d'or, c'est celui que je vais vous dire.

La scène se passe en Allemagne (mai 1880).

Un garçon barbier est épris d'une jeune fille aux cheveux d'or.

Tous deux s'adorent — en commençant.

Un jour, le garçon barbier découvre qu'on le trompe.

Que fait-il? — Il prend son rasoir et se coupe la

gorge. — On le transporte tout sanglant à l'hospice de Mayence en disant:

— C'est un homme perdu.

Eh bien, pas du tout. Il en réchappe. — Un chirurgien le guérit; mais le plus joli de l'affaire, c'est qu'à peine convalescent, le garçon barbier découvre qu'il a un autre larynx, une voix de ténor de premier choix. — Sans le coup de rasoir, il demeurait garçon barbier.

— Mon cher, lui dit-on, vous avez deux cent mille francs dans le gosier.

— Deux cent mille francs! laissez donc! il y a un million de florins!

On vient, en effet, de l'engager au Grand-Théâtre de Vienne.

Que dites-vous de ça? — Ne craignez-vous pas que tous les garçons barbiers et tous les amoureux trompés ne se donnent dès à présent un coup de rasoir dans la gorge? — Se couper le gosier, c'est l'art de devenir ténor en dix minutes.

***

Une scène qui se passe à Paris,

La noce est encore dans la salle des mariages.

M. l'adjoint, un ex-avoué, un fin renard, vient de terminer son *boniment officiel*.

— Monsieur un tel, acceptez-vous pour épouse mademoiselle une telle ?

— Oui, Monsieur.

Mademoiselle une telle, acceptez-vous pour mari monsieur un tel ?

— Certainement oui, Monsieur.

— Greffier, écrivez.

— Enfin, ma toute belle, nous voilà mariés ! dit l'époux tendrement.

Au lieu de se réjouir, la mariée geint piteusement. On l'entend pousser des « hélas ! » on ne peut plus lamentables.

— Caroline, qui donc vous fait pleurer ainsi dans un si doux moment ? s'écrie le mari un peu étonné.

— Jules, il faut vous le dire ?

— Eh ! sans doute, Caroline.

— Eh bien, cher, je pense qu'une somnambule que

j'ai consultée hier m'a prédit que je me marierais
pour sûr deux fois.

Tableau. — Le mari était naturellement boule-
versé de fond en comble. — Ah ! les bons mariages,
où sont-ils donc ?

⁂

Madame de P..., qui vient de perdre son mari, était
aux courses en robe de faille grise garnie de satin
rose.

— Déjà ! s'exclama quelqu'un qui vint la saluer.

— Pourquoi cet étonnement ? Je suis en demi-
deuil.

— Bon ! Est-ce que M. de P... n'est que demi-mort ?

⁂

Malherbe, écrivant au comte de Bouillon, son
cousin, lui disait :

« Il n'y a que deux jolies choses au monde, les
femmes et les roses ; il n'y a que deux bons morceaux, les femmes et les melons. »

Voltaire, faisant allusion à ce mot, disait : « Quant à moi, je trouve le melon trop lourd et les femmes trop légères. »

Et Voltaire ne s'est pas marié.

Celui-ci est d'Alphonse Karr :

« Il y a deux choses que les femmes ne pardonnent pas : le sommeil et les affaires. »

Messieurs les maris, songez à cela.

·Bien parisienne cette petite scène à laquelle nous avons assisté.

Devant la boutique d'un bijoutier à la mode s'arrête un équipage. Un élégant en descend et fait emplette d'une fort jolie rivière de quinze mille francs.

— Vous porterez cela chez mademoiselle Cascarinette, telle rue, tel numéro.

Puis, au moment de sortir, il se ravise et revient.

— Ah! j'oubliais... Je voudrais aussi une petite bague très bon marché.

— Monsieur, nous en avons dans les prix de trente à quarante francs.

— Oh! c'est trop cher. Je ne voudrais pas mettre plus de quinze francs. C'est pour ma femme.

Trait de mœurs d'un goût tout à fait parisien.

Quand on procède à la lecture d'un contrat de mariage, la formule qu'on entend répéter le plus souvent est celle-ci : « En cas de mort. » Bien des oreilles s'en effarouchent. On n'a pas oublié l'exclamation d'un père qui va marier sa fille dans les *Faux Bonshommes* :

« — Mais il n'est question que de ma mort dans cet acte-là ! » Et, en effet, le contrat étant surtout un acte fait afin de régler l'avenir des époux, il faut bien qu'on y pousse la prévoyance jusqu'à voir ce qu'on fera d'un héritage lorsque l'heure du décès l'amènera. Mais, répétons-le, les gens du monde, les sexagénaires notamment, n'aiment pas à entendre remuer par-devant notaire des éventualités funèbres.

Maître Z***, notaire d'un des riches quartiers de

Paris, avait trouvé un moyen ingénieux de préparer ces esprits timorés à entendre la lecture tant redoutée. Tout à côté de son cabinet de travail, il y avait une pièce avec buffet, gâteaux, glaces, rafraîchissements; puis, dans un coin, un piano. Dix minutes environ avant qu'il se mît à lire l'acte, il invitait les grands-parents, les fiancés et les témoins à passer au buffet. Pendant la collation, un musicien, vêtu comme s'il eût été de la noce, prenait place au piano; là, avec un très grand art, il jouait et chantait, au besoin, l'air fameux de Caron de l'opéra d'*Alceste*, donné en 1674. C'est de Lulli.

> Il faut passer tôt ou tard,
> Il faut passer dans ma barque.
> On y vient, jeune ou vieillard,
> Ainsi qu'il plaît à la Parque.

Aux concerts historiques de l'Opéra (1880), M. Boudouresque a dit d'une voix mordante et avec un bon style cet air remarquable, écrit il y a plus de deux siècles. Or presque tous les clients de maître Z*** battaient des mains, en s'écriant : « C'est bien ça ! » et l'on était suffisamment préparé.

* * *

Une scène au Grand-Seize du café Anglais, sous l'Empire.

Ils étaient neuf à table, les plus brillants, les plus riches, les plus fous, ceux qui avaient pour unique souci de mener la vie et l'amour à grandes guides.

Au moët, le marquis de Z*** fait ses confidences au duc de G*** C***.

— Mon cher, Cora devient décidément insupportable.

— Comment ça?

— Elle me fait des scènes insensées.

— Pourquoi?

— Parce que ma femme est enceinte.

— Eh bien, après?

— J'en perds l'esprit.

— Bien sûr?

— Je ne sais plus que lui dire.

— Pardieu, c'est bien simple. Dis-lui que ce n'est pas de toi.

Le mot, tout à fait Régence, fut entendu par quelqu'un (les échos prétendent que c'est par le comte

P*** A*** B***), et, tout aussitôt, il fut répété à tous ceux qui étaient là. On forma un chœur pour faire compliment au jeune duc, qui avait si bien conservé les traditions de la repartie, assez négligée chez les autres rejetons de la noblesse française.

* *
*

Mœurs artistiques d'il y a trente ans.

Une musicienne célèbre, madame P..., dont les journaux ont annoncé la mort en 1873, avait eu dans sa vie un drame conjugal d'une tournure assez bizarre.

Fort applaudie, fort entourée, elle était nécessairement fort coquette.

De magnifiques cheveux noirs contribuaient à la rendre très attrayante.

Une nuit, son mari, renversant la scène biblique de Samson et de Dalila, s'arma d'une paire de ciseaux et lui coupa les cheveux pendant son sommeil.

Il y eut séparation dès le lendemain.

A dix-huit mois de là, la musicienne reparut en public, dans un concert, avec une tête encore plus belle qu'auparavant.

Ses cheveux avaient repoussé.

Et ce fut de là que Gavarni prit occasion d'écrire son fameux mot si philosophique :

— *Les maris me font toujours rire.*

Une historiette que Sainte-Beuve racontait volontiers.

Une femme de ses amies désirait beaucoup se séparer de son mari. Sainte-Beuve lui conseille d'obtenir des coups, sévices ou injures graves.

Un beau matin, la dame débarque chez lui, rayonnante de bonheur, et lui annonce qu'elle a enfin obtenu les coups nécessaires.

— Mon mari m'a soufletée, dit-elle ; que je suis heureuse !

— La chose s'est-elle au moins passée devant témoins ? demande Sainte-Beuve.

— Mais non.

— Alors tout est à refaire.

Grand chagrin de la dame, qui rentre comme une furie au domicile conjugal et applique au mari le plus joli soufflet qu'il soit donné à un homme de recevoir, en lui disant :

— Tenez, voilà votre soufflet ; je n'ai pu rien en faire, je vous le rends.

★
★ ★

Une erreur fortement enracinée dans les esprits est celle qui fait supposer que, le divorce prononcé, on jouirait de la liberté absolue du mariage, de manière à nous rapprocher le plus possible de la polygamie des Orientaux. Ceux qui ont pour un centime de raison dans la tête savent bien qu'il n'est aucunement question de tant de licence. On ne casserait un mariage qu'après enquête, et, dans la plupart des cas, sur le libre consentement des deux conjoints. Au reste, le préjugé auquel nous faisons allusion provient de ce qui se passe parfois à l'étranger.

Voici, par exemple, un trait de liberté presque absolue et qui ne contredit en rien la pureté bien connue des mœurs allemandes.

Il y a quelque dix ans, le prince B... épousa une actrice d'un de nos petits théâtres qui avait le nez fripon et la jambe bien faite.

A la fin du mois de mai dernier, 1880, on apprit

que le prince avait divorcé; sa famille, qui, depuis lors, était brouillée avec lui, en ressentit une vive joie, mais cette joie a été de courte durée.

En octobre, le prince B... a convolé en secondes noces avec la sœur de sa première femme, et celle-ci, le même jour, a épousé le majordome du prince.

Le divorce est aujourd'hui une chose si facile en Prusse, que souvent, dans le même salon, un mari se retrouve nez à nez avec trois ou quatre dames qui ont été jadis ses femmes légitimes, et qui, depuis lors, ont successivement essayé de divers autres maris.

Il faut bien espérer que Paris n'imitera jamais Berlin.

Un maire des environs de Fontainebleau devait marier l'été dernier un vigneron et sa vigneronne. La noce arrive; mais dans quel état! Bacchus avait été fêté outre mesure par le marié, et le chasselas venait de jouer au paysan un vilain tour.

— Est-ce que je peux marier un homme ainsi disposé? fit le maire. Allez-vous-en, vous reviendrez quand il aura sa raison !

La noce se retire et revient quatre jours après.

— Eh bien, êtes-vous mieux cette fois? demanda le maire

Le marié ne répond pas. Il balbutie, et puis tout à coup, avec exaltation, il entonne un refrain évidemment dicté par la fumée de Jean Raisin.

— Comment ! s'écria le maire, vous moquez-vous de moi ? c'est encore un fiancé titubant qu'on me présente ! Et vous n'avez pas honte, vous, Mademoiselle, de nous amener ici, devant les tables de la loi, un homme ivre?

— Eh ! monsieur le Maire, répond la fiancée, je ne demande pas mieux que de vous le présenter sans coup de vin. Mais voilà la difficulté : quand il n'est pas ivre, il ne veut pas venir.

L'Illustration, qui raconte cette anecdote, ne nous dit pas si, en présence de ce mot digne de Molière, le maire a consenti à donner lecture des paroles sacramentelles de la loi. C'est vraiment dommage.

Un joli jeune homme, qui se mariera la semaine prochaine, disait l'autre soir, dans le salon de son futur beau-père, et en présence de sa douce fiancée :

« Je veux que notre union soit célébrée à onze heures précises ;

» Je veux qu'on nous fasse de la bonne musique ;

» Je veux que le repas de noces ait lieu dans les salons des Frères-Provençaux ;

» Je veux partir le lendemain pour Fontainebleau. »

« Ton futur veut bien des choses, dit la mère, lorsque le joli homme eut levé la séance.

— Laissez-le dire, répondit la jeune fille avec un fin sourire ; il rédige ses dernières volontés. »

En 1872, — dans la cathédrale de Bourges, — près de la chapelle de la Vierge.

Les promis, précédant les parents et les invités, suivant l'usage, s'avançaient vers l'autel afin de faire bénir leur union.

Rien à dire sur la mariée, qui était suffisamment recueillie.

Quant au marié, sans respect pour le saint lieu, il riait d'un gros rire bête.

En ce moment-là, un vieux prêtre, l'interpellant :

— Vous riez, monsieur? Il n'y a pourtant pas de quoi, puisque vous allez vous marier.

FIN

TABLE

FIN DE LA TABLE

PARIS. — IMPRIMERIE ÉMILE MARTINET, RUE MIGNON, 2.

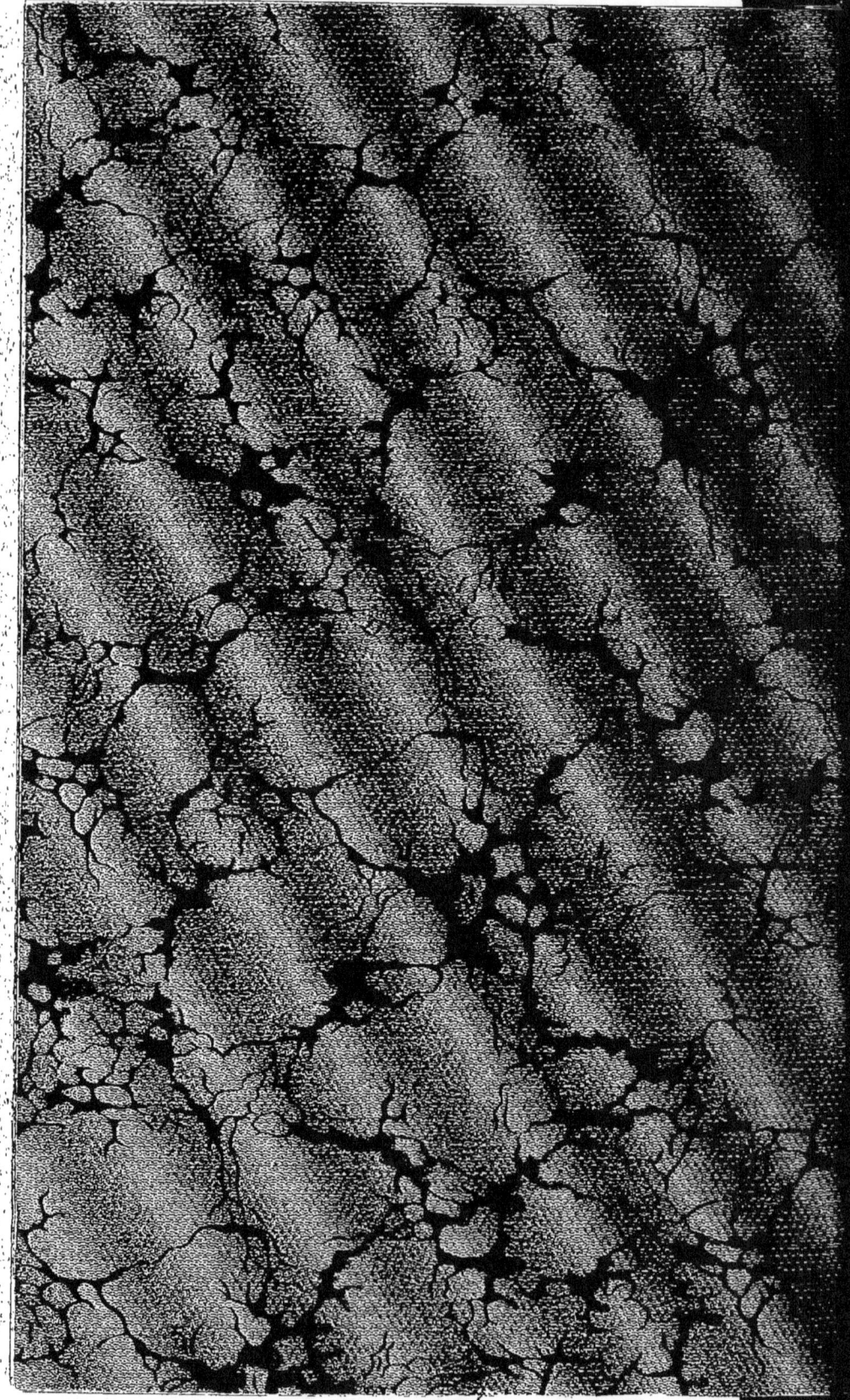

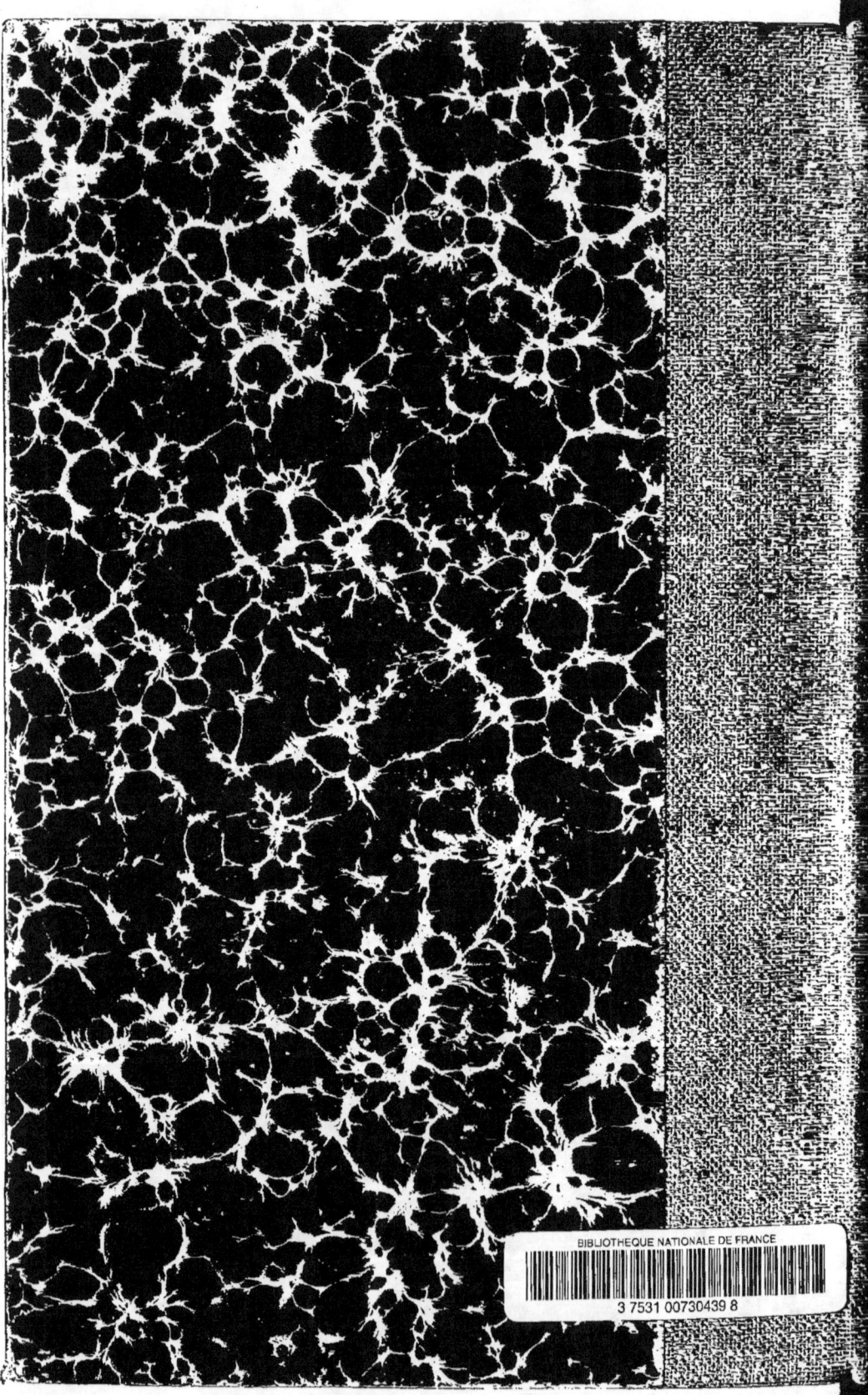

BIBLIOTHEQUE NATIONALE DE FRANCE

3 7531 00730439 8